天人五衰

［日］三岛由纪夫 著

文洁若 译

中国出版集团 现代出版社

译本序

文洁若

世界文学史上偶尔会出现这种特殊现象：一个在艺术上卓越的作家，在政治上却是反动的，如为墨索里尼捧过场的意大利诗人邓南遮①及美国诗人庞德②。多产作家三岛由纪夫就是日本现代文坛上这样一个例子。通过作品，他不断宣扬对毁灭、流血、死亡与自杀的沉迷，并在《忧国》（1960）、《明日黄花》（1961）和《英灵之声》（1966）中，美化法西斯军人。他叫嚷："必须复兴日本的传统，尚武和武士的传统"，还宣称：剖腹自杀是"死的美学的极点"。最后，为了煽动人们挺身而出，复活日本军国主义，他按照日本传统方式当众剖腹。

① 邓南遮（1863—1938），意大利作家，鼓吹民族沙文主义和扩张主义。第一次世界大战爆发后，充当军国主义的吹鼓手。1926年墨索里尼建立法西斯独裁政权，邓南遮成为一个狂热的法西斯分子，受到墨索里尼的奖赏。
② 庞德（1885—1973），美国诗人、评论家。由于政治思想混乱，第二次世界大战开始后在罗马电台每周为墨索里尼的法西斯政权宣传，攻击罗斯福领导的美国的作战政策。1943年被控为叛国罪。1958年由于同情者的呼吁，取消对其叛国罪的控告。

三岛由纪夫是日本现代著名小说家、戏剧家。他于1925年生在东京，原名平冈公威。其祖父曾任桦太（库页岛）厅长官，父亲曾任日本农林省水产局局长。他的童年和少年时代是和祖母一道过的。祖母夏子出身名门，经常带他去看能乐和歌舞伎的演出。后来他之所以能写出日本古典戏曲《近代能乐集》（1956），并在《春雪》（1965）中反映没落贵族的思想感情，和这位祖母的熏陶是分不开的。他六岁入学习院初等科，十二岁升中等科。1983年，在学习院《辅仁会杂志》上发表第一个短篇《酸模》。他是个早熟的作家，十六岁时，即以三岛由纪夫的笔名在《文艺文化》（1941年9月至12月）上连载中篇小说《花儿怒放的森林》①。1944年毕业于学习院高等科，由于成绩名列前茅，天皇奖赏他银表一块。同年10月，入东京帝国大学法学部。次年2月应征入伍，但因军医检查有误，当天就被遣送回乡。

　　1946年6月，经前辈作家川端康成的推荐，三岛在《人间》杂志上发表小说《烟草》，遂登上文坛。转年11月大学毕业，就职于大藏省银行局，不出一年就辞职，专门从事创作。他著有21部长篇小说，80余篇短篇小说，33个剧本，以及大量散文，其中有不少曾被译成欧美多种文字。他曾两次被提名为诺贝尔文学奖候选人。作品有十部被改编成电影，36部被搬上舞台，7部得过各种文学奖。影片《忧国》是他根据自己的小说自编、自导、自演的，上映后，创造了最高票房收入的新纪录，在1965

---

① 也有译为《鲜花盛开的森林》。——编者注

年的"图尔短篇电影节"上获得第二名。主题是把剖腹自杀作为武士道精神予以肯定。主人公年轻军官武山因不愿奉命去讨伐二·二六事件①中的叛军而剖腹自杀,新婚的妻子也陪他自刃而死。

二·二六事件给予三岛的影响是强烈的。他曾写道:"二·二六事件的挫折,确实使一位伟大的神死去了,当时我是个年仅十一岁的少年,只是朦朦胧胧地觉察到这一点。然而在十二岁的多感年龄迎接战败之际,我意识到当时的神的死亡这一可怕残酷的实感,与十一岁的少年时代所觉察到的,似乎息息相关。"②

三岛对战后日本的现实十分不满。他感到:"照此下去,日本的文化、传统,将从意识上被破坏","应该考虑发动一次昭和维新"。1967年和1968年,他曾率领三十多名右派学生去自卫队受训,并以"三岛小队"为基础,成立了由一百来名"私兵"组成的"盾会",自任队长。1970年11月,在东京举办了"三岛由纪夫展",这个由照片组成的展览是三岛亲自安排布置的。展览结束后,他于25日率领"盾会"的四名会员,占领了离东京闹市不远的自卫队驻屯地的总监室,从阳台上向1000名自卫队队员发表演说,抨击日本宪法关于第二次世界大战后禁止日本重新武装的条款给日本人带来了耻辱,企图煽动自卫队哗变。因无人响应,遂按照日本传统方式剖腹自杀。

---

① 二·二六事件是发生于1936年2月26日的日本法西斯军人武装政变事件,企图成立军人政府,建立军事独裁。由于军阀集团内讧,政变于29日被平息。但其后执政的广田内阁使日本进一步法西斯化。

② 见《英灵之声》中所收《二·二六事件和我》,河出书房1966年版。三岛曾说,他在两件事上对裕仁天皇感到不满。一是天皇下令镇压二·二六事件,二是1946年1月1日天皇发表了《凡人宣言诏书》,否定了天皇的神性。

三岛在预先写好并广为散发的《檄文》（原载《产经新闻》1970年11月26日）的最后部分写道："我们要使日本恢复日本的本来面目，然后死去……我们是由于深深期望具有非常纯粹的灵魂的各位作为一个男子汉，一个真正的武士而醒悟，才采取这一行动的。"此事曾在日本国内外引起巨大震动。法国女作家玛格丽特·尤瑟纳尔在《三岛或空虚的幻影》①一书中说："倘若有一朝一日反动的国家主义革命在日本取得胜利，哪怕是暂时的，'盾会'必将成为其开山鼻祖。"②小说家井上光晴在《未能发表的〈三岛由纪夫之死〉和〈何谓保卫国家〉》一文中写道："不管怎样看，三岛由纪夫的自杀也是污浊的。太平洋战争末期，我们曾陪一位朋友——即将出击的特攻队员坐了几个小时。我无论如何也忘不掉他那副语无伦次的样子，苍白的脸抽搐着，嘴唇发干。把以精心布置的舞台为背景而剖腹的三岛由纪夫，同那在'保卫天皇'的吆喝声中被迫充当炮灰的青年这两者之死相比较，我感到极其焦躁和迷惘。我不得不联想到'为了天皇陛下'而在战争中被杀死的成千上万丈夫、兄弟和儿子的悲惨命运……三岛曾大言不惭地说：'我毫无保留地否定战后天皇宣布自己是人（不是神）这一举动。我甚至为此对天皇本人怀有反感。'究竟三岛由纪夫心目中的天皇和天皇制是什么样的呢？倘若他如愿以偿，凭着自卫队的武装暴动修改了宪法，地地道道的天皇制得以复活，那么日

---

① 玛格丽特·尤瑟纳尔（1903—1987），法国小说家、散文家、戏剧家、诗人。1980年当选为法兰西院院士，是获得这项荣誉的第一位妇女。《三岛或空虚的幻影》一书于1980年由葛利玛尔出版社出版。

② 引自涩泽龙彦的日语译本，第83页，河出书房1982年版。

本和生活在这片国土上的人，将会落何下场呢？"①

三岛死后近二十年来，随着日本国力的迅速增长，他的名字越来越频繁地为他的同胞所提及，也引起了西方记者的注意。美国记者伯恩·伯鲁马在《纽约时报杂志》周刊（1987年6月7日）上发表《一种新的日本民族主义》一文，提到日本"精神运动"的领导人铃木邦夫的办公室墙上，悬挂着极端民族主义作家三岛由纪夫的照片。该组织出版了一种叫作《光复》的月报，其目的就是要夺回已经失去的东西：纯洁的日本精神。三岛去世15周年时，英国记者亨利·斯托克斯在《消失了的武士——战后日本的委顿的灵魂》（日译文见《朝日周刊》杂志1985年12月6日、13日）一文中指出，三岛的目的是复活日本军国主义。他正是因为对战后日本人委顿的精神状态感到忧心忡忡，为了唤醒国人而自杀的。倘若他死后有知，看到由于日本取得了成功而带来大和民族主义的复活，他必然感到无比欣慰。

《丰饶之海》是由四卷连贯性的作品所组成，被誉为三岛作品的"顶峰之作"。前三卷《春雪》《奔马》《晓寺》分别出版于1965、1967、1968年，第四卷《天人五衰》"最终回"原稿是在作者剖腹自杀的当天上午交给出版社的。三岛曾多次说，《丰饶之海》是他的毕生事业。

全书译成中文约85万字，第二、三卷尤其显得冗长。现将

---

① 见《文艺读本：三岛由纪夫》，河出书房1975年版。

第一卷《春雪》和第四卷《天人五衰》译出，并成一册出版^①，以飨读者。在《春雪》的末尾，二十岁的本多到月修寺去求见刚刚削发为尼的聪子，未果。在《天人五衰》的结尾，八旬老翁本多终于见到了那位出家已六十载的老尼，遂了多年的愿望。由于第四卷中不断穿插着对往事的回忆，因此跳过第二、三卷来读，并没有不自然之感。

系列小说《丰饶之海》从日俄战争一直写到20世纪70年代初，20世纪发生在日本的重大历史事件差不多都涉及了。作者用佛教轮回转生的传说，将没有血缘关系的四代人联系在一起，保持了故事的完整性和连贯性，同时也写出了各个时代的特征。《春雪》无疑是四卷当中艺术性最高的。尤其是第三章中用庭园的美景来烘托人物的美，第十二章中，主人公清显和聪子乘人力车去赏雪的场面，写得情思隽永，令人联想到《源氏物语》及《枕草子》中某些段落。说明作者不仅受了西方文艺思潮的影响，也继承了日本古典文学的传统。清显从小养尊处优，长成一个既任性自私又优柔寡断的人。他明明知道早在青梅竹马时期就认识的聪子对他一往情深，但当他随时可以把聪子娶到手时，却不屑于承认自己爱她。待到聪子迫不得已和亲王正式订婚，并获得天皇敕许之后，为了偷尝禁果，他才去和聪子频频幽会，致使她怀了孕。正如他的挚友本多所说："你一开始就去跟权力和金钱都奈何不了的对手去较量。正因为那是不可能的，你才被

---

① 即中国友谊出版公司1990年出版的《春雪·天人五衰》。——编者注

迷住了，对吗？倘若是可能的，就视之如瓦砾了。"（《春雪》第三十八章）日本评论家田中美代子认为："他的悲惨命运并非像罗密欧和朱丽叶那样不可避免地来自外界，而是他自愿地招致和选择的。"①这一卷以聪子打胎后削发为尼、清显心碎而死结束。

本多是贯穿四部曲的次角。他是唯一掌握轮回转生这一秘密的人，而当事人勋和月光公主，却至死被蒙在鼓里。第二卷《奔马》的主人公勋是作者最钟爱的人物，甚至可以说是他本人的化身。勋是在血腥的环境中长大的。1931 年的九一八事变后，日本国内发生了一系列恐怖事件，逐渐促使日本去扩大侵华战争。1932 年二三月间，民间的右翼团体"血盟团"与青年军官合谋，先后杀害了前财政部长井上准之助和三井财阀的首脑人物团琢磨。5 月 15 日，一帮海军军官和陆军士官学校学员又在光天化日之下枪杀了犬养毅首相。勋便纠集了 20 名志同道合的小伙子，策划"昭和维新"，目的是暗杀一批要人，实行天皇亲政，维护皇道尊严。事泄被捕，但获释后，他又采取单独行动，刺杀了财界巨头藏原，随即剖腹自尽。勋暗杀藏原的场面令人联想到1960 年 10 月 12 日 17 岁凶手山口二矢刺杀前社会党委员长浅沼稻次郎的情景。山口事后也自杀。事实上，三岛曾公开称赞右翼少年山口是个"非常优秀的人"。

《奔马》通篇宣扬"日本精神"，武士道色彩最浓。勋代表着以对外发动侵略战争为国策的政府当局所刻意培养出来的军国主

① 见《金阁寺·春雪》解说，第 402 页，新潮社 1979 年版。

义少年。

在第三卷《晓寺》中，三岛借年近半百的本多来宣扬自己的观点："勋的死，迫使本多从中反省到了所谓纯粹的日本究竟是什么。除非否定一切，甚至否定现实的日本和日本人……除非杀人之后自杀，此外还有什么真正同日本共存亡的道路呢？任何人都担心害怕，不敢说这话，而勋不就是舍身来证明这种看法的吗？……想起来，民族的最纯粹的要素，必定有血腥气味，必定有野蛮的影子。"（第二章）值得深思的是，本多用以形容勋的"年轻的日本精神在那么孤立的状态下进行战斗而终于自行灭亡……"（第二章）这句话，恰恰可以用来描述三岛本人。

在《晓寺》上半部中，地点转到暹罗，时代背景是 1940 年，日本已与德国、意大利缔结了三国轴心同盟，把侵略的魔爪伸向东南亚。这在小说中也有所反映。第十章中有这样几段描述：

"分店经理谈了本多不在期间，曼谷人心的恶化。他说，由于英美巧妙的宣传，这里的人对日本怀有恶感，还是多加小心为好。隔着车窗可以瞥见，街道上拥挤着一群群以前不曾看到过的老百姓。"

"这里谣传日本军队很快就要从法属印度支那打过来，各地的治安情况也不好，所以大量的难民拥到曼谷来了。"

在曼谷，本多遇到了幼小的月光公主，偶然瞥见她的左边侧腹上有三颗黑痣，从而知悉她是由清显——勋——转生的。

下半部以战后初期的日本为背景。月光公主已成长为 18 岁的大姑娘，只身到东京来留学。本多从钥匙孔里偷看她与庆子

（本多的女友）搞同性恋的场面，再度看见那三颗黑痣。果然，她回国后，20岁就被毒蛇噬死。

最后一卷《天人五衰》以20世纪60年代末至70年代初为背景。倘若说清显献身于恋爱，勋追求武士道，月光公主则至少也还有肉体美。《天人五衰》的主人公透却说得上是战后在日本出现的"愤怒的一代"的变种。年近八旬的本多发现这个孤儿身上有三颗黑痣，也没有调查清楚月光公主的死的日期和他的诞辰，就把他过继为养子。他对本多百般虐待。庆子从本多那里了解到轮回转生的秘密，便当面戳穿了透是冒牌货，指出他完全没有20岁就死亡的迹象。透的自尊心受到伤害，他自杀未遂，双目却失明了。

第四卷的末尾与第一卷的末尾遥遥呼应。六十年前，不论本多还是清显都未能见到刚刚削发为尼的聪子。而如今过八十的本多重访月修寺，终于见到了出家六十载依然保持着绝色美貌的聪子。阔别经年后，本多与老尼进行了一番禅语般的问答。老尼坚持说，她根本没听说过清显一名，并问道："本多先生，你果真在今世见过这个清显吗？你现在能够斩钉截铁地说，我和你以前确实在这个世界上见过面吗？"

这下子可把本多闹糊涂了。他说："假若清显君压根儿不曾来过世上，那么勋也不曾来过，月光公主也就不曾存在了……而且，说不定连我都……"

老尼说："这就要看您怎样去领悟了。"

本多感到迷惘，觉得此刻与老尼会晤，也成了虚虚实实的事。

作者在本卷第八章中引用佛典，说明了"天人五衰"的含义：

"尔时，摩耶在天上见到五种衰相。其一，头上花萎；其二，腋下出汗；其三，顶中光灭；其四，两目频瞬；其五，本座不乐。"

作品中不但写了本多的衰老，透的未老先衰，也表露出作者本人在执笔时不断地转着寻死的念头。本卷刚刚脱稿，他就出演了剖腹自杀的一幕。

最后引用一段玛格丽特·尤瑟纳尔所作的《丰饶之海》题解作为结束。她写道："这个题名原出自开普勒①和第谷·布拉埃②时代的占星天文学家的古老月理学。'丰饶之海'指月球中央那片广漠的平原。该平原跟月亮这整个卫星一样，是既没有生命也没有水和空气的一片沙漠。此题名一开始就鲜明地表示出：促使那四代人依次活动的一连串沸腾的众多计划，以及与之针锋相对的计划，骗子获得成功，真实遭到破坏，到头来是一场空，也就是虚无。"③

日本的文艺评论家松本鹤雄说，三岛的文学特征是："日本浪漫派精神、贵族情趣和对王朝文化的憧憬的结合，转化为天皇神格化。"通过三岛的这部巨著，我们可以了解到他是怎样试图恢复武士道精神，又是怎样借艺术形式来宣扬他这一观点的。

1988 年 10 月 15 日

---

① 开普勒（1571—1630），德国天文学家和占星家。
② 第谷·布拉埃（1546—1601），丹麦天文学家。逝世前他把自己一生观测天文的资料赠给他的学生和助手开普勒，为开普勒发现行星运动三定律创造了条件。
③ 见《三岛或空虚的幻影》，第55—56 页。

一

海面上笼罩着薄雾，远处的船只一片模糊。然而比昨天要晴一些，依稀能辨认出伊豆半岛山岭的棱线。五月的海洋是平滑的，阳光强烈，蔚蓝的天空上飘着若隐若现的浮云。

再低的波浪，冲到岸边也会碎的。迸裂前的一刹那，波浪的肚皮呈现出茶绿色，就像一切海藻似的令人厌恶。

大海在翻腾，习以为常地逐日重复着搅拌乳海①的印度神话。多半是世界不容它静止。倘若它静止了，恐怕就会唤醒大自然来作恶。

五月的海洋高高隆起，海面布满纤波，不断地焦躁地移动着洒下来的点点阳光。

苍穹高处，三只鸟儿倏地相互靠近了，又不规则地飞离开。这种接近与隔离，有着一种神秘性。挨近得能够感觉出对方鼓翅扇出的风，唯独其中一只又迅疾地远远飞去，这蓝色的距离意味着什么？像这三只鸟儿一样，我们心中时而也会浮现类似的三种

---

① 古印度神话记载，阿修罗与天神联手搅拌乳海以求取乳海之下的"不死甘露"。

念头，那又意味着什么？

烟囱上有着仐①标记的黑色小货船向辽阔的海面远远驶去。由于船上堆满了建筑器材，其影俄而显得高大了，一派庄严景象。

下午两点钟，太阳像一只发白光的蚕似的藏身于薄薄的云茧里。

深蓝色水平线圆圆地扩展开来，形成了严丝合缝地套在海景周围的青黑青黑的钢箍。

一瞬间，海面上仅只一个地方，白浪像白翼一样蹿上去又消失了。那是什么意思呢？要么是崇高的心血来潮，要么就应该是极其重要的信号，怎么可能两者都不是呢？

逐渐地涨潮了，波浪也稍高了，陆地被极其巧妙地浸透了。云彩蔽日，海洋变成有些可怖的暗绿色。一条白痕，自东到西长长地延伸着，状如庞大的折扇。唯独此处，平面恍若扭歪了；不曾扭歪的、靠近扇轴那部分，有着扇骨的黝黑，与暗绿的平面浑然融为一体。

太阳又从云后露出来了。海面上再度平滑地浴着白光，听凭西南风的摆布，将无数的海驴脊骨般的波影，一个劲儿地向东北移去。水浪那无尽无休的大规模移动，一点也没漫到陆地上，遥远的月亮使劲牢牢地抑制着它，不准它泛滥。

云彩变成卷云，状如羽毛，扬于半个天空。太阳安详地悬在云彩上端，碎云使它看上去仿佛出现了白色裂纹。

两艘渔船驶出港湾，一只货船在海面上行驶。风越刮越猛

---

① 日本旧式船舶常用一个图案做标记。这里的∧代表"入"，整个图案代表"入三"二字。

了。从西边进港的一艘渔船驶了过来，发出的引擎声像是开始举行仪式的信号。尽管它是一只卑小的船，只因为用不着车轮，也没有脚，所以恰似跪在海面上拖着长长的下摆膝行，显得很高雅。

下午三点，卷云稀疏了。南边的天空上，仿佛白雉鸠的尾巴和翅膀一般铺展开来的云彩，将浓重的影子投到海面上。

海洋是没有名字的。地中海也罢，日本海也罢，眼下的骏河湾也罢，尽管勉勉强强笼统地取名叫作海，然而此称决制服不了这个无名、丰饶、桀骜不驯的无政府主义者。

天气逐渐阴沉了，海洋随即倏地快快不乐起来，陷入冥想，并布满细碎的茶绿色棱角。波浪像蔷薇枝一样满是荆棘。荆棘本身有着光滑的成长的痕迹，所以海洋的荆棘看上去那么平滑。

下午三点十分。此刻，哪里也看不到船的踪影。

真是不可思议。如此广袤的空间，竟被人弃置不顾。

连海鸥的翅膀都是黑的。

于是海面上浮现了一只虚幻的船，向西边驶了一会儿就消失了。

伊豆半岛已被雾霭裹起，消失了。它暂且不是伊豆半岛了，而只是该半岛的幽灵而已，顷刻间就消失了。

既然消失了，就已无影无踪。哪怕地图上能找到，却已不复存在。半岛也好，船也好，都同样属于"不可捉摸的存在"。

出现了又消失。半岛和船，究竟哪一点不同呢？

倘若能见到的东西意味着存在的全部，那么除非是给浓雾笼罩住了，眼前的海什么时候都在那里，它总是顽强地做好了存在的准备。

一艘船会改变整个景致。

只要出现一艘船，一切就都得重新组合。存在的整个组合出现龟裂，从水平线那儿迎进一艘船。这当儿就进行让与。船出现前那一瞬间的整个世界被废弃了。船嘛，就是为了废弃确保它并不存在的那个世界，才出现在那儿的。

海洋的颜色瞬息万变，云彩的变化，船的出现……每逢起这样的变化，究竟出了什么事？何谓发生？

每一刹那发生的兴许是比喀拉喀托①火山的喷发还要严重的巨大变故，不过人们并不理会而已。我们对存在的不可捉摸已习以为常。所谓世界存在这事儿，根本用不着认真对待。

发生就是没有止境的重新构成，重新组织信号。自远方传来钟的信号。船的出现意味着敲响存在之钟。钟声立即响彻四方，占领一切。海上无尽无休地在发生着什么，存在的钟不间断地轰鸣着。

一个存在。

船以外的东西亦可。曾几何时出现的一颗柚子。为了它也完全可以敲响存在之钟。

下午三点半。在骏河湾代表存在的，正是这样一颗柚子。

那团鲜明的橙黄色在波浪间忽隐忽现，浮浮沉沉，活像一只不停地眨巴着的眼睛；快要漂到岸边了，俄而眼看着就向东方远远地冲去。

① 喀拉喀托是印度尼西亚的爪哇岛、苏门答腊岛之间的火山岛。1883 年曾喷火，使得36000 人死亡，喷发出的火山灰遍布全球。

下午三点三十五分。从西边名古屋方面又驶进了船只的憧憧黑影。

太阳已为云彩包起，仿佛成了一条熏鲑鱼……

安永透把眼睛移开了那架能够放大 30 倍的望远镜。

预定下午四点钟入港的货船天朗丸，连影子都还不见呢。

他回到桌前，再一次心不在焉地望着今天的《清水船舶日报》。

昭和四十五年①五月二日（星期六）
　预定入港的定期外航船
　　天朗丸
　　国籍：日本
　　日期时间：二日十六时
　　船主：大正海运
　　代理店：铃一
　　发货港：横滨
　　抛锚地点：日出码头四·五

① 公元 1970 年。

二

  ……本多繁邦已经七十六岁了。妻子梨枝业已去世，自从成了鳏夫，经常独自外出旅行。专选交通便利的所在，免得身体吃不消，借游山玩水以娱晚年。

  他偶然来到日本平①，归途参观了三保松原②，参观了那里的宝物——天女羽衣的碎片，估计是从西域传来的。回静冈的路上，他想要一个人到海滨上去站一站。新干线儿玉号每小时发三班车，所以晚一班也没什么关系。只要上了车，不出一个半小时就能从静冈开到东京。

  他吩咐出租车停下来，拄着拐沿着沙子路走了约莫五十米，来到驹越海岸，边眺望大海边缅怀古迹：这里恐怕就是《童蒙抄》上所载天女下凡的传说③中的有度滨吧。又回忆了一阵自己年轻时的镰仓海岸的情景，心满意足地折了回去。海滨上冷冷清清，

---

① 日本平是位于静冈市与清水市之间的有度山山顶一带的称呼。

② 三保是静冈县清水市的地名，位于三保半岛的尖端。三保松原是沿着海岸的沙丘栽种的防风松林。

③ 三保松原上有一棵羽衣松。据传说，天女曾下凡，将羽衣挂在松树枝上，去洗海水浴。渔夫藏起羽衣，向她逼婚，还生下孩子。后来天女找到了羽衣，遂飞回天宫。

除了戏耍着的孩子，就只有两三个人在垂钓。

来的时候只顾看海了，沿着原路回去时，连防波堤下那朵发蔫的旋花都清晰地映入眼帘。防波堤上的沙地堆满了垃圾，任海风吹拂着。缺了口的可口可乐空罐、罐头盒、家庭用油漆空罐、无比结实的尼龙袋、装洗涤剂的盒子、大量瓦片、装过饭菜的塑料空壳……

尘寰的废弃物一直涌到这里，这才第一次和"永恒"照面。迄今无缘相逢的永恒——那就是大海。人也是一样，终究只能以最污秽、最丑陋的形象来面临死亡。

防波堤上，稀稀落落的松树已吐出新芽，上面开着状似海盘车①的红花。归途的左方有一片萝卜地，开着一排排楚楚可怜的四瓣小白花。道路两侧栽着小松树。此外就是一大片栽培草莓的塑料大棚。半圆锥形的棚子里，无数的石垣莓在叶荫下耷拉着脑袋，苍蝇沿着锯齿形的叶边爬来爬去。本多极目望去。这种令人不愉快的、暗淡的白色半圆锥形挤得满满当当，当中有个小型的塔状建筑。方才来的时候，他不曾留意到这座房子。

房子坐落在停着车的县道这一边。是座木头结构的白壁两层小楼，混凝土的房基高得异乎寻常。倘若是供看守人用的，未免太高了些；办事处呢，又不该如此简陋。不论楼上还是楼下，三面墙上都有窗户。

本多出于好奇心，踏上那片沙地（看光景是前院）。这里散

---

① 海盘车是一种海星科动物，形状像星星。我国北部沿海分布很广，喜吃贝类。

布着碎玻璃碴儿，每个碎碴都忠实地映出云影；白色窗框胡乱丢在地下。抬头一看，楼上的窗口装有圆形透镜，发出黯淡的光，似乎是望远镜。从混凝土房基伸出两根红锈斑斑的巨大铁管，重新钻进地里。本多觉得脚底下挺玄乎，但还是迈过铁管，沿着房基绕过去，登上了通往底层的快要坍塌了的石阶。石阶尽头，平台上架着一副通往小楼的铁梯，梯脚下竖了个有遮檐的牌子：

TEIKOKU SIGNAL STATION

帝国信号通信社股份有限公司清水港办事处

　　业务项目

1. 通知进出港船舶动静

2. 发现并防止海难事故

3. 海陆信号联络

4. 海上气象通报

5. 欢迎欢送进出港船舶

6. 有关船舶的其他一切事务

　　用古雅的隶书所写的社名也罢，附在上面的英文译名也罢，由于白漆剥落，一部分字迹都模糊了也罢，无不使本多觉得可心。这些业务项目尽情地散发着海洋的气息。

　　他窥伺了一番铁梯上端，小楼里鸦雀无声。

　　回头一看，脚底下的县道彼方是城镇，淡蓝色新瓦铺葺的一簇簇房顶，东一处，西一处，鲤鱼旗①上边的风车闪闪发光。城镇的东北方，清水港呈现出乱糟糟的景象：陆地上的起重机和船上的摇臂吊杆互相交错。工厂的白色筒仓和黑色的船腹，一直听任潮风吹着的钢材，以及厚厚地涂了油漆的烟囱，有的留在岸上，有的跨过重洋，聚在一起，和睦相处。港口的机构裸露无遗，远远地尽收眼底。在那里，海洋宛如被割成一截截的发亮的蛇。

港口那一边的群山上空高高的地方，富士山从云隙间仅只露出山巅。隔着飞舞的乱云，山顶的白色固体，看上去仿佛是将一块锐利的雪白磐石抛到云彩上边了似的。

本多心满意足地离开了此地。

---

① 5月5日是日本的男孩节，届时悬挂用纸或布做成的鲤鱼形旗子，以示庆祝。

三

信号所的房基原来是一座蓄水池。

用水泵把井水抽上来，予以贮存，再通过铁管输送到那一大簇塑料薄膜棚里，以灌溉作物。帝国信号公司看中了这座混凝土高台，于是在上面筑起木头结构的信号所。待在这个位置，不论是从西边的名古屋驶来的船，还是从正面的横滨驶来的船，都能及早看到。

起先是四个信号员三班倒，八小时工作制，由于出现了一个长期病号，其余三个人就改为轮流值二十四小时的班了。楼下是所长的办公室，他不时地从港埠的办事处前来巡视一番。三面墙上都有窗户的楼上那个八铺席大小的地板间就是轮流值班者孤零零地工作的地方。

窗子内侧，沿三面墙放着一溜固定的桌子，朝南摆着一架放大率三十倍的双筒望远镜，朝着东边的港湾设施则摆了一架放大率十五倍的望远镜。东南角的柱子那儿，备有一架供夜间发信号用的一千瓦的投光器。西南角的办公桌上摆着两部电话，书架，地图，分别放在高高的搁板上的信号旗，西北角上的厨房和休息室，统共就是这些。东窗前边耸立着高压线的铁塔，白瓷绝缘子与云彩的颜色混淆不清。高压线从这里一直往下延伸到海滨，在那儿与下一座铁塔连接，再往东北方向迂回，通到第三座铁塔；而后沿着海岸线，串联起看上去一个比一个短小的银色望楼，通向清水港。从这扇窗户外面的那座数起，第三座铁塔是个很好的目标。因为只要看见入航船从它跟前经过，就能知道船终于驶入包括码头在内的 3G 水域了。

至今船舶得像这样靠肉眼来辨认。只要船的行动一天被载货的轻重和海洋反复无常的性格所左右，它就一天不会失去不守时刻的来宾那种 19 世纪的浪漫派气质。海关、检疫人员、领港员、装卸工、开饭铺的、洗衣店，都需要一个值班者，看着船驶入 3G 的时间，准确地告诉什么时候该做好准备。尤其是倘若只剩下一座栈桥，而两艘船争先恐后地冲进来的话，就得有个看守者，按照入港的先后，公平地决定次序。

透干的就是这一行。

海面上出现了一艘相当大的船。水平线已经模糊了，要是想凭肉眼及时发现船，就必须熟练而敏捷才行。透旋即将两眼凑到望远镜上。

在隆冬或盛暑那些天气晴朗的日子，就能瞥见船舶胡乱践踏水平线那高门槛儿，探出身来的一刹那。然而在初夏的雾霭中出现的话，只不过是逐渐地叛离"不可捉摸的存在"而已。水平线简直像个被压垮了的、又白又长的枕头。

黑色货船的大小，跟总吨数 4780 吨的天朗丸不相上下。船尾楼型也跟船舶登记簿上所记载的相符。白色船桥，在船尾嬉戏的白浪，看得很分明。三根淡黄色起重吊杆。黑烟囱上那红色的圆形标志呢？……透越发凝眸审视。红圈里的一个"大"字映入眼帘。准是大正海运喽。船一直保持每小时约莫 12.5 海里的速度，一个劲儿地想逃出望远镜那圆圆的视界，宛如从捕虫网的圆框前边飞过去的一只黑蝴蝶。

然而看不清船名。只知道有三个字，连那"天"字，也是凭着先入为主的概念，觉得像就是了。

透回到桌前，给船舶代理店打了电话。

"喂，喂，我是帝国信号。天朗丸正从信号所前边经过，拜托啦。载货量吗？"他回忆着船腹上界于黑红两色之间的吃水线的高度，"嗯，约莫一半吧。几点钟开始装卸？十七点吗？"

时间挺紧，再过一个钟头左右就要装卸了，所以得多联系几个地方。

他忙忙碌碌地往复于望远镜和桌子之间，一连打了十五个电话。

领港员办事处。拖船春阳丸。领港员的住宅。好几家以船舶为对象的食品供应店。洗衣店。港务处的交通船。海关。再给代理店打了一次。港湾管理办事处的港营科。检查载货量的检测协会。水路运输店……

"天朗丸一会儿就到了。栈桥是旭日四号和五号吧？拜托啦。"

天朗丸正在从第三座高压线铁塔跟前经过。由于游丝的关系，一往地面上照，映在望远镜里的影像就马上湿润了，并不断摇曳着。

"喂，喂，天朗丸要进入 3G 了。"

"喂，喂，我是帝国信号，天朗丸这就进入 3G 了。"

"喂，喂，是海关吗？请接警务科……天朗丸进入 3G 了。"

"喂，喂，十六点十五分，经过了 3G。"

"喂，喂，五分钟前，天朗丸已进港。"

…………

除了直接驶入的船而外，从横滨和名古屋发通知说要在清水进港的船数，月末很多，月初寥寥无几。横滨离清水有 115 海里，时速 12 海里的话，九个半小时就到了。把船的速度计算好，从预定进港的一个来钟头以前就守望着，底下就没有什么事了。今天只有日潮丸预定于下午九点钟从基隆直接开来，此外就没有要进港的船舶了。

每逢一艘船进港，联络工作告一段落，透就觉得仿佛泄了气。他的工作一结束，众多的人就在港口一齐忙碌起来。他只消一边在这遥远孤绝的地方抽烟，一边想象港口那热闹景象即可。

其实是不该抽烟的。一个未成年的十六岁少年竟然尽情地吞云吐雾，所长起初还快快地提醒过他不要这样，后来就什么也不说了。也许他认为由于工作性质的关系，对此只好睁一只眼闭一只眼吧。

透的脸长得挺英俊，苍白得像是冻僵了似的。心是冰冷的，既没有爱，也没有泪。

可是他懂得瞭望的幸福，这是天赋的一双眼睛教给他的。什么都不创造，只是目不转睛地凝望；眼睛不可能看得更清楚了，认识得也不可能更透彻了。到此境界方知，看得见的水平线的远方还有个看不见的水平线。肉眼能够看见，而且能够认识的范围内，出现了形形色色的存在：海、船、云、半岛、闪电、太阳、月亮、繁星。倘若目光与存在相遇，也就是说，存在与存在相遇，就叫作"看见"的话，那岂不是存在彼此之间胆肝相照了吗？不是这么回事。"看见"是超越存在的，会像飞鸟一样，展翅把安永透领到任何人都不曾见过的领域。在那里，就连美也会像穿旧、拖碎的衣服下摆似的，变得敝陋了。永远不会出现一艘船的海洋按说是有的，绝不会被存在所侵犯的海洋也是有的。一个劲儿地看啊，看啊，看穿了。清晰至极的领域里，确实什么也没有出现。准有这样一个领域：它确确凿凿是深蓝色的，物像和认识像是浸在醋酸中的氧化铅似的一股脑儿溶解了，于是"看见"一事挣脱掉认识的枷锁，化为一片透明。

唯有朝那个领域放眼望去，透才能找到幸福。对透来说，再也没有比这更能使他陶醉的了。只有眼睛才能使他忘掉自己，照镜子时除外。

那么，自己呢？

这位十六岁的少年确信自己并不完全属于这个世界。他只半个身子属于这个世界。其余的半个，则属于那幽暗、深蓝的领域。因而尘世间没有任何足以约束自己的法律与规则。他只消装出一副被世俗的法律所羁绊的样子就足够了。哪个国家竟有束缚天使的法律呢?

所以人生出奇地容易混过去。人们的贫困,政治和社会的矛盾,丝毫引不起他的烦恼。他脸上时而泛出和蔼的微笑,但这与同情无关。微笑是绝不容忍别人的最后标记,是撇成弓状的嘴唇所射出的隐形的箭。

看厌了海,便从抽屉里取出一面带柄的小镜子,端详自己的脸庞:面色苍白,鼻梁高高的,一双美丽的眼睛总是嵌着深夜。两眉虽细,却是武士眉,显得挺精神。嘴形端庄,线条柔和。然而最美的还是那双眼睛。按说在自我意识中他是不需要眼睛的,在他的肉体中眼睛却最美,这是一种讽刺。得靠眼睛来确认自己的美貌,却偏偏就数这一器官长得美。

睫毛长长的,冷酷到极点的眼睛,表面上始终带着一种梦幻般的神情。

横竖透是被选拔出来的,与其他人迥乎不同。这个孤儿深信自己是纯洁的,能够做任何坏事。他父亲是一艘货船的船长,在海上罹难,过不多久,母亲也弃世,一位穷伯父将他收养。初中毕业后,到县办辅导训练所学习一年,取得了三级无线通信士证书,遂在帝国信号公司就业。

贫困不断地造成创伤,带来屈辱和愤怒,每一次都损坏了树皮,淌下来的树脂旋即凝固起来,变成玛瑙般的固体,透对此浑然不觉。透的树皮生来就是硬的,那是又硬又厚的侮蔑的树皮。

一切均已自明白知,认识的欢乐只有在海洋那一头看不见的水平线上才能找到。这会子人们还有什么可惊惧的呢？其实谲诈就像早晨的牛奶一样，每一户人家的门口都送到了呀。

他对自己了如指掌，行为检点，在他来说无意识是不存在的。

他想道：

"倘若我凭着无意识的动机说了点什么，这个世界恐怕早已被摧毁了。世界应该对我的自我意识表示谢忱。因为除了统御而外，意识是没有什么可夸耀的。"

有时他遐想：说不定我是一颗有着自我意识的氢弹吧。横竖我确实不是个凡人。

透经常留意自己的全身，一天洗好几次手。手掌用肥皂搓来搓去，弄得皮肤干燥而发白。在旁人眼里，这个少年仅只是有洁癖就是了。

然而，外界无秩序，他是不介意的。他认为，把别人的裤子不笔挺这样的事放在心上，是一种病态。倘若政治穿上一条皱巴巴的裤子，那又算得了什么……

从楼下传来了轻轻的叩门声，倘若是所长的话，就会以踩碎一只木纸匣的势头，不容分说地推开那扇根本关不严的门，噔噔噔地一直来到二楼门口的脱鞋处。这不是所长。

透趿拉上套鞋，沿着木楼梯走下去，坚决不肯开门，却对着贴在门上那带波纹的玻璃上的淡红色身影说：

"现在还不行。今天六点来钟以前，所长可能会来。吃完晚饭再来好了。"

"是吗？"门外的影子一动不动地凝思片刻，波纹玻璃上的淡红色往后退了，"……那么，待会儿再来。有好多话要讲呢。"

"就这样吧。"

透把随手带来的铅笔头夹在耳朵上，又跑上楼梯。

他热忱地望着暮色苍茫的窗外，仿佛已经忘记了方才的来访者。

太阳一直为云彩所遮蔽，无从看到落日。按说是下午六点三十三分才落，还有一个多钟头呢，然而海面已罩上一层淡墨色，一度消失的伊豆半岛反而依稀呈现出水墨画的轮廓。

两个妇女背着满篓草莓，从底下那塑料薄膜棚之间穿过去。草莓棚的那一头，粗铁般的海景尽收眼底。

一艘500来吨的货轮，下午一直停泊在第二座高压线铁塔后面；看来它是为了节省停泊费而提前驶出港口的，到了港外，重新抛锚，从从容容打扫毕，又起了锚。

透走进那装有小小的水槽和煤气灶的厨房去热晚饭的菜肴。这当儿电话铃又响了。管理办事处通知说，收到了日潮丸打来的公务电报：今晚准九点入港。

吃罢晚饭，看完了晚报，这才意识到自己正盼待着先前那个来客。

下午七点十分。海洋已被夜幕笼罩住，唯有眼下那片塑料薄膜棚，像降了一层白茫茫的霜，抵抗着黑暗。

窗外接连传来隐隐的马达声。那是从右侧的烧津港一齐出动的渔船。经过这里，驶向兴津海面去捕小鲱鱼。船中央悬着红绿两色的灯，二十来只船争先恐后地驶去。穿过夜海的众多灯光微微颤悠，如实地传出烧球式柴油机那质朴的振动。

一时，夜海那情景像是村里举行的庙会。仿佛看着人们成群结队地举着灯笼，喧嚣地你呼我唤，走向黑咕隆咚的庙宇。透晓得这些船老大都很饶舌。他们在海上用扩音器交谈，快快活活，散发着鱼腥气味的筋肉热乎乎的，幻想着捕到大批小鲱鱼，在水廊上比赛谁的速度快。

闹腾了一阵，又静下来了。而今只听得到沿着房后的县道驰过的汽车声——它发出的噪声，一向不高也不低。这当儿，透再度听见了楼下的叩门声。准是绢江又登门造访了。

他下了楼梯，替她开了门。

身穿桃色开襟羊毛衫的绢江站在门灯下面，头发上插了一大朵白色栀子花。

透老气横秋地说：

"请进。"

绢江脸上像美女那样泛着有点勉强的微笑进来了。上楼后，她在透的桌子上放了一匣巧克力。

"请吃。"

"净吃你的东西啦。"

透撕破玻璃包装纸，声音响彻整个屋子。他打开金色的长方形盖子，捏起一粒，朝绢江微微一笑。

透总是恭谨待绢江，仿佛她是个美人似的。透面对着西南角的桌子而坐。绢江则坐在东南角的投光器后面的椅子上，尽量和透保持距离，而且随时都可以从门口沿着楼梯逃下去。

隔着望远镜瞭望时，要把屋子里的灯统统熄灭，但平素间，只为一个人照明，顶棚上的荧光灯未免太辉煌了。绢江头发上那朵栀子花发出湿润的白光。在灯光下看，她真是丑得无以复加。

在任何人眼里，她都是丑陋的。我们通常见惯了的那种平凡的相貌，换个角度来看竟是标致的，还有一种丑女，能够透出心灵的美；她的脸和这些无从比较，无论从什么角度，怎样变着法儿端详，都只能说是丑恶的。这是一种天赋，哪个女人也不可能长得如此彻头彻尾的丑。

然而，就是这位绢江，却总是对着自己的花容月貌顾影自怜。

"你很好，"绢江因为膝盖裸露在短裙下面而于心不安，就尽量缩着膝盖，边用双手把裙裾往下拽边说，"你很好，是唯一不对我动手动脚的绅士。但你既然是个男人，就很难说了。好好听着：你要是动手动脚的，我就再也不来找你玩了，也不再搭理你，从此咱们就绝交。喏，你肯发誓绝不动手动脚吗？"

"我发誓。"

透说着，轻轻扬起手，让她看到自己的手心。在绢江面前，凡事都得一本正经的。

每一次谈话之前，绢江都必然叫透这么发誓。随后，她的态度就蓦地变得悠然自得，始终被追逐着般的不安与焦躁也全然逝去了，坐在椅子上的那副姿势也自在了一些。她仿佛抚摸一样破损了的东西一般，伸手去摸头发上那朵栀子花，从花荫后面朝透泛出一丝笑意，忽然长叹一声，说：

"我多倒霉，简直活不下去啦。女人由于长得太美而招致的不幸，我认为男人是绝不会理解的。美貌并不能受到真正的尊敬，只要是见了我，所有的男人都会起邪念。男人简直是禽兽。我要不是长得这么美，大概就可以更尊重男人一些。任何男人，一见到我马上就变成禽兽，叫我怎么去尊重他们呢？女人的美貌和男人最丑恶的欲望直接联系在一起，对女人来说，这是莫大的侮辱。我再也不想去逛大街啦。因为擦身而过的男人，看上去个个都是流着口水逼过来的狗。我不过是漫不经心地老老实实在街上溜达罢了，迎面而来的男人的眼睛里，却统统闪着贼光，直勾勾地盯着我，似乎在说：'想要这个姑娘！想要这个姑娘！想要这个姑娘！'他们心里无不沸腾着可怕的情欲。单是走路，就把我弄得精疲力竭。

"拿今天来说，在公共汽车里就有人调戏了我。真窝心，真窝心……"

绢江说到这里，从羊毛衫兜里掏出一块小小的花手绢，典雅地按在眼睛上。

"在公共汽车里，我旁边坐着个英俊的青年。多半是东京人，膝盖上放着个大旅行袋，头上戴的仿佛是登山帽。乍一看，侧脸像是某某（绢江提到一位流行歌手的名字）。他一个劲儿地乜斜着眼睛看我。我寻思：又开始啦。他原是双手扶着那只像死兔一般又白又软的旅行袋的，这会子一只手却溜到旅行袋底下，神不知鬼不觉地伸过指尖，抚摸我的腿。而且是这个地方啊。说是腿，其实是尽上边，就是这个地方。好吓人哪。还是个外表蛮英

020

俊清秀的小伙子呢。我就越发感到可耻难堪，'哎呀'一声站了起来。其他乘客都大吃一惊。我心里也怦怦直跳，话都说不出来了。有一位看起来挺善良的大娘问我：'怎么啦？'我巴不得说：这个人调戏我。可我发现那个小伙子两眼朝下，满脸涨得通红，就说不出真话来了。我这个人，心肠毕竟是太软了。我压根儿没有袒护他的道理呀。我就打了个马虎眼，说：'喏，我觉得屁股上好像给针扎了似的。'人们说：'这太危险啦。'于是，胆战心惊地望着我刚刚离开的那个绿色坐垫。有人劝我：'最好向汽车公司提抗议。'可我说：'没关系，下一站就到了。'我就下了车。车开走以后，我原来坐的那个位子还空着，谁都不愿意坐在那么可怕的地方嘛。旁边那个青年的黑头发从登山帽下露出来，被阳光照得一闪一闪的。事情就到此为止。可我认为，我没有伤害别人，算是积了德。我一个人受到伤害也就认了。长得美的人，命中注定要如此。我一个人承受世上的一切丑恶，悄悄地埋藏内心的创伤，一直到死都不泄密就成了呗。不是脸蛋儿长得越标致的女人，才越能成为真正的圣女吗？只要说给你一个人听，我就知足了，你准肯替我保密。

"是呀，只有美女才能通过投到自己身上的男人的目光，详尽地了解现世有多么丑陋，凡人不可救药的本性有多么悲惨。（说到美女的时候，绢江就好像存了满嘴唾液，将它喷出来似的）美女不啻是备尝地狱般的熬煎。异性不断地对她有着下流的欲望，同性呢，又一个劲儿卑鄙地嫉妒她；可美女就得默默地露着笑意接受自己的宿命。然而多倒霉啊。谁都不能理解我有多么倒霉。除非是我这样的美女，否则是无论如何也没法体会这种不幸的。何况任何人也不会对这样的不幸寄予同情。每当同性对我说：'要是能够长得像你这么美，该多么幸福哇！'我就觉得厌恶。她们绝不会理解姣好者的不幸，宝石的孤独。然而宝石一向抛露在卑鄙的财欲下，我呢，总是抛露在贪婪的肉欲下。假若世人真正了解长得漂亮要遭这么大的罪，美容院啦，整形外科什么的，早就关门大吉了！只有其貌不扬的人才划得来，喏，对吧？"

透边在手掌上滚动一支六棱绿铅笔，边听着。

绢江是这一带的一个大地主的姑娘，因失恋而发疯，在精神病院里住过半年左右。症状古怪，可以说是一种偏向阴郁的"多悸症"。以后虽不再剧烈发作，却由衷地认为自己是个绝世美人，从而心神也安定下来。

随着发狂，绢江打碎了曾经给予自己莫大苦恼的镜子，得以跃进没有镜子的世界。她变得富于适应力，对于现实世界，只选择自己想看的东西来看，而扬弃那些不愿意看的。对一般人来说，这种生活方式不啻是走钢丝，迟早会遭到报复，她过得却很安逸，毫无危险。自从把自我意识当作旧玩具一样丢进垃圾箱，她就另外造了个精巧无比的虚构的自我意识，将它像人工心脏一般，安安稳稳地装在自己的心室里，让它发挥作用。这个世界坚若金刚石，谁都不能侵犯它。造了这么个世界后，绢江就完全沉浸在幸福中了，照她说来，变得"彻头彻尾的不幸"了。

绢江所以会发狂，恐怕是使她失恋的男人曾露骨地嘲讽她那张丑陋的脸之故。在这一刹那，她找到了自己生存的道路，发现了从这唯一的隘路透过来的光明。倘若不能改变自己的容貌，只要使世界改观就行了。她亲自施行了任何人也不知道其中奥秘的美容整形手术，来个脱胎换骨，于是从如此丑陋的灰色牡蛎壳中，便灿然地露出一颗珍珠。

恰似一个被逼上绝路的士兵铤而走险一样，绢江摸索到了这个世界的不如意的结子，抓住这一点，把世界颠倒过来。这是怎样的一场革命啊。竟以悲凄的形式来接纳内心最渴望的东西，这又是何等狡黠啊……

透以老成的手势摆弄烟卷，穿着工装裤的长腿并在一起伸到前面，悠然倚着椅背倾听。绢江说的无非是些陈谷子烂芝麻，但透丝毫不让对方察觉他早已听腻了。绢江对听者的反应极其敏感。

透绝不像周围的人们那样讥笑绢江。绢江知道这一点，所以才来找他。对这个比自己大五岁的丑恶的狂女，他怀着一种异乎寻常的同胞爱般的感情。不管怎样，他就是喜欢顽固地不承认这个世界的人。

两个人都是铁石心肠。一个得到了狂气的保障，另一个被自我意识所保障。既然这两颗心几乎一样地坚硬，不论怎样接触，彼此都绝不会受到伤害。况且他们二人只是心心相印而已，不必担心肉体的接触。在这方面，绢江完全放松了警惕，但是当透蓦地弄得椅子咯吱咯吱响，站了起来，跨着大步走过来时，她就惊叫着往门口逃去。

透是急着去看望远镜的。他将两眼紧紧地贴在望远镜上，朝后面摆摆手说：

"要工作啦。回去吧。"

"哎呀，对不起，我误会了。我相信唯独你绝不是那样的人，可仓促间我把你也当成了那号男人。原谅我吧。我净遭殃了，所以男人突然一起身，我就以为又要来了。对不起。不过，请你体谅我这种心情，我是不得不胆战心惊地过日子呀。"

"行啦，回去吧。我忙着呢。"

"我回去。喏……"

透觉察出她还在背后的脱鞋处踌躇着，就依然把眼睛紧贴在望远镜上，问道：

"什么事？"

"喏，我非常尊敬透……那么，再见啦。"

"再见。"

碎步走下木质楼梯和关门的余音在耳际缭绕，透用眼睛扫视着一片黑暗中映在望远镜里的那点灯光。

刚才他一边听绢江唠叨，一边朝窗外瞟了一眼，发现了一些兆头。当船快要驶近时，船上的灯光和西伊豆土肥一带的山顶、山麓上的零星灯火，以及海面上渔船的灯光混淆在一起；但即便天气多云，也能略微觉察出有点可疑和异样，仿佛是将一点灯光洒到黑暗中了似的。

日潮丸预定九点钟进港，还有一个来钟头呢。可是再也没有比船更没准儿的了。

昏暗的海面上，趁着朦朦胧胧的夜色，像虫子蠕动般地出现在望远镜的圆透镜里的是船灯。一小簇灯光分成了两股。原来是转了方向，前后两盏桅灯分开了。再追着看一会儿，这两盏桅灯的间隔就固定下来。根据间隔的大小，以及船桥那簇灯，大概就可以弄清那不是数百吨的渔船，而是4200多吨的日潮丸。透的眼睛已经十分熟练于凭着桅灯的间隔来判断船有多么大了。

透镜改变着方向，船灯明显地孤立了，再也不会和伊豆半岛远方的灯光以及渔火相混淆了。黑黝黝的庞然大物稳稳当当地沿着黑暗的水路滑过来。

不一会儿，它就会随着船桥那投射到水面上的灯光，像灿然的死亡一般袭来。黑暗中，他清晰地辨认出了被红色樯灯和舷灯镶了边的船的形状——货船那独特的、古代乐器般复杂的形状。他旋即伏在投光器上，握住摇柄，调整了方位角。倘若发光信号过早，从船上就看不清楚。然而太迟的话，信号灯光就会被房间东南角的柱子遮住，光线无法充分照过去。况且对方的反应或快或慢，难以预料，所以适时的断定是困难的。

透拧开了投光器的开关。机器已经陈旧，从缝隙间露出一丝光，照在他的手上。投光器上面装着青蛙眼珠般的望远镜。船漂浮在夜色笼罩下的圆圈中。

透摆动遮光板，发出最初的三次招呼。

咚咚咚哧——咚，咚咚咚哧——咚，咚咚咚哧——咚。

没有反应。

又发了三次招呼。

从船桥的灯光旁边，渗出一股浆液似的光，回答道：

哧——

操纵遮光板的摇柄沉甸甸的，这一瞬间，透觉察到了他发出的信号灯的效应。他又发出了信号：

"船名呢？"

咚哧——哧——哧——咚，咚哧——咚哧——咚，哧——咚咚咚哧——，咚哧——，哧——咚咚咚。

对方发出"哧——"的信号，表示"明白了"，随后倏地以变幻多端的忽闪忽闪的光线送来了船名。

哧——咚哧——咚，咚哧——哧——咚，咚咚哧——咚，哧——哧——，咚咚哧——，哧——咚咚哧——，哧——咚哧——哧——咚。

的的确确是日潮丸。

这当儿，长短不等的灯光，惶惶不安地乱舞不已，在周围那簇安宁的灯光中，看来唯独这道灯光欣喜若狂。从夜海的彼方遥遥发出的光声，恰似刚才还坐在这里的狂女的嗓音。它并不悲伤，听上去却是悲伤的，不断地诉说着痛切的至福，仿佛是金属发出来的声音……话虽如此，尽管只是通知船名而已，然而光线那纷乱的声音，却把感情激昂得偶尔间歇的脉搏，断断续续地传过来。

日潮丸的发光信号，多半由值勤的二副负责。透想象着从夜晚的船桥朝这边送过来的二副的归乡之情。那间明亮的屋子里弥漫着白漆的气味，黄铜质的罗盘针和舵轮闪闪发光。那儿准弥漫着长期航海生活的疲劳，以及南半球骄阳的余暑。这是厌于潮风、被货物压得精疲力竭的归船。对二副来说，操纵投光器真可谓驾轻就熟，动作既富于男子气概，又有点懒洋洋的。他的手多么熟练敏捷，眼睛里充满了火热的恋家激情。隔着夜海，两间孤零零、亮堂堂的屋子遥遥相对。自从开始交换信号，就捕捉到了处在黑暗的彼方的那个人的心灵，恰似能看到一颗光辉的魂魄在夜海中漂浮。

那艘船明晨才靠岸，今晚总得停泊在 3G。检疫工作已在下午五点结束了，要到明天早晨才开始。透把日潮丸经过第三座铁塔的时刻记录下来。事后有人讯问时，如果告以这个时刻，就省得在栈桥上引起什么纠纷了。

透喃喃地说：

"直接驶入的船总是提前到。"

自言自语是这个少年的习惯。

已经过了八点半，海面上风平浪静了。

十点来钟，发困了，他就走下楼梯，到门口前吸了吸外面的新鲜空气。

下面公路上的车辆依然川流不息，东北的清水港周遭，聚集的灯光敏感地眨着眼。晴朗的日子，西边的有度山总是把夕阳吞进去；而今，它是黑魆魆的。H 造船厂的宿舍一带，醉醺醺的唱歌声格外刺耳。

回到屋里，他拧开了收音机的旋钮，好听听天气预报。预报说，明天下雨，海上浪高，估计能见度很差。接着是新闻。据报道，美军在柬埔寨摧毁了民族解放阵线的司令部、军事补给站以及医院等，这些设施在十月以前恐怕难以恢复。

十点半了。

外界越来越看不清了，连伊豆半岛的灯光都消失了。透睡意蒙眬地想道：这总比月光皎洁的夜晚强。月夜的海面闪耀着，反而难以从那片反光中来辨认船舶的桅灯。

透上好闹钟，让它一点半再叫醒自己，然后进入休息室睡觉去了。

四

……同一时刻，本多在坐落于本乡的家里做了个梦。

旅行归来，由于太乏，老早就躺下，随即入睡了，多半是白天看过羽衣松之故，梦与天人有关。

在三保松原的天空飞翔的天人不只是一个，而是成群的，有男有女。本多对佛籍的知识，在梦中变得那么活灵活现。

本多边做梦，边想：佛籍中所记载的原来是真实的呀！他沉浸在纯净的欢乐中。

天人指的是住在欲界六天和色界诸天的有情之物，欲界天尤其出名。如今他看见的这些相互嬉戏的男女天人，多半是属于欲界六天的。

他们身上发出火、金、青、红、白、黄、黑七种光，宛如长着虹翼的庞大的蜂鸟在飞来飞去。

头发是青色的，微微一笑，便露出发光的皓齿，身体极其柔软，洁净无比，凝眸看着，连眨都不眨巴一下。

欲界的男女天人不断地相互接近。然而为了传达情意，夜摩诸天的男女只消彼此握握手，兜率陀天的只要相互想念，化乐诸天的单凭默默对视，他化自在天的仅只互相谈心就足够了。

本多思忖道，他所看到的天人在三保松原上空的翱翔，大概就是这样的集会。有散花的场面，还飘送着美好的音乐和馨香，初次见到的奇景使本多陶醉。但是他知道，即便是天人，既然有情，还是避免不了轮回转世的命运。

看似夜晚，却是明亮的下午；以为是白昼，苍穹上却繁星闪烁，挂着下弦月。阒然无人。倘若本多是唯一一见到这种情景的，莫非渔师白龙①就是指他本人吗？

据佛典记载：

> 天人之男生于天子膝边，天人之女生于两股之内，
> 各自知晓过去所生之处，常食天之须陀味②。

本多瞧着一个劲儿地舞上舞下的天人们。有个天人像是在捉弄他，那跷起的脚趾，竟然差点儿碰着他的鼻尖。本多沿着那白皙的脚趾望去，只见回过头来朝他笑着的，正是遮在华冠下的月光公主的脸。

天人们逐渐地不把本多看在眼里了。他们一直降到水边，降到沙丘附近，钻过昏暗的松树枝下飞了去。本多目不暇接，看得眼花缭乱。白色的曼陀罗花不停地散落，箫笛琴篌筬以及天鼓的

---

① 指白龙鱼服的典故。见《说苑·正谏》："昔白龙下清泠之渊，化为鱼，渔者豫且射中其目。"战国时代吴王曾想微行，伍子胥用这个典故予以劝阻。后用"白龙鱼服"比喻贵人化装微行。

② 须陀味是天上的一种甘露，馨香扑鼻，据说饮者可长生不老。

声音不绝于耳。青发、下摆、袖子以及从肩膀披到胳膊上的薄纱披巾，随风飘扬。忽而裸露的白嫩肚皮晃荡着掠过眼前，然而纯净的脚心腾空而去。美丽的白臂带有虹的光彩，像是在捕捉什么一般从眼前擦过。一霎时，手指柔柔地张开来，连指根都看得一清二楚，隔着指缝还可以瞥见挂在空中的月亮。用天揭香熏过的丰满的白胸舒展开来，嗖地飘上天际。腰部的曲线衬着碧空轮廓鲜明，如一抹横云。然后，绝不眨巴一下的一对乌黑的眸子，从远方逼过来；忧郁的雪白额头向后一仰，星光便映在眸子里，脚朝天翩然而下。

在男天人之间，本多清楚地瞥见了清显的面影，以及勋那凛凛的脸孔。他想追逐这两张脸，但他们混淆在七彩缤纷的虹光里了，游行尽管缓慢，却片刻不停，所以转瞬之间不见了。

但是既然也有月光公主的脸，说不定在欲界天，时间的秩序是混乱的；时间变幻自如，过去世在同一时刻出现在同一空间。那实在是静穆的游戏，无尽无休，忽而结成新的连环，忽而又一下子解开了。

唯独松原的松树显然是属于现实世界的，连针叶都看得一清二楚，本多用手扶着的赤松干，摸上去也是如此粗糙。

最后，这种没完没了的飘舞，竟使本多厌烦和难以忍受。他又在偷看了，跟躲在公园那棵粗大的喜马拉雅杉后所见到的一样。屈辱的公园。夜晚的电气喇叭。自己总在偷看。最神圣的东西和最污秽的东西都是一样的。一偷看，就把什么都弄得一样了。都是一样的……自始至终本多陷入难以言传的阴暗心情，就像是从海水里游过来的人扯掉缠在身上的海藻再上岸似的，挣脱掉了梦，醒过来了。

……枕畔那只装零碎儿的筐子里，手表发出轻微的声音。

拧亮了枕边的座灯，一看钟点，才一点半。

本多担心，恐怕从此刻到黎明，会一直失眠的。

五

……透被闹钟叫醒，就照例仔仔细细地洗罢手，走到望远镜那儿去瞭望。

空气温瞍瞍的，放在瞭望孔上的白色小圆垫湿漉漉的，显得挺不干净。他把眼睛稍微离开一些，免得睫毛触着镜片。什么都看不见。

瑞云丸定于三点钟到达，他怕它会提前入港，所以一点半就起来了。瞧了两三遍都没见任何动静，然而到了两点来钟，海上就热闹了，众多渔船挂着灯，从左右两边竞相发出细碎的嘎吱嘎吱声，出现了。眼前的海面，一时变得像酸浆市场①似的。这些船在兴津海面上捕到小香鱼，匆匆驶向烧津，以便赶上早市。

透从巧克力的匣子里取出一粒，放在嘴里，到水槽那儿去准备煮汤面，当夜宵吃。正忙着，电话铃响了。是横滨的信号所打

---

① 酸浆市场是每年七月九日、十日两天，在东京浅草寺境内举行的出售酸浆的市场。酸浆是一种茄科植物，结球形红皮浆果，去其内瓤，将球形外瓤放在嘴里，用舌头压响，当作女孩子的玩具。

来的，说是预定三点钟到的瑞云丸晚点了，将于四点左右才到。早知如此，不该起这么早。他一个劲儿地打哈欠，像是从胸腔尽里面硬挤出来的一般，哈欠连天。

到了三点半船还没来，愈益发困了。为了接触外面的冷空气以驱走睡意，他走下楼梯，到门外去做了深呼吸。此刻月亮该出来了，但天色阴沉，连星辰都无影无踪，只能看见附近住宅区那通往太平门的楼梯上所装的一连串红灯，以及远处清水港那簇亮晃晃的灯光。锦袄子①不知在哪儿小声叫着，拂晓春寒料峭，传来了头一遍鸡鸣。北方的天空上，横云泛白。

回屋后，差五分钟就四点了，瑞云丸才露出影子。透一看到它，睡意就一股脑儿拭去。晨光熹微，栽种草莓的那片塑料大棚像是白皑皑的雪景。船舶容易辨认。透朝着左舷的红色舷灯发出信号，借着对方所回的发光信号确认了船名。晨曦中，瑞云丸肃然进入了3G。

四点半，东方的天空，云彩上依稀露出红色。海水和沙岸的分界也清楚了，水色、渔船灯火的投影，各自都有了固定的位置。天色已经亮到能够勉强在桌上写字了。

瑞云丸

瑞云丸

瑞云丸

---

① 日语原文作"河鹿"，指河鹿蛙，一种善鸣的蛙。

他一遍遍地写着玩，过了两三分钟，越来越亮了，偶尔一抬眼，连波纹都能看得清楚了。

今天的日出在四点五十四分。为了欣赏日出前十分钟的美景，透倚着东方的窗台，推开了玻璃窗。

太阳还没有出现，上端那肌理细腻的云彩，像是低矮绵亘的山脉，一棱一棱的，跟山的襞皱毫无二致。山脉上，遍布蔷薇色横云，东一处，西一处，有着淡青色裂缝。山脉下，堆积着灰色云海。山脉的浮雕，连山麓都沐浴在蔷薇色云彩的反光下，发出一股幽香。可以设想，山麓下点缀着人家，透的眼前浮现了蔷薇色鲜花怒放的梦幻之国土。

透想道：我就是打那儿来的；来自梦幻的国土，来自破晓时从云隙间偶尔得以瞥见的国度。

刮起了冷飕飕的晨风，眼下的树木呈现出醒目的绿色。高压线铁塔上的瓷质绝缘器，黎明时分显得格外白。一直通向东方的电线，遥遥地朝着太阳即将升起的那壁天空集结在一起。然而太阳姗姗来迟。到了日出的时刻，红色淡下去，被青云吸入；代替扩散了的红色的是，像丝线般闪闪发光的云朵，它舒卷自如，太阳却不见踪影。

直到五点五分左右，太阳才显露出它在哪儿。

在覆盖着地平线的淡黑色云隙间，恰好在第二座铁塔那儿，瞥见了夕阳般忧郁的大红色旭日。由于上下都被云帘遮住，它的形状宛如发光的嘴唇。涂了大红色唇膏的薄嘴唇泛着讥讽的冷笑，在云间停留片刻。嘴唇越来越薄，越来越淡，只留下一丝冷笑就消失了。苍穹上反倒洋溢着发暗的光。

六点钟，一艘运输马口铁的船进了港。此刻，太阳隔着云彩竟从意想不到的高处放出圆圆的弱光，连肉眼都能予以直视。光线旋即加强，东方的海面像金线织花的锦缎带一般闪耀着。

透给领港员家里和拖船打了电话。

"喂，喂，早晨好。是入港船的事。日潮丸和瑞云丸入港了。拜托啦。"

"喂，喂，北富士先生吗？日潮丸，还有瑞云丸入港了。对啦。瑞云丸是四点二十分经过 3G 的。"

六

　　九点钟交班。他把那匣巧克力也托付给了下一个通信员，走出工作间。天气预报一点都不准，晴空万里，云彩完全消失了。由于缺觉，等公共汽车的当儿，路面的光线使他觉得晃眼。

　　通往静冈铁道樱桥站的道路，曾经是一片庄稼地。把它填埋起来，劈卖给人们去盖了住宅。明亮平坦的地面上，沿着道路两旁盖起了崭新的、一点也不风雅的商店。像美国乡村的小镇似的，公路修得宽宽的。下了公共汽车，向左一拐，过了小河，就是透所住的一楼一底的公寓。

　　登上有着青色屋檐的楼梯，打开了二楼尽头的套房的门。由于拉上了挡雨板，那两间六铺席和四铺半席的屋子（外加厨房）有些昏暗。透离开前，照例把屋里收拾得整整齐齐。拉开挡雨板之前，他先到后面的洗澡间去放水。尽管很小，家里总算有用煤气烧洗澡水的设备。

　　等着洗澡水烧热的当儿，透倚着西北角的窗户，俯视着橘园对面的那些新房子的住户，怎样热热闹闹地过这个星期日的上午。尽管他整天瞭望，眼睛都酸了，但是除此而外，他什么都不会。狗在叫着。麻雀在橘树间飞翔。那是个朝阳的檐廊，一位好不容易盖起了自己的房屋的男子，仰在藤椅上看报哪。系了围裙的妇女的身影在里屋一晃一晃的。簇新的青瓦发出刺目的光辉。小孩儿的尖嗓门，像玻璃碴儿似的，这儿那儿响着。

透一向喜欢观察市井生活，只觉得仿佛是在逛动物园。洗澡水热了。早晨下班后，他惯于痛痛快快洗个澡，浑身上下冲洗得干干净净。胡子还用不着刮。每周约莫刮一次就够了。

脱得赤条条的，把踏板踩得咯吱咯吱响，没等冲洗，就先跳进洗澡水。他用不着对任何人客气。他对水的温度心中也有数，每次都相差不到二度，把身子泡热了，再从从容容地在踏板上洗身子。缺觉或疲倦时，他脸上就浮起一层油脂，腋窝也爱出汗，所以往那儿搓了不少肥皂，搓得肥皂直冒泡。

举起胳膊后，苍白的光从窗户里溜进来，把在肥皂泡底下忽隐忽现的侧腹那儿左乳旁边的地方映亮了。透朝那儿瞟了一眼，微微一笑。生下来那里就有三颗黑痣，活像是昴宿星团。曾几何时，他认为这就是自己命中注定要受到充裕的恩宠的肉身证据。

七

　　本多和久松庆子年老后，成为莫逆之交。本多只要和六十七岁的庆子一道走，不论在哪儿都会被看作十分般配的有钱的夫妇。他们不出三天就见一次面，彼此一点也不感到腻烦。他们和睦相处，一起担心胆固醇会不会太高了，又不断地害怕得癌症，竟成了医生的笑柄；他们对所有的医生心怀疑忌，接连换医院；他们在一些无聊的小事上会变得很吝啬，对这一点，彼此都能谅解；他们都精通老人心理（只对自己的事糊涂），而且同样地以此自豪。

　　即使发脾气时，两人也能保持平衡。如果一方无缘无故地发起脾气来，另一方自然而然地就采取克制的态度，既不伤害对方的感情，又能满足自尊心。至于记忆力衰退这一点，两人也互相体谅，倘若一方刚说过什么话就忘了，或接着就说出完全相反的话来，另一方绝不予以嘲笑，却认为是彼此彼此。

　　尽管他们两个人对于近一二十年的事简直记不太清楚了，然而对老早以前的姻戚关系，却记得那么详尽，真是一个赛一个，活像一部人事信用调查录①。他们经常发觉，彼此都压根儿不曾听对方的话，却同时在发表冗长的独白。

例如，本多会这么说：

"杉君的父亲是如今的日本合成公司的前身杉合成公司的创立者。他的头一个太太和他是同乡，出身于姓本地的世家。可是很快就打了离婚，太太恢复了娘家的姓，不久就和从表兄再婚了。为了赌气，她故意在离前夫所住的小石川驾笼町很近的地方买了座宅第。偏偏那座宅第有点名堂，说是井的方位不对头什么的，就按照当时一位有名的风水先生……叫什么名字来着……按他的指示在宅地上朝着大门盖了座稻荷神社②，朝香的善男信女还真不少，记得一直保存到空袭前……"

庆子则时而说上这么一段话：

"那一位是松平家的小老婆生的，是松平子爵的同父异母的妹妹，由于和意大利的歌手搞恋爱，从家里被赶出去了。她追那个意大利人，一直追到那不勒斯，结果被遗弃了，于是闹个自杀未遂，还见了报。她的伯父宍户男爵的太太有个堂妹，嫁到泽户家，生了一对双胞胎。长到二十岁上，接连死于车祸。据说那部有名的小说《悲哀的双叶》，就是以这对双胞胎为原型而写的。"

他们就这样挨个儿数落血族姻戚的遭遇，彼此都不曾听对方

---

① 日语原文作"人事興信録"，上面列载个人或公司的营业、财产等状况，以便了解与之做交易的可靠程度。

② 稻荷神社的总社在京都市伏见区稻荷山西麓，供奉仓稻魂神等神；近世以来，被视为各种产业的守护神，受一般群众的信仰，在日本全国各地建有分社。

在讲些什么。一点关系也没有，因为总比忠实地倾听后，露出一副腻烦的神情要好。

对他们两人来说，衰老就像是不愿意让第三者知道的共同的疾病。但是既然谁都不肯放弃谈论本人的疾病这一乐趣，最聪明的办法还是找个适当的人，好对他诉说自己的病情。他们之间的关系多少不同于世上一般的男女，所以庆子在本多面前完全无须矫揉造作，装出一副年轻女子的样子。

不必要的精密，乖僻，对青春的憎恶，执拗地关心琐事，死亡的恐怖，由于嫌麻烦而放弃一切，把什么事都放在心上，从而一个劲儿地较真儿……本多和庆子只在对方身上看到了以上这些毛病，而绝不会在自己身上发现。论顽固，他们两人谁也不亚于谁，并颇以此自负。

两人对年轻姑娘都是宽宏大量的，对小伙子却抱着不依不饶的态度。所以他们谈得最投机的话题，无非是谩骂小伙子，不论全学联①还是嬉皮士，都逃脱不了成为他们的活靶子的命运。只因为年轻，皮肤滋润光艳，乌发浓密，梦幻般的眼神，无不使他们生气。庆子甚至说："男人凭什么年轻，这简直就是一种罪恶。"本多听了，心花怒放。

倘若说，上了年纪就得不断地面对着最不愿意承认的真实情况，本多和庆子彼此都在对方心里找到了得以逃避真实的藏身之处。他们之间的亲密关系，不是和睦相处，而是急忙住进对方的

---

① "全日本学生自治会总联合"的简称。1948年成立的各高校学生会的全国性联合组织，系日本学生运动的中心，提倡学术自由、教育机构民主化等。

心里。他们交换了空房子，回过手来赶紧关上门。独自待在对方心里之后，这才舒了口气。

庆子声称，她对本多的友谊，完全是在忠实地履行梨枝的遗言。梨枝弥留之际，攥着庆子的手，恳切地求她关照本多的事。梨枝将丈夫托付给庆子一举，做得再贤明不过了。

梨枝托付的结果，去年庆子和本多到欧洲去旅游了一趟。梨枝生前，不论本多怎样试图说服她跟着自己去旅游，她也坚决不答应。她死后，庆子便替她陪伴本多去逛了一通。梨枝非常讨厌到国外去旅游，每逢本多提起这个话茬儿，她就央求庆子替自己去。因为她知道，丈夫绝不喜欢跟自己一道去旅游。

本多和庆子到了冬季的威尼斯和博洛尼亚。对老年人来说，天气冷得够呛，但严寒中的威尼斯是那么闲寂、颓废，真是太好了。看不到观光客的踪影，狭长的平底船无人问津，都冻僵在那里了。一路走去，一座座桥依次从朝雾中呈现出来，活像是灰色黯淡的梦。威尼斯是极其瑰丽的终极。被海洋和工业所蚀，兀自矗立在那里，直到它的美化为白骨的那一天。在这座城市，本多因伤风而发烧了，庆子非常麻利地予以精心护理，还刻不容缓地立即请来一位会讲英语的大夫，处处使本多体会到老后友爱之不可或缺。

退了烧的那个早晨，本多羞羞惭惭地表示了感激不尽之情，用揶揄的口气对庆子说：

"哎呀呀，你这么温柔，充满了母性爱，也难怪任何一个姑娘都会迷上你喽。"

"别把这两件事混为一谈，"兴高采烈的庆子装出一副生气的样子说，"我只对朋友才这么体贴。要是想让姑娘们爱我，就老得对她们冷冷淡淡的。假若我最喜欢的姑娘像你这样发烧病倒了，我就绝不使病人知道我多么着急，却丢下她去游山玩水。世上有些妇女竟模仿男女结婚的方式双双住在一起，形成一种老后可以得到保证的关系，我早就打定主意，宁死也不干这样的事。多少座凶房里，一对对妇女在同居，一个活像是男子汉，另一个是贫血体质的年轻女子，忠实温顺到令人发怵的程度。这些房子很潮湿，适宜生长感情的菌，两个人就吃这种菌来维持生命。她们在屋子里织满了温情脉脉的蜘蛛网，搂抱着睡在网内。那个有着男子气概的妇女照例是个能干人，她们脸儿贴着脸儿，计算该纳多少税……我可不是能够生存在那么个童话中的女人。"

本多是凭着老年男性的丑陋，才有资格成为庆子那份坚定决心的牺牲品的。这正是进入老境后，意想不到地交上的好运，真是称心如意啊。

也许是出于回敬本多的意思，庆子也取笑了本多把梨枝的牌位装在手提箱里一路拎着的事。本多只要发烧到三十九摄氏度以上，马上就会担心自己将患老年性肺炎，并立下遗嘱。那个牌位他一直藏得严严实实，在遗嘱中却托付庆子，自己客死他乡后，请她小心翼翼地替他捎回日本。

"你可真是一往情深，叫人毛骨悚然。"庆子直言不讳，"你太太无论如何也不想到外国去，可是偏偏给她造个牌位，硬把她带了出来。"

本多的病已痊愈，再加上那是个晴朗的早晨，庆子毫不客气地这么说话，使他感到一阵快慰。

庆子尽管这么说，可本多对自己强加于梨枝的牌位的究竟是什么，依然有不够了然之处。毫无疑问，梨枝毕生对本多是贞洁的，但这份贞洁上面却长满了荆棘。本多对人生抱有不如意的感觉，这位石女从旁边不断地主动予以体现；她从本多的不幸当中找到自己的幸福，本多偶尔表露一下爱情和温存，她却能立即看穿其本质。现今连农民夫妇都相偕到国外去旅游，以本多的阔绰，这个念头是很容易实现的。梨枝却极其顽固地予以拒绝，让本多一逼，她甚至会骂起来。

"巴黎啦，伦敦啦，威尼斯啦，究竟算得了什么呀！我都这么一大把岁数了，到处拖着我走，存心叫我去丢丑还是怎么的？"

倘若是年轻时代的本多，就会觉得自己朴实的爱情遭到嘲弄，从而勃然大怒，然而现在，他觉得连自己想带妻子去旅游，是否出于一种爱情，都值得怀疑了。每逢丈夫似乎表示一点爱情，梨枝就投以疑忌的目光，曾几何时，连本多本人也染上了猜疑的习惯。如此一想，这次的旅游计划也许是这样一种心情的表现：他硬去说服不乐意的妻子，把她的拒绝故意理解为是出于谦恭，把她的冷淡曲解为是出于一种隐秘的热情，以便证实自己的一腔善意，是想借此扮演世间一个普通丈夫的角色。说不定本多是想把整个旅行当成到了一定的年龄就该举行的那么一种仪式。梨枝马上看穿了出于平庸动机的这种做作的善意。为了抗拒，她以病为借口，被夸张的病状不久就弄假成真。梨枝成功地使自己愈益陷入悲境，事实上不可能去旅行了。

本多之所以带着梨枝的牌位去旅游，正证明了妻子死后他才对她的直率感到惊叹。梨枝要是看见丈夫把妻子的牌位放在手提箱里，到国外去旅游（这种假定本身就是自相矛盾的），她指不定会怎样嗤笑呢。然而现在的本多，不论多么庸俗的爱情都被允许了，而允许他这么做的，正是他心目中的新的梨枝。

回到罗马的第二天晚上，庆子好像是为了补偿自己在威尼斯护理病人的辛劳似的，从前边的维亚·威尼托弄来了一个西西里岛的漂亮姑娘，把她带到他们二人在埃克塞尔奇奥饭店订下的那个豪华房间，在本多面前嬉戏了一通宵。后来庆子曾这么说：

"那天晚上，你咳嗽得太精彩啦。感冒还没好利索吧，整宿发出古里古怪的咳嗽声。我一边听着从旁边那张昏暗的床上传来的你那苍老的咳嗽声，一边抚摸姑娘那大理石般的肉体，就别提有多么舒坦啦。那伴奏比任何音乐都来得出色，我简直觉得是在一座豪华的坟墓里搞着哪！"

"一边听骷髅的咳嗽，一边……"

"是啊，我刚好在生和死的中间，是个媒介。你敢说你就没找乐子吗？"

半夜里，本多也按捺不住了，遂爬起来，伸手抚摸少女的脚。庆子这话暗指的就是此事。

旅途中，本多向庆子学会了打纸牌。回国后，他应邀参加了庆子家举行的加纳斯塔①牌会。还是那间客厅，里面摆了四张牌

---

① 加纳斯塔是纸牌的一种玩法。主要目的是凑足七张以上的同位牌。

桌。吃罢午饭，十六个客人分四组围桌而坐。

本多这张桌子，除了庆子，还有两位白俄妇女。一个是和本多同庚的七十六岁老妪，另一个块头很大，有五十多岁了。

这是个秋雨潺潺的寂寥的下午。庆子那么喜欢年轻姑娘，为什么举行家宴时净请些上了岁数的人呢？本多弄得莫名其妙。男人只有本多和一位已经退休的实业家，以及一个花道师傅。

同桌的两位白俄妇女已经在日本住了几十年，却只会操些下等人说的日本话，讲得既蹩脚，嗓门又大，可把本多吓坏了。因为刚撂下筷子就上了牌桌，她们立即施了脂粉，涂上唇膏。

老妪的丈夫也是个白俄人。他去世后，她便继续经营那座在日本独立制造外国化妆品的工厂。平素间很吝啬，可在自己身上舍得花钱。有一次到大阪去旅行，腹泻不止，考虑到搭班机的话，频频上卫生间怪难为情的，也不方便，就索性包了一架专机回到东京，径直住进了经常去看病的那家医院。

这位老妪将白发染成茶色，身穿深青绿色连衣裙，外面披一件镶着闪闪发光的小金属片的对襟毛衣，还挂了一串珍珠未免太大了的项链。她的背驼得厉害，但是当她打开小粉盒，对镜涂口红时，手指却充满一股冲劲儿，以致下唇的皱纹都凑到一边去了。她叫珈利娜，是斗加纳斯塔牌的健将。

她张口闭口用"死"来吓唬人，说什么也许这是自己参加的最后一次加纳斯塔牌会了，说不定等不及下一次，早已咽了气。随后她就住了口，静候大家高声否定她的话。

意大利制的牌桌面上，嵌满了精巧的扑克牌花样，和灯光映照下的纸牌混淆起来，令人眼花缭乱。这位白种老妪将粗壮的手指伸到涂了一层清漆的桌面上，她戴的那只戒指上镶的琥珀色猫眼石，像浮标一样留下了倒影。她那满是老人斑的手指，白得恰似死了三天的鲨鱼肚皮；涂了红蔻丹的指尖，时常神经质地敲打桌子。

庆子将两副牌统共一百零八张仔仔细细地洗在一起，分牌的手势，差不多是个行家了，那些牌在她指间潇洒地弯成扇状。每人发了十一张，剩下的面朝下叠在桌上，并将最上面的那张翻过来，摆在旁边。那是艳红得发狂般的方块3，本多当即联想到，远处那三颗黑痣倘若染满了鲜血，就该是这样喽。

每张桌上已经开始发出玩牌时特有的喷泉般的笑声、叹息，以及冷不防的惊叫声。在这不必顾忌任何人的领域，老人们忽而窃笑，忽而表露出不安、恐怖与猜疑心，恰似晚间的一座感情动物园，每个笼子和禽舍都传出各种各样的叫唤声，笑声，响成一片。

"你和了吧？"

"我还没有哪。"

"看样子谁都没有凑够数。"

"出得太早，不是惹人生气吗？"

"这位太太，交际舞跳得好，戈戈舞①也拿手。"

"我还没去过戈戈俱乐部呢。"

---

① 戈戈舞是流行于美国的一种按摇摆舞的节奏跳的狂热舞蹈。

"我去过一次。像疯子似的。瞧瞧非洲的舞蹈吧，跟那个一模一样！"

"我喜欢探戈。"

"从前的舞多好。"

"华尔兹啦，探戈啦。"

"从前的人打扮得真潇洒。现在简直成了妖精。男男女女都穿一样的衣服。衣服的颜色像杠。"

"杠？"

"对，杠吧？出现在天上的。有各种颜色。天上不是会出现吗？"

"是虹吧？"

"对，虹。男女都一样，都像是虹。"

"虹多好看哪。"

"即便是虹，照这样下去，也会变成动物。虹的动物。"

"虹的动物……"

"唉，我活不了多久了。趁着还有这口气，哪怕多赢一局也好哇。这是我唯一的愿望。久松女士，这是我这辈子最后一次玩加纳斯塔牌啦。"

"又来这一套啦。别这么说啦，珈利娜。"

本多的牌总是凑不齐。这番奇妙的对话，使他的脑际蓦地浮现了每天早晨醒来的情景。

年届七旬以后，早起第一个见到的，便是死神的面孔。纸窗上依稀透点亮光，让他觉察出黎明到了；喉咙里沉甸甸地塞满了痰，于是醒了过来。夜间，痰堆在红色暗渠那细细的部位，在那里培养凝聚的狂想。迟早有一天，什么人就得用临时劈开的木筷子，夹起一团棉花，亲切地替他取掉那块痰。

早晨醒来，正是喉咙里这海参般的痰球首先告诉本多，今早他还活着呢。它也同时告诉他，既然还活着，就有面临死亡的恐惧。

曾几何时，本多已养成了醒来后在床上遐思良久的习惯。就像一头牛似的，他将做过的梦反刍好半晌。

梦要比人生愉快得多，充满光彩，洋溢着人的喜悦。幼时和少年时代的梦逐渐多了起来。在梦中，他回忆起年轻时的母亲在一个下雪天为他做的薄煎饼的味道。

他为什么会一个劲儿地忆起如此不足道的琐事呢？半个世纪来，他动辄就勾起这段回忆，达数百次之多；正因为它毫无意义，他简直无法理解究竟是何等深沉的力量促使他想起这事。

这座住房几经翻修，古老的茶间如今已荡然无存。总之，当时本多是学习院中等科五年级的学生。那天多半是星期六，放学后，他和一个同学一道去向老师打听什么事情；老师就住在校园内的宿舍里。他没有带伞，冒着纷飞的大雪，饥肠辘辘地走回家来。

每次他都是从内门厅进屋，那一天为了看看雪积了多厚，就从院子里绕过去。罩松树的草包上，白雪斑斑。石灯笼戴上了白棉帽。走过院子时，鞋底发出咯吱咯吱声；隔着纸门上所嵌的赏雪用玻璃，远远地瞥见了在茶间里走动的母亲的和服下摆，心里就高兴起来。

"哎呀，回来啦。肚子饿了吧？把雪掸干净再进来吧。"

母亲走了过来，冷飕飕地把双袖捂在胸前说。他脱去外套，两脚伸进被炉。母亲若有所思地吹着长火盆里的炭火，将鬓上那绺头发往后撩撩，免得着上了火星；她歇了口气说：

"等一会儿，给你做点好吃的。"

随后母亲在火盆上放了一口小煎锅，用浸透了油的报纸，使角角落落都沾上一层油。看起来，等待他回家的当儿她已经在做准备了，这会子将冒着白泡儿的乳液，巧妙地画着圈儿浇在早已烧滚了的油上。

那一次吃的薄煎饼香甜得使他难以忘怀，他经常梦见它。他冒着雪回来，将脚伸进被炉里焐着，吃那融进蜂蜜和黄油的美味点心。本多不记得自己这辈子曾吃过比这还好吃的东西。

然而这样一件琐事，怎么会变成贯穿一生梦幻的酵母了呢？母亲平素间很严厉，而那个下雪天的午后，突然变得那么和气，毫无疑问，这就大大增添了薄煎饼的美味。缭绕着这整段记忆，还有那么一股莫名的哀忧；吹着炭火的母亲的侧脸；由于崇尚节俭，他们家白天绝不点灯，幽暗的茶间只借着积雪反射有那么一点亮；每逢母亲使劲一吹，火的反光就映红了她的腮帮子；每逢她缓口气，阴影就悄悄地顺着脸颊往上爬；凝眸看着这种一明一暗的变化的少年的心情……也许母亲心里有她毕生秘而不宣的某种郁闷（而这是本多至今不得而知的），它蕴藏在母亲当时那非常专心致志的举止，以及不同寻常的温柔中。通过薄煎饼那酥脆的美味，通过少年那单纯的味觉，通过爱的欢乐，忽然透明地能予以直视了也未可知。倘非这么想，就无法说明萦回在梦中的那种哀忱。

然而，打那一天起，已过了六十年。是何等须臾之间的事啊。某种感觉油然而生，竟忘记自己是个老头子，恨不得将脸扎到母亲那温暖的胸怀里去哀诉一番。

贯穿六十载的某种东西，借着雪天的薄煎饼的味道，使本多领会到：人活一世，单凭认识是毫无所获的；然而只要生命的火焰一天不熄灭，一个人在很久以前感受到的瞬息之间的快乐，就能击溃笼罩着其生涯的黑暗，宛如篝火在夜晚的旷野中发出的一线光明，能够打碎万斛黑暗似的。

是何等须臾之间的事啊。他只觉得，十六岁的本多与七十六岁的本多之间，什么事也不曾发生。简直就像是仅仅迈了一步。短暂得仿佛是踢石头玩的孩子跳过了一道小小的水沟。

再加上本多发现清显记得如此详细的《梦的日记》，事后一样样都应验了，便认识到梦境比浮生还要可靠。自己的生涯竟被幻梦侵袭到这个程度，是他始料未及的。就像是暹罗发大水之际被淹没的田园一般，自己也遭遇了梦的泛滥。这固然使他产生了奇异的喜悦，但和清显那芳醇的梦比较起来，本多的梦不过是依依不舍地重现那一去不复返的往昔而已。他年轻时一向不知道何谓梦想，进入老境后，尽管越来越频繁地做起梦来，然而与想象力和象征却了无因缘。

每逢起床，他浑身的关节必然疼痛起来，由于对此心怀畏惧，他就懵懵懂懂地在被窝里躺上好半天，回味着愉快的梦境。昨天腰还疼痛难耐，今天早晨竟一点事儿也没有了，却完全转移到肩膀或侧腹去了。起床之后才能知道究竟哪儿疼。只要躺着，就嵌在凉粉儿般半透明的残梦里，想到将面临枯燥乏味的一天，肌肉就萎缩了，骨骼咯吱咯吱地响。五六年前家里就装了通话器。但是本多甚至懒得伸手去够。因为这样一来就得听管家婆那声尖嗓门儿的"早安"。

丧妻后，曾请过一个法律系的学生在家里帮忙，但很快就腻烦了，遂予以辞退。宽大的宅第里，仅雇了两个女佣和一个管家婆。而且一个也用不长。本多不断地和女佣的不懂规矩、管家婆的狂妄进行斗争，他意识到自己已无法忍受这些婆娘的现代派仪表和谈吐了。不论她们怎样怀着善意伺候他，只要她们无意中脱口说出诸如"わりかし""意外と"①这样的时髦话，拉开纸隔扇时不知道跪下来，大声笑时也不用手捂着嘴，将敬语张冠李戴，还散布电视演员的消息；这一切都激起他的厌恶感，忍不住唠叨两句，于是不论哪个婆娘都当天就辞工不干了。每天晚上他必请一位上了年纪的按摩师来。只要他向按摩师发发牢骚，就会被泄露出去，从而在家里引起轩然大波。按摩师本人也染上了眼下时兴的风气，希望你管他叫"师傅"。不叫师傅，他就不搭理你，煞是可恨。可是本多相信这位按摩师的本领，所以又不能换人。

---

① "わりかし"的意思是"比较地"，标准的说法是"わりあいに"；"意外と"的意思是"意外地"，标准的说法是"意外に"。

打扫得也不到家，不论说多少遍，日本式客厅的错花橱子上还是积着灰尘。插花师傅每星期来一次，在各个房间转一圈，对此说了几句讥诮的话。

女佣把推销员请到厨房里，摆上茶点予以款待，珍藏的洋酒也逐渐少下去，弄不清是谁喝的。幽暗的走廊尽头，不时地爆发出一阵喧嚣刺耳的狂笑声。

早晨头一桩事就是管家婆在通话器里向他寒暄，使他觉得不啻是耳朵给熨斗烙了一下。他连吩咐开早饭都感到厌倦。两个女佣将挡雨板拉开，她们的脚心好像老是出汗，听着湿黏的脚走过那铺了榻榻米的廊子的声音，招他生气。供洗脸水的热水器常出毛病；牙粉用光后，除非他下命令，不然就别指望谁会给补充一盒新的。管家婆倒还有点眼力见儿，总是及时将本多的西服之类送出去洗洗烫烫，但是从来不把洗衣店附上的牌子摘下来，本多的脖子常被刮一下，这才发觉是怎么回事。皮鞋虽然擦了，鞋里的沙子却保存得好好的，雨伞的金属卡子坏了，也没有人管。梨枝生前，这一切都是难以想象的。衣物只要稍微绽了点线，或坏了一部分，就马上扔掉。为此，本多和管家婆拌过嘴。

"可是老爷，您说送去修理，哪儿也没有肯修理这种东西的铺子。"

"那么，丢掉它吗？"

"有什么办法呢，又不值多少钱。"

"这不是值不值钱的问题。"

本多不禁提高了嗓门。于是对方的眼睛里立即闪现出对吝啬的轻蔑之色。

诸如此类的事，愈益迫使本多去仰赖庆子的友情。

且不去管加纳斯塔，庆子总算起劲地研究起日本文化来了。这是她的一种新的异国趣味。到了这把岁数，她才第一次看歌舞伎，欣赏一位不起眼的演员，竟把他和法国名优相提并论，加以褒奖。她开始学习谣曲，又迷上了密教美术，到一座座庙宇去参观。

庆子一个劲儿地说，想和本多一道去造访一座好庙。本多一时粗心，差点儿说：那么就到月修寺去吧。话到嘴边，又咽回去了。绝不可与庆子相偕，像找乐儿似的造访那座寺庙。

打那以后，五十六年的时间，本多就连一次也不曾造访过月修寺；听说住持尼聪子依然健在，然而他甚至没给她写过一封信。不论打仗时还是战后，他都曾几度渴望去找聪子，叙叙阔别经年的心情，但另外一种声音在强烈地制止他，所以终归疏于问候。

然而他绝没有忘记月修寺。越是久疏问候，月修寺在他心里就越珍贵；他愈益告诫自己道：除非万不得已，不可侵犯聪子所在的寂静境界；时至今日，不准凭着往昔的回忆去接近聪子。随着光阴荏苒，他越发害怕见到聪子那衰老的容颜了。不错，空袭正酣之际，蓼科曾在涩谷废墟中告诉他，聪子就像清泉一般越来越美丽了。本多不是不理解超脱一切的老尼那种美。事实上，他也听到过大阪人对近年来聪子的美貌的赞叹。但本多还是害怕。看见美丽的废墟固然可怖，而见到明显地残留在废墟上的美，也是可怖的。当然，进入老年的聪子已大彻大悟，超越了凡人的境地，无疑地达到了本多望尘莫及的高度。即便老态龙钟的本多出现在她面前，看来也不致在她那顿证菩提①之池里激起一丝丝涟漪。他晓得，聪子已不会慑于任何回忆。但是倘若替已故的清显设身处地想一想，浮现在眼前的聪子浑身披挂着碧蓝色铠甲，没有一支回忆的翎箭能够射穿它，这下子似乎又添了颗绝望的种子。

另外，倘若去拜访聪子，就又会勾起关于清显的种种回忆；至今本多还是得作为清显的代理人前去造访，这一点也使他的心情不舒畅。从镰仓回去的路上，聪子在车里曾喃喃地说：

"罪孽仅只是清少爷和我两个人的。"

五十六年后的今天，这句话依然清清楚楚地萦回耳际。一旦见了面，像这样一段往事，而今聪子也会恬淡地笑着谈吧，随后便和本多融洽地聊起来。但是他把达到这个目的视为畏途，自己越衰老，越丑陋，罪孽越深重，就越觉得困难重重，不宜去见聪子。

随着岁月的流逝，薄薄地覆盖着一层春雪的月修寺本身，与对聪子的回忆一道，离本多越来越远了。所谓远了，不是指离他的心远了。宛如喜马拉雅雪山上的古刹似的，越是一往情深，越是苦苦追思，如今月修寺就越像是坐落在白雪皑皑的顶峰上；其优美已变为严峻，其柔和已化为佛威。极其遥远的寺院，静穆地位于尘世尽头的月修寺，其间点缀着聪子那上了岁数后越发变得小巧美丽、披着紫袈裟的身姿。寺院就好像坐落在思考与认识的终极处，遂放射出冷清的光芒。他晓得，眼下坐飞机也罢，乘新

---

① 顿证菩提是佛语，意即迅速成佛，系祈祷亡者冥福的用语。

干线也罢，用不了多少时间就能抵达。然而那是一般人所造访，一般人所见到的月修寺，而不是本多心目中的寺院。那寺院简直就像是从他所认识的黑暗世界尽头的裂缝里透露出来的一道月光啊。

倘若聪子确实在那里的话，那么同样确凿的是：聪子是不朽的，将永远待在那里。如果本多通过彻悟，达到了不死不灭的境界，而从本多所在的地狱瞻仰到的聪子，位于无限杳渺的地方。毫无疑问，一旦见了面，聪子便能看穿本多已下了地狱。再说，本多感到，他那充满不如意和恐怖的认识之地狱这种不死不灭，与聪子那种天上的不朽，总是遥遥相对，保持平衡。既然如此，又何必现在急于去见她，哪怕是三百年后，甚至一千年后，想见的话不是随时都能见到吗？

本多为自己找了各种借口；曾几何时，他此生所找的全部遁词无非都是些对不造访月修寺的申辩。就像是一个人知道美貌准会毁灭自己，因而将它摈斥似的，本多对月修寺也是不由自主地予以拒绝的。因为他明知道，自己之所以顽固地不去造访月修寺，并非仅仅是拖延时间而已，其实是由于不能去造访。有时他思忖：难道这不正是自己的生涯中最不如意的事吗？要是硬去造访，那时月修寺就会自发地往后退，转瞬之间，消融到发光的雾当中去也未可知。

然而，且不去管那通过认识而达到的不死不灭境界，最近他经常深深感到自己的肉体衰弱了，从而认为造访月修寺的时机终于成熟了。弥留之际，自己会造访月修寺，与聪子见面的。说起来，对清显来说，聪子是豁出命去也非见到不可的女性；对于未能如愿以偿所带来的残酷后果，本多是了如指掌。他试图在不豁出命去的情形下去见聪子，那么，向本多的内心发出呼唤的清显那遥远的、年轻美丽的灵魂，准会予以禁止。倘若宁死也要见，就一定能见着。这么说来，兴许聪子私下里也知道时机早晚会成熟，而悄悄地翘盼着吧。想到这里，一种不可名状的甘美意念，在年迈的本多心窝儿里油然而生。

…………

把庆子领到那种地方去，可太不相宜了。

首先，庆子究竟真正懂得日本文化与否，颇值得怀疑。然而她对自己的一知半解，抱着坦荡荡的态度，令人愉快，她丝毫也不去炫耀什么。庆子就像是个有着艺术家气质的外国妇人，初访日本后脑子里装满许许多多谬见而归；她挨个儿参观京都的寺庙，一般的日本人早已无动于衷的事物，使她感触那么深，心都几乎迸裂了。她凭着任意的误解，正在把这些感触编成美丽的花束。她对日本着了迷，宛如迷上了南极一般。庆子从小只熟悉那种坐椅子的生活，所以不拘哪里，她都会毛毛愣愣地一屁股坐下来，一点也不比穿着长筒袜拙笨地坐在那儿瞻仰石庭的外国妇女强。

然而庆子的求知欲是旺盛的，过不了多久，关于日本文化，美术也罢，文学也罢，戏剧也罢，她就都能道出一家之言了，只不过还有点不够中肯之处而已。

庆子老早就有个爱好，将各国大使轮流请到家里来吃晚餐。在这样的晚宴上，庆子扬扬得意地传授日本文化。庆子的老相识做梦也不曾料到竟有听她讲解金碧障屏画①的一天。

关于与外交官们来往有多么枉费心机，本多曾经这么忠告过庆子：

"那帮人都是忘恩负义的，只是逢场作戏而已。赴任国一改变，他们就把原先那个国家的事抛到脑后。跟他们来往，有什么意思呢？究竟对你有什么好处？"

"我喜欢跟那些从事着浮萍般的职业的人打交道，这才轻松呢。又用不着像跟日本人交往似的，十年后还得碍于情面，继续交往下去。面孔一个接一个地改变，更有意思哩。"

庆子这么说着，就像是对文化交流做了一番贡献似的，显得自负，一派天真烂漫的样子。只要学了段仕舞②，她就在晚餐后表演给外国宾客看。据她说，以这些看不出毛病的观众为对象，有助于壮胆子。

不论怎样磨砺她的知识，她还是窥伺不到从日本深深的根部生长起来的幽暗的东西。那股黯黑的热血的渊源曾使饭沼勋心潮澎湃，但与她了无因缘。本多开玩笑地对庆子说，她的日本文化是冷冻食品。

在外交官们当中，本多被公认为庆子的男友，大使馆举行晚餐会时，他们总是双双被邀请。某大使馆让日本服务员一律穿染

---

① 金碧指中国画颜料中的泥金、石青和石绿。凡用这三种颜料作为主色的山水画，叫作"金碧山水"，这种技法据说是唐朝的李思训（651—716）开创的，中世纪以后传到日本。障屏画指日本式房屋中障（障子，系一种活动隔扇。上半截是木格子，上糊薄纸，下半截有木座）屏（屏风）上的装饰画。
② 仕舞是能的一种简单表演方式，无音乐伴奏，无面具或服装，由某一个演员穿着带家纹的和服和袴伴随歌声表演。

有家徽的和式礼服和裙裤，本多为之愤慨。

"那简直证明了他们是把日本人当作土著人对待，首先，对日本客人来说也很失礼。"

"我可不这么认为。因为日本男人穿和式礼服和裙裤，更显得威风。你穿上无尾常礼服的那副样子，一点都不起眼。"

在大使馆举行的那种要求男客穿礼服的晚宴上，入座时，由女客领先，窸窸窣窣，缓慢地移动着脚步。只见那边大餐厅一片昏暗，林立的银质烛台上火光摇曳，桌上的群花拖着轮廓鲜明的影子，窗外淅淅沥沥下着刚入梅雨期的毛毛雨。在这样的时刻，如此灿然的寂寞最适合于庆子了。她脸上丝毫也看不到日本妇女惯于堆出的谄笑，她的脊背还像年轻时那样光润美丽，仪态万方。连从前的上流社会老妇人的悲怆嘎哑的声音，她都掌握了。表面上快快活活，却掩盖不住积劳的一些老大使；还有那些装腔作势的冷血参赞；唯独与他们周旋的庆子，简直是生龙活虎似的。

由于和本多的座席不会挨在一起，庆子就乘着走动的当儿，快嘴快舌地说：

"我刚刚学完《羽衣》这出谣曲。可我还没参观过三保的松原呢。日本还真有不少我没见过的地方，多难为情。两三天之内，你能陪我去吗？"

"随时都可以啊。前些日子我刚刚去过日本平，正想再去逛一趟呢。我高高兴兴地奉陪。"

本多一边回答，一边因衬衫太紧，胸前的部位一个劲儿地往上挤而狼狈不堪。

八

众所周知，谣曲《羽衣》开头的部分，两个渔师齐唱道：

> 风迅疾兮三保湾，
>
> 楫舟渔人声嘈喧，
>
> 浪滔滔兮海路泛。

其中一个是配角，自报姓名为白龙。接着就且走且唱：

> 万里好山云忽起，
>
> ……

能乐舞台正面前方处立着一棵松树，上挂一条漂亮的长绢。白龙取下它，欲带回去做传家宝，这时主角天人出现了，吆喝着要他止步。无论天人怎样恳求，白龙也执意不肯还给她。天人无从回到天上，沮丧地哀叹道：

白龙羽衣岂肯还，

泪沾玉鬘饰花残；

天人五衰眼前现，

徒唤奈何实难堪。

在下行的新干线上，庆子将这几句背诵给本多听，并且热诚地问道：

"什么叫天人五衰呀？"

本多由于不久前做了天人的梦，事后在佛书上查了一下有关天人的记载，因此经庆子这么一问，便能对答如流。

所谓天人五衰，指的是天人临终时呈现的五种衰相，因出典的不同，说法或多或少有出入。

《增一阿含经·第二十四》记载道：

三十三天有一天子，身附五项死之瑞应。何谓五衰，其一，华冠自萎；其二，衣裳垢坌；其三，腋下流汗；其四，本位不乐；其五，王女违叛。

《佛本行集经·第五》记载道：

天寿既满，五衰之相自现。何谓五衰，其一，头上花萎；其二，腋下出汗；其三，衣裳垢腻；其四，身失威光；其五，本座不乐。

《摩诃摩耶经·卷下》记载道:

> 尔时,摩耶在天上见到五种衰相。其一,头上花萎;其二,腋下出汗;其三,顶中光灭;其四,两目频瞬;其五,本座不乐。

到此为止,大致都差不多,但《大毗婆沙论·第七十》则举出大小两种五衰,解释甚详。

首先讲"小五衰"。其一,通常天人往来翔舞的话,身上所佩乐器便会发出五种乐声,任何乐人都奏不出如此美妙的音色;然而弥留之际,乐声顿衰,余音嘶哑。

其二,通常天人不分昼夜,身光赫奕,体内发出之光,从来不带阴影;然而弥留之际,身光变得颇为黯淡,形体被薄暮阴影所笼罩。

其三,天人肌肤滋润,为凝脂所包,即便入香池沐浴,出来后立即像莲花叶般将水弹掉;然而弥留之际,肌肤上则会沾水。

其四,通常天人不会停留在一个境地,宛如旋转的火轮一般,有着随意到处翩然移动的天禀;及至弥留之际,便囿于一个固定的地方,永远不得脱身。

其五,天人浑身是劲,绝不眨眼;然而弥留之际,便精疲力竭,不断眨眼。

以上是"小五衰"之相。

"大五衰"之相又当如何呢？其一，清洁的衣服如今沾满污垢；其二，头上盛开之花如今已枯萎；其三，两侧腋窝流汗；其四，周身发出令人作呕的臭气；其五，对安坐本位失去乐趣。

看来其他典籍所载，均指的是"大五衰"，呈现"小五衰"之相后，起死回生并非完全不可能，然而一旦呈现了"大五衰"之相，死亡就是不可避免的了。

根据这一点来看，谣曲《羽衣》中的天人，尽管已呈现出"大五衰"之第一相，然而刚一把羽衣重新拿到手，就立即恢复了元气，大概是作者世阿弥[①]不大拘泥于佛典，只是仓促间作为暗喻美丽的衰亡的诗句，予以引用的吧。

知晓这一点之后，本多的脑子里立即清清楚楚地浮现出《五衰图》。那是多年前他在京都的北野神社瞻仰到的国宝——《北野天神缘起绘卷》中的一幅。他手头刚好有一部这件国宝的摄影版，从而帮助了他的记忆。从前漫不经心地忽略了的东西，而今以难以名状的不祥的诗的形式，堵在他的心里。

画面上是庭园情景，背景露出中国式的美丽殿宇的下半截。众多的天人，有的弹筝，有的手持鼓槌，守在大鼓前面和后面。但是悠扬的乐声一点也没有响。它已经微弱得恰似夏天午后的蝇羽音了。弹也罢，奏也罢，弦已松弛，软塌塌的。庭前还栽了几株花草，最前面有个童子以袖掩目，悲悲切切的。

如此突然的衰亡一下子降临，大概出乎所有人的意料，天人

[①] 世阿弥（1363—1443），日本室町时代初期的能乐演员，著有关于能乐的理论著作和四十来个剧本。

们那白净端丽、缺乏表情的脸上，泛着难以置信的神色。

殿宇里也歪坐着天人。也有扭着身子想飞落到地下的天人，披肩在背后拖得长长的。这些天人的姿势，乃至相互之间保持的距离，无不弥漫着伸手也够不着的忧郁气氛，华丽的衣裳无端地凌乱了，不知怎的发散出淤塞的河流般的异臭。

出了什么事？五衰已经开始了啊。恰似看见热带宫廷御花园里的宫女们，突然遭到疫病的侵袭，连逃跑都来不及就感染上了。

头上戴的花冠统统枯萎了。内部虚火猝然上升到嗓子眼那儿。美女们柔情脉脉地共同生活在一起，然而曾几何时，四下里已充满透明的颓废，连呼吸都弥漫着衰亡的气息。

有情①存在之际，曾促使人们神驰于美与梦幻的境界。可而今它眼睁睁地看着魅惑犹如金箔一样从自己身上迅速地剥落下去，随着夕风飘舞。这座典雅的庭园，就好像变成了斜坡。万能的、灿烂的、快乐的沙金，一股脑儿沿着坡唰唰地滑落下去。绝对的自由，凌空翱翔的自由，仿佛是剜下来的一块肉，残忍地从身上被剥下来。阴影愈益加深，光愈益黯然失色。艳艳的力量从纤纤十指不停地滴落。一直燃烧在身心最深处的火焰，此刻熄灭了。

殿宇地板上那鲜艳的彩色方格花纹，以及朱红的雕栏，可丝毫也未褪色。这些物像是空疏而明晰的豪奢的残迹。天人死后，

---

① 有情是梵文的意译，也作"众生""有情众生"；音译为"萨埵"。佛教对一切有情识生物的通称。反之，草木、山河、大地等无情识的东西称为"非情"或"无情"。

这座精致考究的殿宇照样留下来，这是千真万确的。

天人们翘起被光润的头发遮住的隆鼻。不知什么地方已经开始腐烂，让她们闻见了。凡是能够使人赏心悦目的东西，已荡然无存，其中包括云彩后面那拧皱了的花瓣。远空给淡蓝色污染了。这下子，世界变得多么广袤无垠啊……

"所以我才喜欢，所以才喜欢你嘛，"庆子听罢，斩钉截铁地说，"因为你样样都懂。"

庆子的感想只有这么一句，最后几个字是加重语气说的。随即拧开流行的雅诗兰黛固体香水的盖子，仔细地往耳后擦。她穿的是锦蛇印花布喇叭裤，上身是同样料子的罩衫，腰扎鞣皮带，头戴西班牙制的黑毡科尔多瓦帽①。

他们约好了在东京车站相见。当本多一眼看见她这身装束，不免有点发怵，但庆子就喜欢这么打扮，根本没有本多插嘴的余地。

再过五六分钟就到静冈了。本多忽然想起五衰之一——"本位不乐"一词，就转起一个愚蠢的念头来：自己一向不曾对本位有过什么乐趣，只因为不是天人之故，才像这样老而不死吧。

万念顿消，俄而记起方才乘汽车到东京车站之际，半路上刹那间产生的一种感觉。离开坐落在本乡区的家后，本多就吩咐司机开快车，从西神田区进入高速公路。这是梅雨天气，随时都可能下起雨来。迂回的公路两旁，金融方面的崭新的高楼大厦栉比

---

① 科尔多瓦是西班牙科尔多瓦省的省会，盛产圆筒宽边女帽。

鳞次；车子以 80 公里左右的时速奔驰着。每一幢大厦都是顽固而正确的，它们张开铁和玻璃的长大翅膀，层层叠叠地扑过来，吓唬他。本多寻思：自己迟早一死，这些大厦就统统不存在了。这一想法使他尝到了一种复仇的喜悦。眼下他记起的就是那一瞬间的感觉。他不费吹灰之力就可以连根儿破坏这个世界，使它复归于虚无境界。只要自己一死，确确实实地就会变成这样。即便是被世人遗忘的一个老人，却依然具有"死亡"这么个无与伦比的破坏力，这使他感到有点得意。在五衰面前，本多是毫无畏惧的。

九

本多之所以领庆子到自己不久之前才去过的三保松原，是有用意的。他想让庆子看看这里的名胜如今是怎样荒废并庸俗化了，从而粉碎她那种轻松浮躁的梦想。

既不是周末，又酝酿着一场雨，然而三保松原入口处那宽阔的停车场上，却挤满了车辆。卖礼物的店铺里，装了土产的玻璃纸包上净是尘埃，灰色的天空映在上面。庆子下了车，看到了这幅光景，却一点也没有感到伤心。

"哎呀，风景多美，真是个好地方。空气又清新，敢情，离海近嘛。"

其实，空气被汽车排出的废气污染得很厉害，松树都快枯死了。即将映入庆子眼帘的那些东西，前不久本多曾清清楚楚地看见过，所以他是有把握的。

在贝拿勒斯[①]，神圣就是污秽，而污秽就是神圣。这才是印度。

然而在日本，诸如神圣、美、传说、诗这类东西，是不得用

---

① 贝拿勒斯是瓦腊纳西的旧称，1957 年起改今名。坐落于恒河中游左岸，著名的印度教圣地，市内庙宇多至千余所。

067

肮脏而虔诚的手去亵渎的。将它们尽情地予以亵渎、到头来扼杀掉的人们，个个都有一双全然缺乏虔诚，却用肥皂洗得干干净净的手。

在三保松原那活像是诗的僵尸般的半空中，天人为了迎合众人殷切的幻想，被迫像马戏班的小丑一样几万次、几十万次地表演舞蹈。阴沉沉的天空上布满了肉眼看不见的舞蹈的痕迹，仿佛是横竖交叉着银色的高压线似的。即便在梦中，人们恐怕也只能看见呈现五衰之相的天人吧。

时钟已过了三点。不论是竖在那里的写着"日本平县立自然公园、三保松原"字样的牌子，还是旁边的松树那像鳞一般翘起来的树皮，全都密密匝匝地为青苔所覆盖。他们沿着缓缓的石阶走上去，迎面出现了一片桀骜不驯的松林，它竟然将天空纵横劈成闪电形。濒死的松树的每一根枝子上都挂着绿烛似的花儿，一簇簇花后面，延伸着死气沉沉的海洋。

"看见海啦！"

庆子欢呼道。这有点像是在赴宴会，她那口气宛如夸奖应邀去造访的别墅，本多不相信这是发自内心的。但在一无所有的地方，夸张能够产生幸福。至少目前他们两人并不孤独。

这里还有两爿茶馆，前面摆着摊儿，堆满了标有红色梵文的可口可乐和种种土产。旁边竖着拍摄纪念照片用的彩图招牌，画的是背着松树而立的清水的次郎长[①]和阿蝶，没有画脸，只钻了

---

① 清水的次郎长是江户时代末期的侠客山本长五郎（1820—1893）的通称。因出生于骏河清水港，故名。

个洞。褪了色的掺有白垩粉的颜料，给画面平添了一股风韵。次郎长腋下夹了一顶标了自己姓名的三度笠①，腰间插着路上护身用的短刀，穿着双蓝条纹②的裤子，扎了绑腿，戴着手背套，一看就是行路打扮。阿蝶梳着岛田髻，身穿黄八丈③和服，扎了条黑丝绸腰带，戴着嫩黄手套，持了根拐杖。

本多催庆子到眼下的羽衣松跟前去，但给这块彩图招牌迷住了的庆子，却凝然不动。她恍惚听说过清水的次郎长一名，却不晓得那是个赌棍子，及至本多告诉了她其来历，她就越发迷恋上了。

白垩粉颜料那使人勾起乡愁的色调，一方面培植幽幽色情，同时又蕴含着过去的生涯中哪里也找不到的某种寂寥、卑俗、诗意的恋情，那种新鲜的野趣令她神往。她的长处是没有先入为主的观念。对她来说，凡是她不曾见闻过的，就都是纯粹日本的。

庆子想在这块招牌后面留影，本多半嗔怪半劝阻道：

"算了吧，多寒碜啊。"

"你认为对咱们来说，寒碜还算是一回事吗？"

穿着锦蛇花样喇叭裤的庆子，又开腿站着，摆出西洋的妈妈骂孩子的架势，双手叉腰，目眦欲裂。她觉得，自己感受到的那番诗意被蔑视了。

---

① 三度笠是一种能够遮住脸的很深的斗笠。自贞享年间（1684—1688）起，三度信使喜戴，故名。所谓三度信使，指的是江户时代每月三次定期往返于江户、京都、大阪之间的信使。
② 原文作蓝微尘，用深浅两种蓝色的纹织成的条纹料子。
③ 黄八丈是黄地上染有茶色或褐色条纹的绸料，原产于八丈岛，故名。

人们围过来看他们争吵，本多只得让步。摄影师扛着三脚架赶来了，固定在上面的照相机是用红天鹅绒里子的黑布罩起来的。为了避开人们的眼目，他们走到招牌后面去，脸就自然而然地从洞里露了出来，把大家都招笑了。秃头的小个子摄影师也在笑，本多思忖道，次郎长要是笑的话，大概不合适吧，但他不得已也笑了。拍完一张后，庆子使劲拽了一下穿着西服的本多的胳膊肘儿，让他和自己调换位置。次郎长换了张女人的脸，阿蝶换了张男人的脸，群众把腰都笑弯了。过去，本多如此热衷于从窟窿里偷看，而今却借着打洞里往外看来引人发笑了。只觉得自己仿佛上了绞首架，万感交集，如痴如狂。

兴许是为了向观众讨好，这一次摄影师仿佛故意似的，耽误了不少工夫才对好焦距。接着就喊了声：

"请安静一点！"

一霎时，群众鸦雀无声了。

本多将自己那张神情严肃的脸嵌在穿着黄八丈和服的阿蝶身子上端的低矮窟窿里，曲着背，撅起屁股。过去他从二冈的书斋的窟窿里偷看时，就刚好摆出过这么个姿势。

陷入屈辱的底层，耍这样的把戏的当儿，从某一瞬间起位置就微妙地掉了个个儿。本多虽已沦为供人们取笑的对象，然而他明确地认识到，自己的世界是凭着窥伺而存在的。这样一来，那些围观者所在的世界就变了质，从这边望去的彼方，倒变成了一幅画。

有一片海洋。海边盘踞着一棵巨松，树干上缠着一圈七五三绳①，那便是羽衣松。树周围，以及从那里缓缓地升到这儿的沙坡，到处都配置着众多的游客。阴霾的天空下，各按所好选择的衣服的色彩也显得沉郁，被风刮得倒竖起来的头发活像是滚在地下的腐朽的松塔。或成群结队，或一对男女独处，一个个地都压在巨大的白眼睑般的天空底下。尽前边是一排人墙，不准微笑的发呆的脸，一齐朝这边望着。

几个拎着提兜般的东西的穿和服的妇女，身穿粗制滥造的西服的中年男子，绿格子衬衫的青年，以及粗腿露在浅蓝色超短裙底下的姑娘，娃娃们，老人们……本多觉得这些人在目不转睛地守望着他的死亡。他们一个劲儿地等待着什么，伫候着发生一桩滑稽到崇高的地步的事。他们的下嘴唇全都耷拉着，一副好好先生的样子，唯有眼睛像野兽一般闪着赤裸裸的光辉。

"好啦！"

摄影师举手表示完了。

庆子麻利地从窟窿里缩回脸儿，仿佛将军那样威风凛凛地出现在群众前面。清水的次郎长一眨眼的工夫就穿着锦蛇花样的喇叭裤、手执黑帽、披着长发出现了，人们报以喝彩和鼓掌。庆子悠然地在摄影师递过来的单子上写下寄往什么地址，有些小伙子只当她是过去的大明星，甚至央求她给签名哩。

由于有了这么一段异乎寻常的插曲，及至到了羽衣松，他已

---

① 也叫注连绳，是一种取意吉利的稻草绳，按三、五、七股向左捻合，间加纸穗。一般是挂在神殿前表示禁止入内。

精疲力竭了。

羽衣松是棵很粗的巨树，宛如章鱼似的向四面八方伸出丫杈，一副即将枯死的状态。树干的裂缝里填起了混凝土。游客们围着这棵叶子稀疏的松树，争相耍着贫嘴。

"天人穿没穿游泳衣呢？"

"既然女的往上面挂过羽衣，这是棵男松吧。"

"枝子这么高，首先就够不着嘛。"

"跑来一看，也不是什么了不起的松树。"

"成年被海风刮着，真难为它能保存得这么好。"

羽衣松的枝干盖地，比一般滨松树还要向海面探出一些。它恰似被海浪冲上岸的一条破船，浑身都是海灾造成的累累伤痕。周围修了花岗岩造的栏杆，栏杆前面，濒海有两架投进十元硬币就能瞭望一次风景的红色望远镜；它们悄然立在沙滩上，宛如热带鲜艳的赤色水鸟。对岸的伊豆半岛朦朦胧胧，岛前泊着一艘货船。仿佛是海洋在拍卖杂七杂八的零碎东西，被冲上来的木片、海藻和空罐头盒儿沿岸排成长长的一道曲线，标志着满潮时的水域。

"这棵是羽衣松，据说天人重新拿到羽衣后，就是在这里跳天人舞的。瞧，又有人在那儿拍照呢。这年头，人们连看都不正经看，只是拍张照片，就匆匆忙忙回去。难道那些人认为，自己在特定的地方停留过仅仅够按快门那么一会儿工夫，竟是什么非常重要的事吗？"

"你何必钻牛角尖呢？"庆子一屁股坐在石凳上，取出香烟，"这样就蛮可以了。我一点也不失望。不论多么脏，尽管都快枯

072

死了，这棵松树和这块地方，都已经被奉献给幻影了，这是千真万确的。相反地，假若像谣曲里的词句似的，被修饰得纤尘不染，当作梦幻一样受到珍视，那不就显得虚假了吗？我觉得这样的地方才有日本的特色，没有雕琢的痕迹，更自然。还是来对了。"

庆子抢在本多的前面说。

——庆子欣赏着一切。这是她所享受的王者的权利。

在这酝酿着梅雨的闷热天空下，到处充斥着庸俗与恶劣，就像是沙尘飞扬的风。她却心旷神怡地参观着，而本多在不知不觉中却成了她的跟班儿。归途他们去看御穗神社。拜殿的檐下挂着献纳的匾额。

木纹看上去颇为粗俗的镜框里，浮雕着一艘在碧海上破浪前进的新造客船。庆子赞赏道：这显示了十足的坐落在港埠的神社风味。铺了榻榻米的拜殿尽里边，挂着个巨大的木板扇面，刻着六年前在这里的神乐殿献演的能乐节目。

庆子兴奋地嚷道：

"是妇人能乐。紧接着《神歌》《高砂》和《八岛》而上演《羽衣》的，也是女的。"

归途，沿着神社往大门走去的时候，庆子还兴奋不已，便从栽在路旁的两排樱树上摘下一粒樱桃吃。

"吃了会死人的，看看这块牌子！"

本多走得越来越慢了，正在后悔不该出于无聊的虚荣心而没有带拐杖来。他一边气喘吁吁地追上庆子，一边大声下着忠告，但已经太迟了。

一棵棵低矮的樱树干之间都系着绳子，重要的地方挂有牌子，随风摇曳着，上面写道：

喷了驱害虫剂，有毒。
禁止摘樱桃，不准食用。

树枝上扎着许多许愿的纸条，小粒的樱桃累累，把枝儿都压弯了。有的果实还是苍白的，有的已被鸟啄得露出了籽儿；有的是淡粉中透浅黄，有的则是浓郁的血红，色彩缤纷。看来那牌子多半是吓唬人用的，但本多边喊边认为，庆子绝不会中那么一星半点儿的毒。

十

　　庆子催问还有没有可看的地方。本多尽管疲乏得厉害，依然吩咐司机沿着久能街道驰到静冈，在前些日子顺路去过的帝国信号通信所那儿停下了车。

　　本多站在房基底下那成簇地盛开着半支莲的石墙跟前，仰望着小屋说：

　　"这座房屋有点意思吧？挺吸引人的。"

　　"有个望远镜那样的东西。这小屋是干什么用的？"

　　上一次，本多虽抱着好奇心，却没有勇气独自去敲门。他说：

　　"在那儿看守船只的进进出出。进去看看吧？"

　　两个人手拉着手，好容易爬上了石墙上砌的台阶，走过告示牌，来到通往二楼的铁梯那儿。这当儿，一个女人把铁梯踩得嘎吱嘎吱响，冲了下来，险些和他们撞个满怀。他们赶紧闪开了身。她像一股黄色旋风似的，将连衣裙的下摆踢得高高的，一溜烟儿跑掉了。仓促间连面容都没看清楚，但在两人眼里一霎时都留下了那么一种丑陋的印象。

　　并非瞎掉了一只眼或有颗很大的痣。然而在人们的心目中，对美是有普通的标准的；而今与精致玲珑截然相反的、满是倒刺的丑恶，倏地从他们眼前掠过去。那就像是肉身最忧郁的记忆闪过脑际一样。但是从一般常识来判断，这也不过像是前来幽会的姑娘，避开人们的耳目跑了回去而已。

两个人气喘吁吁地爬上铁梯，在门口定了定神。门是半开半掩的，本多便伸进了肩膀，里面阒然无人。门内有一道通向二楼的窄窄的楼梯。他朝楼上招呼道："劳驾，有人吗？"……每招呼一声，就大咳一通。"劳驾，有人吗？"从楼上传来了吱吱声。好像是椅子在响动。"请进！"一个穿运动背心的少年从楼梯上探出头来。

本多瞥见少年的头发上斜插着一朵紫花，感到吃惊。好像是八仙花。少年一探头，花儿就离开了他的头发，滚下楼梯，落到本多脚下。他留意到，少年见了此状，大吃一惊。他大概早已忘记头上插了花的事，本多捡起八仙花，发觉它已被虫蛀了，半发茶色，枯萎了。

戴着毡帽的庆子，隔着本多的肩膀瞧着这一切。

楼梯那儿昏暗不明，但依然能看出少年的脸苍白而秀气。尽管他是背着楼梯上的光站着的，脸上按说有阴影，然而由于苍白到显得不吉利的程度，好像被内部发出的光映照着似的。本多有办法还花了，就轻松地，但扶着墙慎重地一磴磴爬上陡直的楼梯。少年为了接花，也走下了半截楼梯。

本多和少年的目光相遇。这当儿本多产生了一种直感：少年内部有个与自己的机构完全一样的齿轮，同样冷冰冰地微微颤动，无比准确地以同样的速度旋转着。连最小的零件都和本多的相似；两人的机构同样地完全缺乏目的，就像是向没有一丝云彩的虚空发功似的。两个人的容貌和年龄迥不相同，但硬度和透明度却毫厘不爽；少年内部那种精密的东西，与本多怕遭到人们的破坏而收藏在尽里面的东西，仿佛是一个模子刻出来的。本多用眼睛一扫视，顷刻之间便看到了少年内部有座擦洗得锃亮、荒凉无人的工厂。这正是本多的自我意识的雏形。这座工厂没完没了地生产，却又找不到消费者，所以没完没了地予以废弃。内部清洁到令人觉得讨厌的地步，严格地调节温度和湿度，整天窸窸窣窣地响，像是拖着一匹缎子似的……然而少年尽管有着同样的机构，却不同于本多，他有可能对此完全误解了。这大概是年岁悬殊的关系。本多的工厂里一个人也没有，所以是属于人间的；倘若少年无论如何也不认为它是属于人间的，倒也没有关系。不管怎样，少年是绝不会像本多看透少年那样来看透本多的，这么一想，本多就放了心。打年轻时起，每逢他变得怪抒情味的，也曾认为这样的内部机构简直再丑恶不过。如今想来，那无疑是由于太年轻，对自己的看法有谬误，将肉体的美丑与内部机构的美丑混淆起来了。

"最丑的机构"……这个名字起得多么夸张、富于浪漫色彩而装腔作势啊，一看就是青年起的。这名字蛮好。而今本多能够冷漠地含着微笑这么叫，一如提到自己腰疼，肋间神经痛一样……说起来，眼前这个少年，尽管是"最丑的机构"，脸蛋儿却长得这么秀气，倒也不赖。

两个人面面相觑的这一瞬间究竟发生了什么事，少年当然不曾觉察。

少年走下半截楼梯，将花接过去，立即遮羞地攥碎了花瓣；他没有提到姑娘，只是辩解道：

"呸，恶作剧。放在我头上就回去了，我却给忘了。"

通常是会羞红了脸的，然而少年尽管觉得难为情，腮帮子那透明的苍白却丝毫看不出紊乱来，这引起了本多的注意。少年赶紧转变了话题，问道：

"有什么贵干吗？"

"啊，我们是普通的游客，想知道怎样才能参观你们的信号所。"

"那么，请上来吧。"

少年敏捷地弯下马蜂腰，为两个人摆齐了拖鞋。

进屋后，尽管是阴天，由于外边的光毫无遮拦地透过三面窗户射了进来，本多和庆子觉得仿佛是从暗渠里突然来到一片旷野上。距南窗五十来米处，是驹越海滨和混浊的海洋。本多和庆子深知老年和富裕极容易解除人们的警戒心这一点，所以对方一请他们坐，他们便立即毫不客气地宽宽松松坐下来，就好像那是自己家的椅子似的。本多嘴皮子上倒是彬彬有礼地从背后对朝办公桌走回去的少年说：

"请不要管我们，还是照样接着做你的工作吧。对了，可不可以瞧瞧这架望远镜？"

"请，反正现在不用。"

少年将花丢进字纸篓，将水弄得哗哗乱响地洗了洗手，于是假装重新工作起来。他那白白的侧脸浮在桌面那本子上边，但只要看看他的腮帮子，就能知道好奇心正在膨胀，就好像嘴里含了一颗李子似的。

本多让庆子先看，自己接着看。透镜里一个船影也没浮现，密密匝匝地净堆着波涛，仿佛是在显微镜里看到莫名其妙地一个劲儿蠕动着的青黑色微生物一样。

两个人像小孩儿一般很快地玩腻了望远镜。他们并不是特别想看海，归根结底，兴趣只在于暂时地进入别人的职业和生活中罢了。为了解闷，他们就尽情地朝屋子的角角落落东瞧西望，好奇地环视着那许许多多用品。它们从远处冷清地然而忠实地反映着港口的嘈杂。这里有面大黑板，写着"停泊在清水港的船"几个大字，并排列着各码头的名字，供人用粉笔写上停泊中的船名；还有个书架，排列着《船舶底账》《日本船名录》《国际信号书》和 *LLOYD'S REGISTER LIST OF SHIP—OWNERS，1968—1969*[①]等书；墙上贴着一张纸，记载着代理店、拖船、领港员、海关方面以及食品供应店的电话号码。

这些东西确实充满了海洋的气息，反映了相距四五公里之远的港口的情景。港口本身就是个发光体，带着金属的哀伤。由于港口有它独特的沉郁的忙乱，不拘离得多么远，按说是显眼的。港口又是一架疯狂的巨琴，必然横在海滨，在海面上投下摇曳不

---

① 英文，意思是：《1968—1969 年度劳埃德船主年鉴》。

止的倒影，俄而响起来便好半晌都不停息，七个码头的七根弦齐鸣，骚音中响彻着深刻悲惨的结局。本多钻到少年心里，梦想着这样一个港口。

靠岸、抛锚、卸货，都是慢慢腾腾的，海洋和陆地之间，凡事都需要极其耐心地相互体谅，办理妥协的手续。陆地与海洋彼此欺骗而又结合，船谄媚地摇着尾巴，忽近忽远，随着一声带恫吓意味而又悲怆的汽笛，忽远忽近。这是何等不安定，而又何等赤裸裸的机构啊。

从这里的东窗外眺，港口是杂乱的，凝结在烟雾下面。港口倘非是明亮的，就不称其为港口了。这是朝惶然闪耀的海洋龇着的一排皓齿，被海水侵蚀的白码头的一排牙。一切都像牙科医生的诊疗室那样锃亮，充满了金属、水和消毒液的气味。残忍的起重机伸在头上，麻醉药使船深深地陷入梦想，让它无所事事地停泊在那里。时而还得流出少许血。

由于港口的全部反应都收敛到这信号所的小屋里，港口与小屋便牢牢地结合起来。小屋终于把自己幻想作被冲到巉岩上的船舶。小屋与船舶何其相似。排列着简朴而不可或缺的办公用具，一件件都是红黄蓝白等色彩鲜明的，以便随时应付危难。被海风侵蚀得歪斜了的窗框……现在，孤零零地立在白茫茫一片塑料大棚当中，独自与海保持着差不多是性的关系，不论黑家白日，无时无刻不受到海洋、船舶和港口的束缚，瞭望与凝视，成了这个房间的彻头彻尾疯狂的工作。监视，白色，听天由命，不安定，孤立，存在都是船上的现象。使人觉得，在此地待久了就会发晕。

少年依然假装热衷于工作。但是本多也明白，没有船舶靠近时，看来是没有多少工作可做的。

他问道：

"下一次什么时候有船进港呢？"

少年回答说：

"晚上九点左右。今天船少。"

这种不耐烦似的、老气横秋的事务性的回答，显露出了少年的倦怠与好奇心，就好像是隔着塑料罩子透视到红草莓似的。

也许是存心不对客人表示敬意，少年依然只穿了件运动背心，尽管窗子是敞着的，却连一丝风也没有，天气如此闷热，这样的装束也没什么不自然。以他的身躯，是不可能将那件干净的白背心撑起来的；背心宽宽松松地套在他那植物质的瘦削白皙的身子上，胸部伛偻着，肩下空荡荡地形成两个松弛的白圈。他的肉体使人感到凉爽坚硬，不能说是柔弱的。他那侧脸像是稍微磨损了的银币上的肖像，浓眉、隆鼻，以及从鼻下到嘴唇的轮廓也挺端正。睫毛长长的，眼睛尤其美。

少年这会子在想些什么，本多知晓得一清二楚。

他准是依然在为方才戴在头上的那朵花而害臊呢。羞惭迫使他毫不迟疑地将客人迎了进来，但因此他不得不至今在心中把那份耻辱当作红色的缠线板儿似的旋转下去。而且，当时跳出去的姑娘有多么丑陋，既已给客人看见了，少年就也得忍受客人的误解和隐秘的悯笑。归根结底，少年的宽容正是产生误解的原因。现在又反过来不可挽回地伤害了他的自尊心……少年无疑是这么想的。

对，确实是这样的。本多也不相信那个姑娘是这个少年的情人。他们两个人太不般配了。说起来，不论是少年的耳朵那纤细精巧得像玻璃似的形状，还是脖颈那苍白柔嫩劲儿，一看就知道他绝不会爱上什么人。他大概是压根儿就不会爱上人的。他洁癖得都没边儿了，捏碎了花儿就洗手，桌上放块白毛巾，一会儿擦擦脖颈，一会儿擦擦腋窝。张在桌面那本子上的刚洗过的手，多么干净，宛如用化肥栽培的蔬菜，又像是伸到湖面上的低矮的嫩枝。这是一双意识到自己的高贵的手，所以指尖既傲慢又慵懒；这是一双认为自己只能接触超越的东西的手，所以不肯去碰尘世间的俗物。这双手做出一副在虚空中才能派上用场的样子。它们不如祈祷的手谦虚，立志要去爱抚看不见的东西。倘若有一种专门用来爱抚宇宙的手，那就是自渎者的手。本多想道："给我看穿了。"

这双美丽的手只巴望触摸那星星、月亮和海洋，却疏于去做日常琐事，本多倒想看看其雇主的脸。他们雇人的时候，关于对方的家族关系、交友关系、思想、学校的成绩、健康等，做了无聊的调查，可是究竟了解到了什么呢？他们不明底细而雇用的这个少年，正是邪恶的化身。

瞧吧。这个少年不折不扣是邪恶的化身！理由很简单。这个少年的内心酷似本多。

本多一直装作眺望海洋，一只手肘挂着窗边那固定的桌子，靠老人的阴郁把自己自自然然地隐蔽起来，时而偷看少年的侧脸，沉湎于对自己一生的回顾当中。

本多这辈子，自我意识正是他作恶的根源。这种自我意识决不懂得爱人；用不着自己下手，就能杀掉许多人；写出色的悼词的同时，从别人的死亡中得到乐趣；一方面把世界引向灭亡，另一方面想独自活下去。但是这期间，他曾沐浴在从窗外透进来的一缕光线中。那就是印度。他意识到罪恶，试图逃脱罪恶（哪怕是短暂的），从而遇到的印度。他曾把世界否定到那个地步，印度却教导人们要凭着道德的力量，非让这个世界存在下去不可；就是这个印度，蕴含着自己还无从够到的邈远的光明与熏香。

现在尽管已进入老年，本多的邪恶倾向还不断地一味要把世界转变成一片空虚，将人类导向虚无，造成彻底毁灭与末日。如今，这一目的并未实现，自己的末日却快到了，就在此刻，他与一个正在培植与自己一模一样的罪恶之芽的少年邂逅。

也许这一切都是本多的幻想。但是经过多次的失败与蹉跌，本多对一眼看穿的能力，已经有所领悟。只要不抱什么私欲，这双透彻澄明的眼睛是不会看错的，尤其是在看穿对自己来说并不如意的事情方面。

邪恶有时假借一副安详的植物的形象。结晶了的罪恶，像白药片一样的美丽。这个少年是俊美的。也许此刻本多忽然看到了不论自己还是别人都熟视无睹的他那自我意识竟有多么美，并为之神往……

庆子逐渐腻烦了，重新涂涂口红什么的，并向本多搭话说：

"还不告辞？"

老人的回答含糊其词，她便在屋里慢慢腾腾踱起步来，身上穿的衣服也很适当，活脱脱就像是一条懒惰的热带大蛇。于是她发现了挨近天花板的架子隔成了四十格，每个格子里都摆着一面满是尘埃的小旗子。

胡乱卷起来的旗子呈现出红黄蓝等鲜艳的颜色，把庆子迷住了，她一直仰望着。随即蓦地将手搭在少年那瘦骨嶙峋、象牙般发出锐光的、裸露着的肩膀上，问道：

"那些旗子是干什么用的？"

少年吃惊地往后闪了一下身。

"那是手摇信号旗，现在不用了。晚上只用发光信号。"

少年机械地指了指屋角的投光器，边匆匆地将视线移回到本子上，边回答道。庆子隔着少年的肩膀，俯下身去瞧了瞧少年正专心致志地凝望着的船只烟囱标记的图表。她一点也没有气馁。

"能给我看一面吗？我还没见过手旗呢。"

"好的。"

少年原是伛偻着身子的，他像是扒开闷热的密林那矮枝儿似的，躲开庆子的手，站了起来，走到本多跟前，踮起脚尖，伸手去从架子上取一面旗子。

本多一直在发愣，由于少年在他跟前抬起脚后跟，就不由得仰望了一下。就在这当儿，腋窝从宽松的运动背心里露出来，少年那淡淡的好闻的体味掠过鼻尖，一直弯着的格外白皙的左侧腹上那三颗并排的黑痣，清清楚楚地映入他的眼帘。

"是个左撇子哩。"

庆子毫不客气地说。取下旗子递给庆子时，少年的目光已含着怒色。

本多无论如何也想辨认清楚，就挨近少年，又看了一遍。少年的胳膊重新像白翅膀似的弯起来，从而本多的视野缩小了，但只要少年稍微一挪动手，背心侧面那道弯儿的边边那儿就清晰地露出一颗黑痣，另外两颗则若隐若现地遮在背心下面。本多的心怦怦直跳。

"哎呀，多好的花样！这是什么？"庆子用手抻开那黑黄相间的方格花纹的旗子，仔细审视，"倒想做件西装哩！是亚麻布料吧？"

"那我就不知道了，"少年生硬地回答道，"信号是'L'。"

"这是'L'吗？是'Love'①的简写吗？"

少年已经生气了，一边回到桌子前面，一边像自言自语似的嘎声说：

"请慢慢儿看吧。"

"说什么这是'L'！凭什么就是'L'呢？一点儿也没有使人联想到'L'的特征。发蓝的、半透明的、细溜儿的东西，才让人想到'L'，而绝不是黑黄相间的方格花纹。这个花纹不如代表'G'什么的，给人一种中世纪郑重的骑马比赛的感觉。"

少年用半歇斯底里的、差点儿哭出来的声音说：

————————————
① Love，英语，意思是爱。

"'G'是黄白相间的竖纹。"

"黄白相间的竖纹？哎呀，也不是这样一种感觉。'G'可绝不是竖纹。"

庆子越说越激昂，本多看看待得差不多了，就站了起来。

"多谢，实在打扰，给你添了不少麻烦。今天连点礼物都没带来就上门了，真是对不起。从东京给你寄点糕点来吧……请给我一张名片好吗？"

本多对少年说话的口气过于客气了，庆子感到愕然。她把旗子放回到少年的桌子上，旋即去取那扣在东窗下较小的望远镜上的黑毡帽。

本多将冠有头衔的名片恭恭敬敬地放在少年面前，而少年也取出一张印有信号所地址的"安永透"的名片。"本多辩护事务所"这个头衔，显然使少年放了心，并对本多怀起敬意。

"这工作很不简单啊。一个人干，也难为你了。十几岁啦？"

临告辞时，本多若无其事地问道。

"十六岁啦。"

少年故意撇开庆子，像是对待自己的上司似的，站在那儿脆脆地回答说。

"这是有益于社会的重要的工作，请你好好干吧。"

尽管装了假牙，本多就像在仪式上讲话似的，每一个字都咬得清清楚楚，他笑容可掬地催促庆子换上鞋。少年一直送他们走下楼梯。

坐上车子，本多深深靠在座席的背上，吩咐司机直驱日本平的旅馆。他们二人今夜就在那儿下榻。

"得赶快洗个澡，叫个按摩师来。"本多说罢，淡然补上了一句，"我想过继那个少年。"

庆子听了，睁大眼睛，一时无言以对。

十一

两位客人走后，透的心情混乱得不知如何是好。

这座建筑大概颇能引起人们的好奇心，以前也经常有心血来潮的旅客来参观。多半是带着孩子的，是在孩子的央求下进来的，他只消抱起孩子，让孩子看看望远镜就行了。今天的客人却不同。他们是为了看穿什么而进来的，并肆无忌惮地夺走了什么，扬长而去。透本人却一直不知道有这么个东西存在。

已经是下午五点钟了。酝酿着雨的天空，早早地就暮色苍茫了。

长长的浓绿色海潮打着漩涡，状似巨大的丧章，给予了海洋以镇静的感情。除了右侧的海面上远远地有一艘货船，连个船影儿也不见。

横滨的总社打电话来通知说，刚有一艘船驶出去了。此后就再也没有电话了。

平素间，到了这时刻就该准备晚饭了，可是透心里堵得慌，没有心思去做。所以他拧开了桌上的台灯，继续翻阅烟囱标记图。无聊的时候，只要看这图，就能解闷。

这些标记，有他喜欢的和讨厌的，他在上面寄予了自己的梦想。喜欢的，譬如 Swedish East Asia Line[①]那黄地蓝圆心，圆心上配以三个黄色王冠的标记，以及大阪造船厂的大象标记。

烟囱上有着大象标记的船，平均每月大约驶进清水港一次。黑地上画了一牙黄色下弦月，白象站在月牙儿上，远远地就很显眼。白象乘着月亮浮现于海面上，令人赏心悦目。

透也爱伦敦王子邮轮那缀有三根花哨羽毛的头盔。

当 Canadian Transport[②]那鲜明地凸出一棵绿色枞树的烟囱标记驶入港口时，整个白货船看上去就像是一份庞大的礼物，在烟囱上夹了一张别致的贺片。

这一切都是与透的自我意识毫无关联的东西的标记。唯有进入望远镜后，它们才会变成识别的对象，与透的世界发生关系。在这之前，仿佛是撒在全世界的海洋上的华丽的纸牌一样，由一只与透风马牛不相及的、游戏的巨手，到处挪来挪去。

他爱那绝不反映自己的遥远的光辉。倘若世上还有透所爱的东西的话，那就仅此而已。

……刚才那位老人到底是谁呢？

他们在场时，他确实净生那个任性的摩登老太婆的气了；他们走后，他更惦念的却是另外那一位举止稳重的老人。

充满智慧的疲倦的眼神，细得几乎听不见的噪声，恭敬到几乎让人觉得是在受愚弄的程度……那个人究竟是在忍受什么呢？

透还从未见过那样的人。他不知道，真正的支配欲，是假借一种安详的外表的。

按说透已经什么都知道了，但老人身上却有一种坚如磐石的东西，他的认识再敏锐，也捉摸不透。这到底是什么呢？

不久，透又恢复了他那冷漠傲慢的秉性，就不再臆测下去了。不妨认为那位老人不过是个退了休、闲得发慌的律师。那种殷勤，恐怕也仅只是一种职业上的习惯吧。透发现自己像乡巴佬一样，对城里人抱有过度的警戒心，因而感到羞惭。

他想去做晚饭，把废纸丢进字纸篓时，瞥见了篓底那枯萎的八仙花碎片。

"今天是八仙花。而且临走时把它插在我的头发上，让我丢够了脸。"透忽然想道，"上次是矢车菊。再上一次是栀子。是由于她发疯了，而这么忽三忽四呢，还是因为别有用心，才在头发上轮换着插这些花呢？首先，未必是她自己的主意吧？兴许每一次都有人往绢江的头发上插花，绢江是不知不觉地被利用来传递某种信号吧……那家伙总是畅所欲言，然后一走了之，下一次我可要抓住她，问个水落石出。"

也许透的身边所发生的事，没有一桩是出于偶然的。透蓦地感到，曾几何时自己周围已周密地布上了罪恶的圈套似的。

十二

回到旅馆后，直到吃晚饭的当儿，本多什么也不曾提及。所以庆子也闭口不谈那突如其来的过继儿子问题。吃罢晚饭，庆子问道："是你来呢，还是我去？"

两个人一道旅行时有个习惯，总是聚在不拘哪一方的房间里，叫服务员送些酒来，把酒摆在当中，海阔天空地聊，以消磨饭后至就寝这段时光。他们之间还有个默契，要是觉得疲倦就谢绝，彼此都不会心存芥蒂。本多说：

"我已经歇过来了，半个小时以后去找你。"

他说罢，抓住庆子的手腕子，看清楚了她攥在手里的钥匙上的房间号码。本多那微妙的虚荣心促使他当着外人这么做，对此，庆子几乎能笑破肚皮。这样一个方面，以及旧日的审判官那种阴郁的威严，会突兀地轮番出现在本多身上。

庆子换好衣服，打算本多一进屋就跟他开玩笑，随后又改变了主意。因为她发觉，两人之间有条不成文的规律：碰到真挚的事就任意加以嘲笑，而碰到玩笑的事则一本正经。

本多来了，两人隔着窗畔的小桌相对而坐。庆子叫服务员给送一瓶目前时兴的兑了水的卡提·沙克酒来；她眺望着雾霭翻滚的窗外，从手提包里取出纸烟。她把纸烟夹在指间，眼睛里露出比平时聪慧的神色。但是他们二人之间老早就不兴那种硬等着人家给点烟的外国派头了，因为本多讨厌这一套。

庆子抽冷子开腔道：

"太不像话了，收养那么个素不相识的孩子干什么。我只能想到一个理由。你一直向我隐瞒自己有那方面的嗜好。我真是瞎了眼，跟你交往了十八年，却一直没看透这一点。咱们两个能够情投意合，准是因为两个人有相似的趣味吧，所以两个人一开始就不知不觉地相互接近，彼此都放心，结成了同盟。月光公主什么的，只不过是饶头吧。说不定你明知道我和月光公主的关系，才耍了那么个花招吧？对你可不能疏忽大意。"

本多斩钉截铁地说：

"不是的。月光公主和那个少年是一码事。"

庆子紧接着就执拗地反复问："为什么？"本多只是说："等酒来了，慢慢告诉你。"完全不得要领。

酒来了。庆子一门心思想知道个究竟，所以聚精会神地单等本多说话。她的指挥权失效了。

于是，本多把事情和盘托出。

本多觉得愉快的是，庆子不像平素间那样笼统地发出感叹，却认认真真地一直听到底。

"像这样的事，你没有说出去，也没写成文字，真是明智之举。"庆子那被酒滋润了的喉咙里发出了慈爱的声调，流利地说，

"那样一来，世人就会把你当成疯子，这一向树立起的信用也一落千丈了。"

"对我来说，社会上的信用已经无所谓了。"

"不，我指的不是这个。你不愧是个明智人，连对我都沉默了十八年。你刚才说的是剧毒般的秘密，有着可怕的、万能的效应；相形之下，人们所隐瞒的最可耻、最忌讳的事——比方说，跟人家不同的性倾向，近亲当中有三个精神病人——这类社会性的秘密就算不得什么了。这是个巨大宽松的法则，一旦知道了它，杀人、自杀、强奸和支票欺诈就都什么事儿也没有了。曾经做过审判官的你，竟知道了这个法则，这是多大的讽刺啊。因为一旦发现自己远远地被圈在另一个庞大的、比天空还要大的环儿里，晓得了自己被这宽松的法则包围着，那么其他形形色色的法律就都不算数了。你看出了我们都不过是被放牧的兽而已。我们却蒙在鼓里，相互间采取姑息手段，商商量量地彼此束缚起来。"说到这里，庆子叹了口气，"你这一席话，把我也治好了。甭瞧我这样，我认为自己也曾苦战恶斗来着，其实用不着战斗。我们个个都是被同一张网捕捉的鱼。"

"可是对一个女人来说，致命的是一旦知道了此事，就再也保持不了美丽的容颜了。倘若你到了这把岁数依然想保持自己的美貌，就该堵住耳朵，不去听我的话。

"凡是知道了此事的人，脸上就会露出肉眼看不见的一种麻风病的征候。如果说神经癞和结节癞是'看得见的麻风病'的话，这就可以说是透明癞吧。不论是谁，只要知道了这个，就不可避免地马上成为麻风病人。自从去了印度（在那以前，病已经潜伏了几十年），我就变成一个不折不扣的'精神麻风病人'了。

"你是一个女人，不管怎样浓妆艳抹，掩盖自己的皮肤，但'已知者'相互之间一眼就能看穿对方的皮肤。皮肤变得异乎寻常地透明，连灵魂已经凝然不动这一点都能够透视到。肌肉的美也消失了，可以看见肉都萎缩了，简直令人作呕。声音沙哑了，全身的毛像落叶似的脱落下去。这就是所谓'已知者的五衰'。从今天起，你大概就会发生这种症状了。

"即使你不主动躲避，人家也会逐渐躲避你。因为已知者必散发出自己所觉察不到的熏天臭气。

"人的美，不论肉体上还是精神上的，但凡属于美的东西，都只能产生于无知与迷惘。既已知道而依然保持美，这是绝不允许的。同样是无知与迷惘，精神是比不过肉体的。因为精神无从掩盖无知与迷惘，而肉体可以用灿烂的肉来予以遮掩。对人来说，只有肉体美才是真正的美。"

"可不是嘛，月光公主也是这样的啊。"庆子眼睛里略露着追慕的神情，望着浓雾弥漫的窗外，"所以你始终没告诉叫作勋的第二个人，也没告诉月光公主——而她是第三个。"

"也许是出于一种残酷的考虑，生怕一旦说出来，就会妨碍他们去完成自己的命运，我才每一次都守口如瓶……不过，清显那时候是例外。因为那时候连我都还蒙在鼓里。"

"你是想说，那时你也曾是美丽的。"

庆子以讽刺的眼神将本多从头顶打量到脚尖。

"我并没有这么说。因为我已经在起劲地磨砺求知的武器了。"

"明白啦。那就得对今天见到的那个少年严加保密，直到他在二十岁上死去。"

"是啊，再忍耐四年就成了。"

"在这之前，你不会死掉吧。"

"哈哈，我倒没想到这一点。"

"咱们再一道去一趟癌症研究所吧。"

庆子瞧瞧手表，取出一只装有五颜六色的药丸的盒子，一眨眼的工夫就用指尖挑选出三粒，就着兑了苏打水的苏格兰威士忌酒吞服了。

有一件事本多不曾告诉庆子。那就是：今天见到的少年显然不同于过去的三个人。这个少年的自我意识的构造，就像透过玻璃似的能够看得一清二楚。在清显、勋和月光公主身上，本多都从未发现这个特征。本多认为，那个少年的内心和他本人一模一样。倘若是这样的话，难道少年竟是个异样的存在（而这是不可能的），既是个已知者，又能保持自己的美吗？然而这是不可能的。要是不可能的话，尽管在年龄和黑痣方面证据都是确凿的，说不定少年是头一遭儿出现在本多面前的精巧的冒牌货吧？

他们逐渐地发困了，话题一转，谈起做梦的事来。

"我轻易不做梦，"庆子说，"只是至今偶然做做考试的梦而已。"

"据说考试的梦是一辈子都会做的，可我过去几十年，一次也没做过。"

"你一定是成绩优秀呗。"

可是，和庆子谈论做梦的事，太不合适了，就像是跟银行家谈论织毛线活儿似的。

不久，两个人就在各自的房间里入睡了。本多刚刚还断然扬言从来不做考试的梦，可这天夜里偏偏就做了。风只要刮得猛些，他所在的木头结构的校舍二楼就像架在树梢上的小屋一样晃悠。老师唰唰地往桌上递答案用纸，十几岁的本多接过纸来。他很清楚，清显就坐在背后，相隔两三个座位。看看写在黑板上的题目，再看看答案用纸，本多非常沉着，心情平静地把铅笔削得一根根都像锥子那么尖。这些题目都立时能够解答，一点也不用着急。窗外，白杨树被风搓揉着……

深夜醒过来，梦的情节不论巨细都还记得。

本多做的确实是考试的梦，只不过完全没有这类梦通常总少不了的那种焦躁感。但究竟是什么人让本多做这种梦的呢？

与庆子的一席话，只有他们两个人知道，所以"那个人"倘若不是庆子，就准是本多了。但本多自己绝没有做这么个梦的愿望。本多是不可能连声招呼也不打，完全不参考本人的希望，而听任自己随便做梦的。

当然，本多读过维也纳的精神分析专家所写的关于梦的各式各样的书，然而对"背叛自己其实是自己的愿望"这个说法，他是不大能够首肯的；毋宁是认为自己以外的什么东西随时都在监视自己，并强迫自己做某件事情，倒来得自然一些。

清醒的时候就能保持自己的意志，不管愿意不愿意也得生活在历史当中。但是冥冥中存在着一种超越历史或者没有历史的东西，它不以自己的意志为转移，在梦里强迫自己。

大概是雾散了，月亮出来了，稍短的窗帘未能遮住窗框的下端，那儿微微地闪着青色的光。活像是横亘在暗海彼方的一座大半岛的影子。本多寻思：乘船驶过夜晚的印度洋逐渐靠岸时，映入眼帘的印象准是那样的。这么想着，他就睡着了。

十三

八月十日。

早晨九点钟，透到信号所来接了班。只剩他一个人后，便照例打开报纸慢慢读着。直到下午，是不会有船来的。

今天的晨报满是田子浦的污泥公害[①]的消息。然而田子浦有一百五十座造纸厂，清水却只有一座小的。再说，海潮一直向东流去，所以污泥几乎没有侵犯清水港。

田子浦港埠的示威游行，全学联大概来了不少人。就连这架能够放大三十倍的望远镜，也无法将那场骚乱收入视野。凡是不曾映入望远镜的事，便与透的世界风马牛不相及。

这是个凉爽的夏天。

伊豆半岛轮廓鲜明，一览无余，积雨云高高地插入灿烂的蓝天；像这样的夏日，今年是不多见的。今天半岛也隐藏在薄雾里，阳光没有透露出来。透曾央求人家给他看过最近从气象卫星上拍摄的照片，骏河湾有一半恐怕是经常被烟雾遮住的。

[①] 这是从工厂排泄出来的废弃物所引起的公害。它们堆积在河口和海湾底下，变成黏土质沉淀物，含有有机物质，污染环境。

绢江难得地在上午来了。她在门口问，可不可以进来。

"今天所长到横滨的总社去了，谁都不会来。"

透这么一说，她就进屋来了。

绢江目含惧色。

梅雨季节，透曾拦住绢江，并刨根问底地追究为什么每次来都戴不同的花。于是她有个时期不大上门了。最近又频繁地跑来，尽管头上不再戴花，却愈益夸张那作为访问借口的恐惧和不安。

绢江刚在椅子上坐下，气儿还没缓过来就说：

"第二次啦。这是第二次，而且换了个男人。"

"怎么啦？"

"有人企图谋害你哩。我到这里来，总是四下里打量着，当心绝不要让人看见。不然的话，也许会给你惹麻烦。你要是给杀死了，就都怪我。我只有以死来谢罪。"

"究竟怎么啦？"

"第二次啦。因为是第二次，所以我很嘀咕。上一次我不是也马上告诉你了吗？……这一次也相似，又有点不一样。今天早晨我到驹越海滨散步去啦。掐了些海滨牵牛花①，然后走到水边，望着海出神。

"驹越海滨人很少。我不是给大家盯着看得都厌烦了吗？所以面对着大海，心神就非常宁静。要是把我的美貌挂在秤杆的

①　日语原文作"浜昼颜"，昼颜是牵牛花的意思。英文名叫作 sea bells，拉丁文学名叫作 Catystegia soldanella。野生在海滨沙地上的一种多年生草，初夏开状似牵牛的淡红色花。

一头，把海洋挂在另一头，也许刚好平衡。只要这么一站，我就觉得将自己的美貌的分量寄予了大海似的，心情才会这么轻松吧。

"海滨上只有两三个垂钓的人。其中一个人兴许是因为根本钓不到鱼，发腻了，就一个劲儿朝着我这边看。我装不知道，继续看海，可那个男人的视线像苍蝇似的跟着我的脸蛋儿。

"唉，我大概怎样也没法让你知道那种时候我有多么厌烦。我觉得：又开始了。我的美貌又从我的意志游离出去，反过来束缚了我的自由。我的美貌也许是我自己支配不了的灵魂那样的东西。我只图个清静，不愿受到任何人的干预，但是这灵魂却违背我的意愿，为我制造祸端。如果灵魂是裸露在外边的话，我认为那才是真正的美女呢。但是再也没有比存在于外边的灵魂那样难对付而不随心的了。

"这又勾起了男人的欲望。我觉得真讨厌，可我明白，就在这当儿，我的魅力正迅疾地擒住男人。原来毫不相干的陌路人，转眼之间就变成了丑陋的野兽。

"这阵子我不再给你这儿带花来了，可我一个人的时候喜欢在头发上插花，所以就戴上海滨牵牛那桃红色的花儿，唱着歌。

"忘记是什么歌了。刚才还唱来着，多奇怪。我觉得是跟我这金嗓子相称的歌，音调凄凉，能够把人们的心诱向远方。不论是多么庸俗的歌，只要从我的嘴唇唱出去，就都变成了优美的歌，多没意思啊。

"那个男子终于挨近我了。还是个年轻小伙子呢，彬彬有礼，都过了头。但是眼睛里却燃烧着怎样也掩饰不住的欲望。他用黏糊糊的眼神看着我的裙子下摆那儿。我们海阔天空地谈了一通，我终于在危急关头把自己保护住了。放心吧。自己的身子尽管保护住了，却在为你担着心思呀。

"穿插在别的话当中，他这样那样地打听你的事。你的人品啦，工作态度啦，待人恳不恳切啦。我当然回答了，说是没有比你更恳切、热心于工作而了不起的人啦。不过只有一次，男人听了我的回答，露出了莫名其妙的神色。记得那时我说的是：

"'他是个超乎人类的什么东西。'

"可是我凭直觉就明白了。这样的事已经是第二次了。十天前不是就发生过一次类似的事吗？一定是有人在怀疑咱们两个人的关系。不知什么地方有个还没露面的可怕的男人，他要么是听人家念叨过我，要么是从远处看到了我，于是迷上了我，派喽啰来刺探我身边的事，打算杀害像是我的情人的那个男子。癫狂的爱不知打哪儿终于朝我逼近了。我好害怕啊。你是完全无辜的，要是由于我的美貌的关系，使你受到危害，可怎么办呢？这里一定有阴谋。绝望的爱情所策划的疯狂的阴谋。从远得看不见的地方盯着我，并企图杀害你的是个力大无比的大富翁，丑得像癞蛤蟆一样。"

绢江一口气讲到这里，瑟瑟地浑身发颤。

穿着牛仔裤的透跷起二郎腿，边吸烟边听。他寻思：这番话的要领究竟是什么呢？且不去管绢江那戏剧性的妄想，他认为什么人在对自己间接地进行调查，这是千真万确的。是谁？而且为

101

了什么？除了未成年就吸烟这一点，他还没触犯过任何一条法律，所以估计不会是警察。

透打算独自考虑此事。不久，透为了帮助绢江沉浸在她所喜爱的妄想里，并使这些妄想合乎道理，就用心良苦地说：

"多半是这样的。可我要是由于你这么个美人儿的缘故被杀死的话，心里丝毫也不觉得遗憾。这个世界上有一帮非常富有的、强大丑陋的家伙，虎视眈眈地伺机毁灭纯粹、美丽的人。咱们终于被他们看到了。情况就是如此，对吧？

"要跟这帮家伙战斗，非下很大的决心不可，因为他们在全世界都布下了天罗地网。起初咱们假装顺从他们，一点儿也不抵抗，什么都听任他们摆布。咱们从从容容地摸索敌人的弱点。只有养精蓄锐，充分掌握了敌人的弱点之后，才能抓住良机，予以反击。

"不要忘记，纯粹、美丽的人本来就是人类的敌人。战斗对他们有利，因为众所周知，人类全都站在他们那一边。除非咱们真正屈服，承认自己是人类的一分子，他们绝不会善罢甘休吧。所以咱们得做好精神准备，一旦有紧急情况，就得高高兴兴地去踩圣像①。要是轻率地硬顶硬撞，不肯去踩，就会给杀害了。咱们一旦踩了圣像，他们就放了心，从而把弱点暴露了。要忍耐到那个时候。在这之前，一定要好好地保持强烈的自尊心。"

"明白了，透君。我样样都听你的。可是另外，你也得使劲

---

① 1628—1857年，日本江户幕府为了禁止天主教，曾强迫教徒使用脚去踩刻有圣母像或耶稣像的木板或铜板。违者被处以极刑。

102

搀住我。因为美所发散出来的毒素，使得我两脚总是发软。你我携起手来，人类的一切丑恶欲望就都能根绝，要是顺利的话，说不定还能把全人类统统漂白得一干二净呢。到了那时候，这个大地就变成天堂，我也可以不受任何威胁地活下去了。"

"可不是嘛，你尽可以放心。"

"真高兴……我……"绢江面朝前，边后退着走出屋，边快嘴快舌地说，"我在世界上最爱你了。"

每逢绢江走后，透就自得其乐。

尽管她丑陋无比，但是只要不在场，那又和美有什么区别呢？刚才那席对话全都是以绢江的美貌为前提而进行的；由于美貌本身压根儿不存在，所以绢江走后，照样发出馥郁的馨香。

透有时心想，美在远处哭泣哪，多半就在刚过水平线处。

美像仙鹤一般尖声啼叫着。那声音在天地间回荡，旋即消失。即使停留在人的肉体内，也是昙花一现。唯独绢江，用貌丑这根套索成功地捕获了这只仙鹤。她还不断地以个性为饵食，长久地把它饲养下去。

光洋丸于下午三点十八分进港。此后，直到七点，才会有预定入港的船只。

眼下清水港里有二十艘船，其中包括已经拴好、等待靠码头的九艘。

拴在第三区的九艘船是：第二日轻丸、三笠丸、Camelia[1]、隆和丸、Lianga Bay[2]、海山丸、祥海丸、丁抹丸、光洋丸。

靠到日出码头的有：上岛丸、卡拉卡斯丸。

富士见码头有：太荣丸、丰和丸、山隆丸、Aristonikos[3]。

另外还有专供运木船装卸木材用的折户湾。这里，船不是系在岸上，而是系在浮标上。眼下有：三天丸、Dona Rossana[4]、Eastern Mary[5]。

据认为油轮靠岸是危险的，所以设了个油轮专用的系缆浮标，将油轮系在这里，让石油从油管里流上岸。现在这里只有一艘即将驶出港口的兴玉丸。

从波斯湾运原油来的大型油轮停泊于系缆浮标那儿，而运精油的小型油轮则得以靠袖师[6]岸壁。日昌丸就系在那里。

此外，从清水车站引来的东海道线那条支线，自大码头的好几个停泊处旁边经过，又穿过两排冷冷清清的关栈（夏天的日影清晰地投在上面，形成了对角线），逐渐地为夏草所覆盖；从关栈的缝隙间透射进来的海光，像嘲讽般地告以陆路已到了头。尽管如此，恰似供老式火车跳海用的那条红锈斑斑、孤独固执的单轨，依然一个劲儿地通向大海。突然间，它在濒临灿烂的海洋处终于到了尽头。单轨结束的地方叫作铁道码头。今天，那里一条

---

① 读作卡美利亚。

② 菲律宾地名，我国译为利昂湾。

③ 读作阿利斯托尼可斯。

④ 西班牙文，意思是：罗莎娜夫人。

⑤ 英文，意思是：东方玛丽。

⑥ 袖师是地名。景色优美，可以眺望三保松原。

船也没停泊。

黑板上分成好几栏，每个码头占一栏。透方才用粉笔在第三区这一栏里填上光洋丸这个船名。

要到明天才为那些停泊在海面上等待入港的船装卸货物，由于一点都不急，打听光洋丸是否已入港的电话就一拖再拖。直到四点钟才来讯问是不是确实入港了。

领航工作由八个人轮流做。四点钟，领港员打电话来通知明天入港的船由哪些人负责。

傍晚之前，透无所事事，于是隔着望远镜眺望大海。

刚一眺望，就想起先前绢江带来的不安与邪恶的幻影，透镜上仿佛罩上了微暗的滤光片。

他觉得今年的夏天本身不啻是罩上了邪恶的滤光片似的。邪恶密密匝匝地悄悄钻到光里，使光辉越来越微弱，夏季特有的浓郁的黑影也变得黯淡了。云彩失去了清晰的轮廓，钢青色的水平线上，见不到伊豆半岛，海面那儿只是一片空白。海洋染成单调而充满痛苦的绿色，眼下逐渐涨潮了。

透将透镜稍微往下移了移，眺望水滨的波浪。

波浪破碎时，水渣般的泡沫向后滑去，原来那些重重叠叠的深绿色三角形一股脑儿变了样，成为一团翻滚不已、乱糟糟的白东西，升高并膨胀起来。于是，大海发狂了。

波浪升高时，波脚下的低浪已破碎了；另外，高处的波腹刹那变成一堵光滑而龟裂的厚玻璃墙，上面布满气泡般的、尖锐斑驳的白色泡沫，发出哀哀无告的悲鸣。当这簇波浪上升到极限时，它们那些白色刘海儿被梳得一起漂漂亮亮地向前垂，再向下垂，露出排得井然有序的青黑色脖颈。往这些脖颈上密密匝匝地抄进好多白色水印①，转眼之间变成一片白，像被斩的首级一样落下去四散。

泡沫蔓延开来又退去。黑沙上，众多小小泡沫宛如船虫一般排着队，一齐往海里跑回去。

就像是从比赛完的选手身上迅疾地退去的汗珠似的、穿过黑沙的缝隙退去的白泡沫。

海水仿佛是硕大无比的青色石板。当它来到岸边迸裂时，竟显出何等纤巧的变幻啊。碎成千万片的浪尖，四溅的白色飞沫，痛苦地吐出了无数的丝，显示出了海蚕般的性质。内部蕴含着白而纤细的性质，却以力压服之，这是多么微妙的罪恶啊。

四点四十分。

苍穹上豁然出现了青空。神气活现而吝啬的青空活像是曾经在图书馆里见到的美术全集所收枫丹白露派②的天花板画。青空装出一副有抒情味的样子，上面浮着卖弄风情的云彩，它绝不是夏季的天空。天空被浅薄的伪善整个遮住了。

望远镜的透镜已离开水滨，而瞄向苍穹、水平线和浩渺的海面。

---

① 这里把波浪上现出白色水花比作造纸时往纸里抄水印。
② 枫丹白露派指16世纪30年代以后的一大批法国和外来艺术家，其作品与弗朗西斯一世的枫丹白露宫相关。他们把板上画同灰泥裸体像、花环以及其他浮雕装饰融为一体。

这当儿，透镜里一霎时出现了一滴几乎冲上云霄的白色浪花。这么一滴浪花，是以什么为目标离群高高地飞溅起来的呢？这至高的断片，是为何单独被选中的呢？

由整体而断片，再由断片而整体，大自然循环不已。当它以断片的外形出现时，是那么虚幻清冽，相形之下，作为整体的大自然一向是阴郁而怏怏不乐的。

邪恶是属于作为整体的大自然吗？

抑或属于断片那一方？

四点四十五分。放眼望去，连个船影儿也没有。

海滨上一片寂寥，没有泅水的人，只见两三个垂钓者。连只船也看不到的时候，海洋完全缺乏献身精神。现在骏河湾丝毫没有爱与陶醉，懒洋洋地躺在彻底清醒的时间里。不久就应该有一只船，像剃刀那白光熠熠的利刃般滑行过来，割破这怠惰而无损伤的完整性。船是对付这种完整性的果断而富于侮辱性的凶器，它驶过覆盖在海洋上的薄皮，仅仅是为了割出一道伤口。但它始终未能给予重创。

五点钟。

白色碎浪一霎时被染成黄蔷薇色，这才晓得太阳已偏西。

左方接连出现了大小两艘黑色油轮，朝海面上驶去。那是四点二十分由清水港出航的 1500 吨的兴玉丸，以及四点二十三分出航的 300 吨的日昌丸。

然而今天的船影像幻影一般在雾霭中忽隐忽现，连航迹都弄不清楚。

透重新将透镜瞄向水滨。

波浪逐渐带有夕影，同时变成险诈而难以对付的东西。光辉愈益染上恶意，波腹的颜色越发阴惨惨的了。

透寻思：

——是啊，迸散时的波浪，赤裸裸地将死亡具体化了。

这么一想，越看越像。那是临死时挣扎着张开的大嘴。

龇着的两排白牙，淌出无数道白色涎水，嘴痛苦地咧开着，已在靠下颌呼吸了。被夕阳染成青紫色的土地，是因血液缺氧而发绀的嘴唇。

临终的海将嘴张得大大的，死亡匆匆跳进去。无数死亡就这样一次又一次露骨地表演着；然而每一次，海洋就像警察似的赶紧收容尸体，把它藏在人们看不到的地方。

这当儿，透的望远镜照到了不该看见的东西。

透觉得，耷拉着下巴痛苦地挣扎的波浪那庞大的口腔里，另一个世界倏地闪现了。透的眼睛不可能看到幻影，所以见到的必然是实际存在的东西。但他不晓得那是什么。兴许是海里的微生物随便画下的什么花样。在昏暗的深处闪现的光彩展示了另一个世界。他记得确实见过一次这个地方，这或许与无比遥远的记忆有关。假使有前世的话，说不定这就是了。透一直想看到清晰的水平线后边的东西，他却不知道两者之间有何关联。倘若说，即将迸裂的波浪腹部缠着几多海藻，它们一边快要被卷进去，一边还在跳跃不已；一挥而就的那个世界，或许是讨厌得令人作呕的海底的工笔画吧。那里净是黏液质的紫色与桃色褶痕，凹凸不平。那里有亮光，一道光一闪而过，难道是海里打闪的情景吗？在这夕阳映照下的恬静的海滨，不可能看到那样的景色。首先，那个世界与这个世界没有非共存不可的道理。在那里隐约看到的是属于另外的时间吗？跟透的手表所指的时间是否为两码事？

透摇了摇头，将视线从这不愉快的景色中移开了。他终于连这架望远镜都恨上了，就踱到摆在房间另一角落的那架能放大十五倍的望远镜跟前去，目送着那艘刚刚出港的巨船的后影。

出航的是 YS[①]航运公司的山隆丸，这艘 9183 吨的船驶往横滨。

"山下的船向你们那边开去了。山隆。山隆。十七点二十分。"

他随即又回到能放大十五倍的望远镜跟前，追踪着桅杆为薄雾所笼罩的山隆丸的去向。

烟囱上的标记是黄褐色地上端一道黑线，黑色船腹上是斗大的"YS 航运公司"字样，白色船楼，红色的摇臂吊杆。船拼命想逃离望远镜那透镜的圆圆的视界，划破船首的白浪，驶向海面。

船驶远了。

透离开望远镜，往窗下俯瞰，只见草莓地的垄畔燃着一堆堆篝火。

---

① YS 是 Yama（山）Shita（下）的缩写。

草莓的季节已过去；梅雨期结束前遍地是塑料大棚，如今统统拆除了。加速培育用的莓苗已被运到富士山的五合目去，迎接人工的冬天，十月底又运回到这里，好赶在圣诞节前上市。

有些地方仅只剩下棚架，另外一些地方连棚架都拆光了，裸露着黑黑的垄亩，人们在忙碌地干着活儿。

透到厨房去准备晚饭。

他边在桌上吃简单的饭菜，边朝窗外望去，那里已暮色苍茫了。

五点四十分。

南边的天空高处，云隙间露出半月。它像是掉在淡蔷薇色的夕云缝中的一只象牙梳子，旋即与云彩混淆在一起，难以分辨了。

海边松林的绿色发暗了，垂钓者的车子正要在那一带停下来，已到了红色尾灯很显眼的时辰。

草莓地头出现了好几个孩子。傍晚的奇怪的孩子们。每逢黄昏，这些神秘的孩子也不知打哪儿钻了出来，疯狂地玩耍着。

垄畔上东一堆西一堆的篝火，火舌也变得鲜明了。

五点五十分。

透偶然一抬眼，发现西南方的海面上远远地有船只驶过来的一点迹象，而通常肉眼是绝不可能看到它的。于是，伸手去打电话。他把握十足，知道绝没看错，所以不等弄清就将手伸向电话。

代理店的人接电话了。

"喂，这里是帝国信号所。大忠丸已经看得见了。"

西南方那薄雾朦胧的淡粉色水平线上，可以瞥见用脏指头蹭上去的影影绰绰的东西。犹如分辨出隐隐约约留在玻璃上的指纹似的，透竟用肉眼辨认出那个影子，并予以断定。

据《船舶名录》所载，大忠丸是 3850 吨，专门运输婆罗双树木材，全长 110 米，时速 12.4 海里。木材船的速度一向是慢的，唯独外国航路的商船能够达到时速 20 海里以上。

透对大忠丸格外感到亲切。因为它是清水这里的金指造船厂去年春天才竣工的船。

六点钟。

兴玉丸的背影刚刚消失在水平线后面，大忠丸的船影就模模糊糊地泛在蔷薇色的海面上了。那说得上是从幻梦中冒出来的司空见惯的影子，从观念中冒出来的现实……那是诗化为实体，心像客观化的异样的一瞬间。看上去既好像毫无价值，又像是预示着不祥的一种东西，不知怎么一来就寓于心中了。这下子心被它擒住了，形成了一股紧张势头，非让这种东西产生到世上不可，结果如愿以偿。那么，大忠丸说不定还是从透的心灵里产生出来的呢。起初像片羽毛那样掠过心头的影子，变成了将及 4000 吨的巨船。然而这是在世界上随时随地都发生着的事。

六点十分。

船仿佛是一只黑色硬壳虫，一对摇臂吊杆俨然是它那竖起的两只触角；因角度的关系，显得比实际上要矮而宽，朝这边驶来。

六点十五分。

111

用肉眼都能把船看得清清楚楚，但是它依然像是遗忘在架子上的东西似的，看起来黑黑地摆在水平线上。距离是纵向形成的，所以船老是宛若水平线这个架子上的一只黑色酒瓶。

六点半。

隔着望远镜的透镜，歪歪斜斜地瞥见了白地红心上有个"N"字母的烟囱标记；还看得见，甲板上婆罗双木堆积如山。

六点五十分。

大忠丸已驶入眼前的水路，可以看到它的侧面，白白的月亮为云遮起，红色桅灯在暮色中直眨巴。一艘船像幻影般晃晃悠悠地从彼方驶来，与大忠丸交错而过。两艘船交错时，相互间的距离相当大，然而桅灯光的远近是无从分辨的，所以两盏红桅灯交错时，恰似在快要天黑了的海上，一支香烟向另一支借了个火，随即离别了。

大忠丸是直接入港的船，船腹上，一前一后高高地竖起两道坚固的白色铁栅栏，挡住堆在甲板上的婆罗双木，免得这些木料掉到海里去。在热带的骄阳下晒大的一束束粗粗的古铜色树干，被牢牢地绑了一道又一道，按最大限度横着装载在那里，把船压得连吃水线都看不见了。仿佛是将一群群褐色皮肤的壮实的死奴一簇簇地捆绑在一起，横陈着运了来。

透想起了叫作《满载吃水线规则》的新的海事法，它的条文定得像密林一样烦琐至极。木材满载吃水线分作六种：夏季、冬季、冬季北大西洋、热带、夏季淡水、热带淡水。而热带木材满载吃水线又分为热带域和季节热带区域两种。大忠丸与前者有

112

关。那叫作"关于甲板上载有木材的运输船的特别规定"。关于"热带域",有纬度线、子午线、南回归线等详细的规定,透曾趣味盎然地读过,记忆犹新。

热带域就是从美洲大陆的东岸至西经六十度为止的、北纬十三度的纬度线;从那里到北纬十度、西经五十八度这一交叉点的航程线;从那里到西经二十度为止的、北纬十度的纬度线;从那里到北纬三十度为止的、西经二十度的子午线;从那里到非洲西岸为止的、北纬三十度的……从那里到印度西岸为止的……从那里到印度东岸为止的……从那里到马来西亚西岸为止的……从那里到位于北纬十度的越南东岸为止的、亚洲大陆的东南海岸……从巴西的桑托斯港到……从非洲东岸到马达加斯加西岸为止的……以及苏伊士运河、红海、亚丁湾、波斯湾……

从大陆到大陆,从大洋到大洋,纵横地拉起看不见的线,将这个区域叫作"热带"。于是"热带"突然挺起身来:以它的椰子,以它的珊瑚礁,以它那海洋的绀碧,以它那积雨云的绵亘,以它的疾风骤雨,以它那色彩斑驳的鹦鹉的啁啾。

婆罗双木被运来了,每一根都贴有金色或大红大绿的光彩陆离的"热带"标签。堆积在甲板上的婆罗双木,从热带航行到这里的期间,几度被热带的骤雨浇湿,湿津津的木肌辉映着炽热的星空;时而遭到海浪的冲刷,时而给深深地隐藏起来的绚烂的硬壳虫蛀蚀着。它们大概做梦也想不到,抵达目的地后等待着自己的是为人类百无聊赖的日常生活服务。

七点钟。

大忠丸驶过了第二座铁塔。它即将驶入的清水港灯火辉煌。

这是在规定的时间之外入港，检疫也罢，卸货也罢，横竖都得留待明天早晨。然而透还是依次给驳船负责人、领港员、警察、港湾事务管理处、代理店、船用食品供应店和洗衣店打了电话。

"大忠即将驶入 3G。"

"喂，喂，我是帝国信号。大忠即将驶入 3G。装载的货物吗？是照最大限度满载的。"

"清水船用食品供应店吗？我是帝国信号。每次都承蒙你们帮忙。大忠要驶入 3G 了，请多多关照。"

"大忠……是的，大忠。驶入 3G 了。目前在三保灯塔的海面上。"

"县警先生吗？大忠要进港了。明天早晨七点吗？好的，拜托啦。"

"大忠……大——忠。驶入了 3G，拜托啦。"

十四

八月下旬的一个晚上，透刚好歇班，独自待在公寓里。吃罢晚饭，他洗了个澡，为了在从南边刮来的夜风下乘凉，就推开门，走到遮有蓝色防雨篷、白天的残暑尚未散尽的回廊里去。地面上有一道铁质楼梯通到这简陋的回廊。一溜儿房间的门都对着它。

南边不远处有个四千坪的木材堆积场，在昏暗的灯光下，可以看到重重叠叠的庞大的断切面。透觉得，木材有时看上去像是沉默的巨兽。

那边的森林尽头，按说是有座火葬场的，透一直想看一次从如此高大的烟囱里冒烟时夹杂着的火，却始终未见到。

南边，一座巍峨的山黑魆魆地刺入天空，顶上便是日本平。公路盘山而上。汽车前灯的流动，清晰地映入眼帘。山顶上，旅馆那密集的小小灯火闪闪发光，电视塔的红色航空标志忽亮忽灭。

透还没到那家旅馆去过。他对奢侈的人所过的奢侈生活一无所知。对于道理与财富并不一致这一点，他了解得再透彻不过了，然而从未关心过想让这个社会合乎道理的那种尝试，所以革命是别人的事。对他来说，"平等"是天底下最不能容忍的观念了。

汗也消了，正要进屋时，一辆皇冠①小轿车在楼梯口前边停了下来。尽管夜间看不清楚，可是觉得挺眼熟。透瞥见所长走下了车，吃了一惊。

所长手里一把抓着个大纸袋，将铁楼梯踏得山响，几乎是扑奔而上，平素间到工作场所，他也是这么个冲劲儿。

所长也不管周围有没有人，只顾大声说：

"喂，安永君，晚上好。亏得你没出门。酒也带来了。在你屋里一边喝一盅，一边聊吧。"

所长这异乎寻常的初次访问，使透感到恐惧，他几乎是反手开的门。

所长在透推过来的坐垫上盘腿而坐，边擦汗边四下里打量着说：

"嗬，一丝不苟。收拾得真干净。"

这是去年才盖好的，透又爱整洁，使人感到纤尘不染。窗框是铝制的，嵌着红叶花样的毛玻璃，内侧还有木框上糊纸的拉窗。墙壁是淡紫色新式材料做的，直木纹的顶棚洁净得过了头。高腰纸拉门上嵌着小竹叶花样的毛玻璃，纸隔扇上也画有奇妙的花样。原来是根据出资人的爱好，凡是新出产的建筑材料，没有

---

① 皇冠是丰田汽车公司制造的汽车品牌。

不用上的。

房租是每月一万二千五百元，共同利益费①每月二百五十元，公司负担一半；对此，透重新表示谢意。

"可是，你一个人不觉得寂寞吗？"

"我不在乎孤独。在工作场所也是一个人。"

"那倒也是。"

所长说着，从纸袋里掏出三多利②的方瓶，并取出一袋袋下酒的干鱿鱼、虾米脆饼干等。他说，没有玻璃杯的话，就用茶杯吧。

所长像这样提着酒突然到信号员家里来造访，乃是极不寻常的情况，不会有什么好事。透不负责经理工作，所以不可能在金钱方面出差错，只能认为是在不知不觉之间有了重大的疏忽。况且，这位平素间很严厉的所长，竟然劝一个未成年者喝酒。

透做好了被开除的思想准备。公司里没有成立工会，但是另外，他尽管只是个三级无线电通信员，却是个很勤快的少年。他很清楚，这年头，像自己这样的人并不是不费吹灰之力就能雇到的。只要肯忍一忍，有的是就业的机会。透铁了心，反倒怜悯般地打量所长。即便是宣布开除他，凭着坚定的自尊心，他还是有把握泰然处之的。不论对方怎么想，他却是个"宝石般的少年，再也找不到第二个了"。

所长硬劝他喝酒，他却拒绝了，一双美丽的眼睛炯炯发光，

① 共同利益费指公寓走廊的灯、门灯等由住户共同负担的费用。
② 三多利是日本的一家酿制威士忌的公司的名字，该公司酿制的威士忌也这么称呼。

坐在不通风的角落里。

少年在这个世界上毫无依靠，却为自己筑起一座小小的冰城。那些使人栽跟头的发迹欲、野心、金钱欲、恋爱，都与他无关。他素来不喜欢把自己和别人相比，所以既不嫉妒，也不羡慕谁。他一开始就杜绝了与人们和解的道路，因而与世无争。他听任大家把自己看作一只无害、温柔、可爱的白兔……砸饭碗是个小小不言的事。

"两三天前，横滨总公司把我叫了去。"所长为了给自己鼓劲儿而呷着威士忌，"我心想：是什么事呢？跑去一问，说是总经理亲自召见。到底是怎么回事呢？说起来也怪难为情的，走进总经理室的时候，我两条腿直发颤。只见总经理笑嘻嘻的，叫我坐下。我心想，大概不是什么糟糕的事。一听，对我来说，说不上糟不糟糕。你猜是什么？是关于你的事啊。"

透睁大了眼睛。这是他始料未及，万万没有想到的。听到这里，就知道与开除什么的风马牛不相及。

"而且，多令人吃惊啊。有一位先生一定要请你当他的养子，还是托总经理的一个老前辈提出这事的，那位前辈是总经理的恩人。并且叫我当中间人，务必请你答应下来。受总经理之托，这个任务可不小哩。你可真是被看上了。换句话说，看上了你的人算是有眼光。"

话音刚落，透的脑子里闪过一个念头：想叫他当养子的准是前些日子给过他名片的那个老律师。

"提出想叫我当养子的那一位，是不是叫本多先生？"

这一次轮到所长瞪圆了眼睛。

"是呀，你怎么知道的？"

"他到信号所来参观过一次。可是只见了一面，马上就要我给他当养子，太奇怪了。"

"对方好像托信用调查所详尽地调查过两三次哩。"

透一听此言，就想起绢江的话，于是蹙起眉来说：

"这种做法真讨厌。"

所长感到狼狈了，就反复说：

"不过，结果查明了你是一位十全十美的模范秀才，不是蛮好吗？"

那位老律师还没什么，倒是那个任性的西洋派头的老太婆，像是散布绚丽的鳞粉的飞蛾似的缠住了他；她的气质与透所住的世界太悬殊了。

那天晚上，所长揪住发困的透，一直说服到十一点半。透不时地抱着膝盖打起盹儿来，喝醉了的所长便摇摇他的膝盖，继续说下去：

对方是个鳏居的孤独老人，是位生活富裕的名士。他之所以看中了透，乃是因为与其过继一个出身名门的浪荡公子，不如要一个真正优秀而勤奋好学的少年，不论对本多家还是对日本的未来而言，都大有裨益。过继之后，立即叫他做升高中的准备，还打算给他请家庭教师，以便考入第一流的大学。作为养父来说，希望他进法科或学经济，但将来从事什么职业，完全听凭本人的志愿。为此，养父做他的后盾，不惜任何援助。养父没有多少年好活了，死后没有亲戚来找麻烦，本多家的全部财产统统归透所有……

所长一条条地诉说着，指出天底下再也没有这样好得无以复加的事了。

然而透纳闷着：到底是为什么？这个疑问使他的自尊心受到损害。

对方超越了一样东西，而透这方面也超越了一样东西。双方像是出于偶然一般吻合了。对方认为这种不合乎常识的事是理所当然的，透也这么认为；这种不合乎常识的事只能蒙骗所长以及站在中间的那些有常识的人。

说实在的，透听到此事时做出一副不值得大惊小怪的样子。刚一见到那位举止安详的老人，不知怎的他就预料到会有诸如此类不同寻常的结果。透对绝不会被人看穿自己这一点是有把握的，以致被人误解时他也不觉得吃惊。对天大的误解他都疏于自省，竟自负到全盘接受由误解所引起的后果。倘若发生了什么荒唐的事，那是美丽的误解的结果；将世人的认识错误当作自知之明的前提的话，任何事都有可能发生。认为别人对自己的善意或恶意全都建立在误解上，乃是一种怀疑主义的想法，最后必然导致自我否定，导致自尊心的盲目性。

透蔑视必然性，瞧不起意志。现在他有充分理由想象自己置身于陈旧的"错误的喜剧"的旋涡中。假若一个没有意志的人借口自己的意志遭到蹂躏而发起脾气来，岂不是天大的笑话。只要有一颗冷酷的心，按照道理采取行动，对透来说，"无意当养子"

与"答应当养子"完全是一码事。

对方的提议根据不足，一般人会马上感到不安的。然而，说来唯有将对方的评价与本人的自负相比较，才会如此。透的思路不是这样的。因为他不把自己跟任何人比较。所有这一切越像是儿戏而缺乏必然性，越接近于阔佬的心血来潮，这个提议就越缺少命中注定的要素，因而容易为透所接受。没有宿命观的他，是不可能被命中注定的纽带束缚住的。

简言之，这是戴着培育英才的假面具的人所做的提议。透蛮可以像个普通的纯真少年那样喊道：

"我可不是叫花子。"

可是这种反抗太富于少年杂志风味了，透则有一种更加不可捉摸的微笑武器——凭着本质上的拒绝来接受事物的武器。

事实上，他有时照镜子，仔细审视自己脸上泛着的微笑：由于射到镜子上的光线的关系，他会觉得那像是少女的微笑。远方的某国说不定有个言语不通的少女，把这样的微笑当作与别人沟通感情的唯一手段。这并不是说，自己的微笑是女人气的。然而，它也不是媚态的，娇羞的。拂晓之前半明半暗的时候，道路发白，无法与河水分辨开来，只要多迈出一步，说不定就会淹死。替对方安排了这么个险境，自己却宛如一只鸟儿一样，在犹豫与决断之间的极其微妙的巢中笑吟吟地等待着。这样的微笑可不能说是堂堂男子汉的微笑。透偶尔会想，也许这种微笑并非得自父亲或母亲，而是得自幼时在什么地方遇到过的一个素昧平生的女子。

另外，透也显然不是由于对自己的评价过高、出于自满而接受这个提议的。他对自己了解得再透彻不过了，别人的眼睛不论多么尖，看得也不如他本人清楚。这就是他的自尊心的根据。不论在别人眼里他是什么样儿，只要提出施舍金钱给他，那就不啻是周济他的影子，一点儿也损伤不了他的自尊心。透是安全的。

再说，对方的动机难道真是那么不可理解吗？其实一点也没有不可理解之处。透晓得，一个百无聊赖的人，竟然会满不在乎地把地球卖给收废品的呢。

透边抱着膝盖打盹儿，边思忖道：我的主意已经拿定了，但是出于礼貌起见，得再等一会儿，好让所长多着一阵子急，以便向人家夸耀他是如何挥汗苦口婆心地说项的。

透重新庆幸自己生来不爱做梦。他为所长点燃熏蚊香，蚊子却飞来把他的脚咬了。睡意蒙眬中，他觉得挺痒，恍惚间仿佛出了一轮皎洁的月亮。他迷迷糊糊地想道：由于挠了脚，又得去洗手。

"好像越来越困了。刚刚值完夜班，也难怪呀。哎呀，已经十一点半啦。今儿个可坐得太久啦。那么，安永君，这事已经谈妥了吧，你答应了，对吗？"

所长蓦地站起来，将手像按住一般使劲儿放在透的肩上。

透这才做了个清醒过来的姿势。

"好的，可以。"

"你答应了吧？"

"好的，答应了。"

"啊，谢谢。底下就由我代替你的父母去办理了，行吗？"

"好的，拜托啦。"

所长说：

"这个信号所失去了你这样一个优秀人才，我也实在舍不得呢。"

所长已喝得烂醉，根本无法开车了，透便到近处去叫了一辆出租车，将他送回家去了。

十五

第二天也不当班，透看了场电影，到港口去瞧了瞧船，消磨了一天的时光。第三天的早晨九点，又轮到他值班了。

刮过几次台风之后，残暑的天空上浮云叆叇，开始使人觉出夏意。一想到自己恐怕是最后一次来这座信号所来欣赏夏景了，就连云彩的飘动都格外引他注目。

夕景的天空多美呀。海面上是几抹横云，积雨云像神一样伫立在后边。

庄严的淡橙色云彩的顶头，被一抹横云截开了。积雨云那隆起的肌肉上，这儿那儿涂以腼腆的蔷薇色。云彩背后的空中，一片崇高的淡蓝色倾泻而下。有的横云是黯淡的，有的宛如弓弦一般闪闪发光。

这是离得最近、看上去最高的积雨云，后面还排成一行，远远地绵延到海洋的那一头，以一种夸张的远近法，在清澈的大气中一个矮似一个，形成阶梯状。透觉得说不定这是云彩所施的骗术哩。也许是一个比一个矮的云彩的横队在模仿远近法，以欺骗人的眼睛。

像一群白色陶俑士兵般排列着的云彩，有的上端发黑，恰似龙卷风那样翻滚着插入天空。有的溃不成形，染上蔷薇色的光。一抹抹的横云逐渐幻化成淡红、黄色或紫色，积雨云也随着失去了健康的色彩。透忽然发觉，神那张刚才如此容光焕发的脸，已灰暗灰暗地露出了死相。

十六

本多查明了透的生日是昭和二十九年①三月二十日。倘若月光公主死在这个日期之后就成问题了，所以找了不少门路予以调查，始终不得要领。光阴荏苒，该办理收透为养子的手续了。

他只听月光公主那位双生的姐姐说，月光公主是"春天"死的，很懊悔没把具体日期问清楚。以后他从美国大使馆打听到了业已回国的她的地址，再三发函询问此事，结果却杳无回音。他无可奈何，只好托外务省的友人请曼谷的日本大使馆发函询问，仅仅收到"目前正在调查"的回信，以后便什么消息也没有了。

倘若舍得花钱，可以想出几种办法。但本多上了年纪后，吝啬到乖僻的地步，并变得焦躁起来，只顾忙于办理过继透的事了，从而忽视了对月光公主忌日的调查。不知怎的，他不起劲了。

昭和二十七年的时候，本多曾对古老的财产三分法感到不安。那当儿他还年轻，神经大概脆弱。如今这种古老的常识已经

---

① 昭和二十九年是 1954 年。

吃不开了，他反而固执地抓住它不放，结果与比自己年轻十五岁的财务顾问闹得不欢而散。

尽管如此，在过去的二十三年间，他的财产起码增加了五倍，达到十七八亿日元。昭和二十三年获得的三亿六千万日元，按土地、证券和银行存款分成三份，每份刚好一亿二千万日元。土地价格涨了十倍，证券涨了三倍，存款减少了。

就像在古色古香的英国式俱乐部里，穿着翅形尖领衬衫打台球的绅士们那样，本多一向喜欢资产股票①。从前，谁拥有东京海上②、东京电力、东京煤气、关西电力那"品格高而股实"的股票，就说明谁有绅士资格，而投机是被人看不起的。本多至今囿于这样的嗜尚。然而，就连清一色的、无趣的资产股票，在这二十三年间也涨了三倍的价，多亏了扣除百分之十五的股息所得，对股息收入所课的税也就微不足道了。

对股票的爱好犹如领带一样，老人总不能系那种流行的、宽幅花哨的印花领带。不系的话，就无从分享它所带来的利益，另外也用不着冒它所招致的危险。

自昭和三十五年起的十年间，人们就像在美国那样，逐渐地能够凭着某人所拥有的股票来推算他的年龄了。花样和质地日益变得俗不可耐，不像样子。半导体收音机的小零件的厂商，一年间的销售额达一百亿日元，五十日元的股票涨到一千四百日元，乃是司空见惯的事。

---

① 资产股票是可以当作财产的股票。

② 东京海上是东京海上保险证券的简称。

本多对股票的品格如此介意，却完全不把土地的品格放在心上。

昭和二十八年，谁要是在相模平原的美军基地周围盖房子租给美国人，就能赚大钱。当时盖房子比买土地费钱。本多接受了财务顾问的劝告，对房子不屑一顾，而以每坪三百日元的价钱买下了一万坪地皮。如今涨到每坪七八万日元，三百万日元的地皮竟值七亿五千万日元了。

这当然说得上是出于侥幸，有上算的，也有不大上算的，反正跌价的土地连一坪也没有。早知如此，原来那片价值三亿六千万日元的山林，不该脱手，哪怕留下一半也是好的，真是后悔莫及。

积累财产乃是奇怪的经验。倘若本多胆子更大一些，兴许能把财产增加好几十倍哩。另外他又想道：正因为自己一向做事稳健，才不至于将财产荡光。他只能认为自己走过来的是最妥善的路。然而他还是略微有点后悔和不满。归根结底，这种心情乃是对自己的秉性所感到的悔恨，当然会萌生不健全的情绪。

明知吃亏，本多将落后于时代的财产三分法当作自己的金科玉律来遵守，从而获得了精神上的安宁。那就是对古老资本主义的三位一体的崇敬。那里至今多少存在着神圣的东西，自由主义经济的预定调和理想散发着余晖。它又象征着面对那在原始的、不安定的单一经营下挣扎的殖民地，本国的绅士们所抱的那种从容不迫、充满理智的矜持态度与均衡感。

然而，它还存在于日本吗？只要税法不改变，只要所有的企业不恢复那种靠本身的资本来经营的方式，只要银行一天继续要求贷款时以土地做担保，日本的国土这一庞大的抵押品就绝不理睬什么古老的法则，而准会不断地涨价。除非是经济发展停止了，或是成立了共产党的政府，才不再涨价。

本多对此知道得再清楚不过了，可是依然打算忠实于安全牢靠的古老幻影。他保了人寿险，与其眼看着货币一天天贬值，他毋宁做个愚蠢的守护者。勋曾经那么壮烈地生活过的那个时代，实行的是金本位制，也许本多脑中还残留着那遥远的黄金的幻影。

自由主义经济所预定调和的美梦老早就破灭了，而马克思主义经济学的辩证法的必然性也早已不足凭信了。被预言行将灭亡的东西继续存在下去，被预言将会发展的东西（尽管确实发展了），则变质了。纯粹的理性概念根本没有存在的余地。

相信世界趋向崩溃，这是多么简单啊，倘若本多只有二十岁，想必会相信的。然而世界是轻易不会崩溃的，对那些像滑冰运动员一样沿着地面滑行，了此一生而后死去的人来说，这才是不能掉以轻心的问题。假若知道冰会裂开，谁还肯滑呢？假若知道绝不会裂开，就会失却因别人掉进冰窟窿而感到的那种快乐。问题仅在于自己滑行的当儿会不会裂。留给本多滑行的时间已经很有限了。

然而这当儿，利息以及各种收益时时刻刻都在一点点地增加着。

人们认为，财产是会这样逐渐积累的。倘若积累的速度能超过物价上涨的速度，那么它准会越来越多。然而，这种增加归根结底是站在与生命对峙的原理上的，唯有借着一点点地侵蚀站在生命一边的东西，才办得到。利息的增值正如时间的白蚁在侵蚀一样。收益在什么地方一点点地增加，便伴随着时间的蚂蚁坚定地一点点用牙啃的声音。

这时人便发觉，生利息的时间与自己生存的时间在性质上有差别……

本多经常老早就醒了，躺在床上边等待曙光，边浮想联翩，必然会转这样一些念头。

时间的平原一望无际。利息像青苔似的在这平原上蔓延繁殖。我们不可能跟踪到底。因为我们的时间慢慢地沿着坡道，准定被带到断崖上。

本多曾经认为，自我意识仅和自我有关。那时他毕竟还年轻。当时他认为，在自我这个透明的水槽里，漂着个净是黑棘的海胆般的东西，唯独与此有关的意识，叫作自我意识。自从在印度晓得了"恒转如暴流"一语以后，足足花了三十年的工夫才在日常生活中予以体会。

老后他的自我意识终于归结为对时间的意识。他的耳朵能够分辨出白蚁啃骨骼的齿音。时间一分分、一秒秒地过去，光阴一去不复返，而人是对生抱着何等稀薄的意识让岁月溜过去的啊。上了年纪后才知道，每一滴光阴都有浓度，甚至能使人陶醉。点点滴滴的时光是何等美丽，就像是珍贵酝酿的葡萄酒一般……时间渐渐消逝，犹如血液在消失似的。所有的老人都会枯竭而死。他们都有过黄金时代，在本人丝毫未曾觉察的情况下，丰饶的血曾浑身沸腾，并使他们陶醉过。但是他们太疏忽了，未让时光止住，所以这会子遭到了报应。

不错，老人体会到时光能使人陶醉。然而体会到的时候，已经没有了足够使他陶醉的酒。为什么不曾试图让时光止住呢？

尽管这样责备自己，本多依然不认为自己是出于怠惰或胆怯而没有在适当的时候把时光止住的。

双目紧闭的本多，感觉出天蒙蒙亮了，但他照旧将头放在枕头上，心中自言自语道：

"不，我从未有过'非让时光止住不可'的那样一个时刻。倘若我多少经历过命中注定的事，'未能让时光止住'恰恰就是我的宿命。

"我没经历过青春的顶峰这么个时期，所以不曾有过应该让时光止住的时刻。本来是应该在顶峰止住的，然而我未能分辨哪儿是顶峰。奇怪的是，我对这一点并不感到懊悔。

"不，即使青春已经过了一段也可以。只要到了顶峰，就应该停留下来的。倘若说，能够分辨顶峰的目光才算是认识的目光，我是有些异议的。因为再也没有像我这样不断地用眼睛去辨认，片刻不停地活动脑子的人了。光靠认识的目光是无法分辨顶峰的，还得靠宿命来帮忙。可是我知道自己注定是个何等薄命的人。

"有一种很简便的说法：多亏我那强韧的意志阻止了宿命。果真如此吗？难道意志不是宿命的残渣吗？自由意志与决定论之间，是否像印度世袭的种姓那样，生来就有贵贱之分呢？当然，卑贱的是意志。

"年轻的时候我没这么想过。我以为人类的全部意志都是关系到历史的意志。历史又哪儿去了呢？那个净栽跟头的要饭婆子呢？

　　"……然而，有些人得天独厚，到了生命的顶峰就让时间停住了。我亲眼看到过这样的人，所以非相信不可。

　　"这是何等的天赋，何等的诗意，何等的至福啊。刚刚爬上山顶，皑皑白雪映入眼帘的那一瞬间就能够使时间停止下来。一霎时，山岭那微妙而引人入胜的倾斜，以及高山植物的分布，已使他产生了预感，他也清清楚楚地预料到时间的分水岭就在这里。

　　"这是明摆着的，再往前走一会儿，时间就不再上升了，于是马不停蹄地不断地下降。一路上，许多人由于能够从从容容地收获，而自得其乐。但是收获又有什么用处？只要一翻过山去，水也罢，路也罢，都径直往下冲去。

　　"啊，肉体那永恒的美！只有能够使时间止住的人才能享受这一特权。而今，即将到达使时间停止的山顶之际，人的肉体便显示出了最大限度的美。

　　"准确地预感到自己即将来到白雪皑皑的顶峰，这时人体呈现出澄明的美，不祥的纯洁，冷漠的侮蔑。于是人的美与羚羊的美吻合了。竖起高贵的角，温柔的眼神孤傲地润湿着，稍微抬起前肢（它是细溜的，有着白斑）的蹄，头顶灿烂的山巅之云，充满诀别的骄矜。

　　"我是绝不适于朝那些留在世上的人，那些继续待在时光不停地流逝着的地方的人扬手告别的。倘若我突然在街角扬手告

132

别，出租汽车大概会起误会而停下来。

"我大概不知道该怎样让时间停下来，却一个劲儿地光叫出租汽车停住。我凭着坚决的意志，让它把我运到另一个地方，明明晓得在那里，时光也将不停地流逝。这是我唯一的目的。那里既没有诗意，也谈不上至福。

"……既没有诗意，也谈不上至福！这比什么都重要。我知道，除此而外就没有活下去的秘诀了。

"让时间停止后，等待着的是轮回。这一点我也已经晓得了。

"和我本人一样，我绝不容许透去享受如此可怕的诗情与至福。这就是我对待那个少年的教育方针。"

想到这里，本多就完全清醒过来了。这儿那儿隐隐作痛，喉咙里哽着痰，使他切切实实地意识到另外一天又开始了。睡着的时候浑身的骨骼都散了架，他像是尽义务一般服服帖帖地将它们重新组好，仿佛将一把老掉牙的折叠椅子拉开来似的，从床上起身了。室内已天光大亮。他有个马上就按枕畔的通话器的习惯，通知仆人自己已起床；但今天他心血来潮，没有按，却去把错花橱子上那个带泥金画的匣子拿了来。取出透的调查文件，仔细地重新读了一遍关键的地方：

过继养子调查报告书

受理号数　M 第二五八二号

本文号数　第一四九三号

本多繁邦阁下

昭和四十五年八月二十日

大日信用调查所股份有限公司

姓名　　安永透　生于昭和二十九年三月二十日（十六岁）

原籍　　静冈县庵原郡由比町6-152号

现住址　　静冈县清水市船原町2-10号　　明和庄

（1）本人事项

（甲）　经历与现状（从略）

（乙）　体质姿容（从略）

（丙）　性格品行

头脑清晰，智商异常地高，达159，说明他是个英才。智商100的人，占百分之四十七，而智商超过140的人，极其罕见，仅占千分之六。像这样一个卓越人才，命途多舛，早年失去双亲，由贫穷的伯父抚养成人，初中毕业即被迫辍学，实为憾事。他却绝不沉溺于本身的英智，凭着良心忠实地执行单调的职务，由于态度谦虚，得到上司与同事的爱戴，这也说明了他的人品。他毕竟才十六岁，操行方面，没有任何风言风语。传闻他最近庇护一个受周围的人嘲弄、欺负的疯女绢江，一本正经地与之打交道。这也绝不是什么异性关系，却证明了他心地善良，有人道主义精神。绢江也将比自己年轻的透当作神明般地予以尊崇。

（丁）　兴趣嗜好

说不上有什么兴趣，假日去图书馆，看电影或到清水港去看船，性格略孤僻，出去游逛似大多独来独往。虽未成年，已染上烟瘾，鉴于其工作性质单调而孤独，恐怕也情有可原。未发现因此而有损于健康。

（戊）　未婚或再婚

当然未婚。

（己）　思想与交友情形

一方面也许是年少的关系，对任何过激的政治活动均无意参加，毋宁是好像厌恶一切政治活动。公司目前没有工会组织，看来他对试图组织工会的动向漠不关心。尽管年少，博览群书，几乎没有藏书，然而勤跑图书馆，靠非凡的记忆力吸收其精髓。另一方面未发现他埋头读过偏左偏右的过激派书籍，读书目的毋宁像是欲积累百科辞典般的知识。交友方面，与初中时代的两三名旧友不时地来往，但没有特别的挚友。

（庚）　宗教信仰

已故父母的家庭皈依佛教，本人对宗教却不大关心，也不属于任何新兴宗教，至今拒绝接受信徒的执拗劝诱。

（2）　家庭（从略）

（3）　家世、血统、亲属关系

父母双方均查了三代，未发现神经病遗传史。（以下从略）

十七

本多定于十月底的一天第一次教给透吃西餐的规矩。他嘱咐在小客厅里摆好饭桌，安排了一顿地地道道的正餐。这天晚上的法国大餐是从饭馆叫来的，连侍役都是专门请来的。他叫透穿上一身刚刚定做好的笔挺的藏青色西服。首先从怎样坐法一样样教起：要贴着椅背坐，尽量把椅子拉得靠近饭桌；两只胳膊肘要紧贴着侧腹，万不可支在桌面上；不许朝着盘子低下头去；等等。该怎样系餐巾，怎样喝汤，如果往嘴里送汤时把羹匙倾起来，就不至于弄出声音来等，无微不至地予以提醒。透乖乖地照他吩咐的去办，不会的就一遍遍地练。

"西餐的吃法好像是区区小事。"本多边教边说，"可你要是严格地按照规矩潇洒大方地吃西餐，人家仅仅看到这一点就会对你放心。只要稍微给人有教养的印象，你在社会上就会格外有信用。在日本，'有教养'一词所指的不外乎是对西洋生活方式有所体验。纯粹的日本人，不是下层阶级就是危险人物。今后在日本，这两种人都会越来越少。日本这种纯粹的毒素逐渐被稀释了，而变得能够适合于世界上所有国家的人的口味了。"

毫无疑问，本多边这么说，边回忆起勋来。勋恐怕不懂得吃西餐的规矩。勋的高贵处，与这样的事风马牛不相及。唯其如此，透才应该打十六岁时就对西餐的吃法熟悉起来。

大菜是从左边上，而饮料是从右边上。刀叉要先用摆在外侧的……本多一边刻不容缓地教着这一切，一边看着受教的透像是潜水员在水里抓东西似的慢慢伸手。他接下去说：

"一面吃，一面得适当地聊天，借着谈话使对方心情舒畅。要是边嚼边聊，嘴里的东西就会喷出去，所以别人和你攀谈时，你就得配合好了，相机来咀嚼。爸爸现在跟你说话，你好好回答一下……对，就是这样。今天晚上，从这会子起，你就只当我不是你爸爸，而是社会上的一个大人物，如果他宠爱你，你就会在各方面受益。明白了吧：咱们两人一道演一场戏。你很用功，三位家庭教师都大为钦佩，但你为什么完全不想交朋友呢？"

"因为我并不稀罕朋友。"

"喏，这么回答就不妥当了。光凭这一句话，人家就会认为你脾气古怪，拿白眼看待世人。那么，该怎样回答呢？"

"……"

"书读得再好，缺乏常识也不行啊。你要尽量快快活活地这么回答：'眼下首先要抓紧时间读书，没工夫交朋友。我相信，进高中后自然就会有朋友了。'你说说看。"

"眼下首先要抓紧时间读书，没工夫交朋友。我相信，进高中后自然就会有朋友了。"

"对，对，就是这么个口气……还有……话题突然转到美术上来了。意大利美术当中，你喜欢什么？"

"……"

"意大利美术当中，你喜欢什么？"

"喜欢曼坦那[①]。"

"小孩儿家喜欢什么曼坦那，真是岂有此理。而且对方大概连这个名字都没听说过，单凭你这么一句答话，就会给他不愉快的印象，认为你是个不懂装懂的小才子。你这么回答就成了：'文艺复兴多了不起呀。'你说说看。"

"文艺复兴多了不起呀。"

"就是这样。这么一回答，对方就会产生优越感，觉得你很可爱，对你发起恻隐之心来。于是就给了他一个机会，向你做冗长的一知半解的讲解。即便其内容统统错了，或者没错的部分你老早就知道了，你的眼睛里也要闪着好奇与尊敬的光辉，洗耳恭听。世人所要求于年轻人的，不过是扮演一个憨厚老实、容易受骗的聆听者的角色。仅此而已。随时都要记住：能使对方畅所欲言，你就取得了胜利。

"世人绝不要求年轻人有多大的才智，同时还有这么个倾向：要是遇见了一个过于稳健均衡的年轻人，打一开始就会抱怀疑的态度。你应该沉溺在一种无伤大雅的癖好当中：鼓捣机器啦，打棒球啦，吹号子啦。尽量找一样平庸而抽象、与精神无缘、和政

---

① 曼坦那（1431—1506），意大利文艺复兴时期巴杜亚派画家。创用仰视透视法作天顶画，获得成功。

治更是了无干涉，而且也不大费钱的娱乐。老前辈们发现这一点后，就弄清了你那过剩的精力都发泄在什么地方了，从而对你就放了心。所以关于这方面，多少夸张地表露一下自负心也未尝不可以。

"入高中后，在不妨碍功课的范围内，应该搞点体育活动，而且最好还是能够显示健康状态的运动。运动员的好处在于会被人看成个笨蛋。眼下在日本，人们所要求的最大美德莫过于在政治上做个睁眼瞎，对老前辈忠心耿耿。

"你一方面要以最优秀的成绩毕业于学校，另一方面要像兜满了风的美丽的帆一样，培育起使人放心的愚蠢的美德。

"关于金钱的事，等你入了高中，我再教给你。现在你已经取得了很好的身份，根本不用为金钱操心了。"

本多不厌其烦地对老实巴交的透进行着说教，恍惚间觉得自己好像是面对清显、勋和月光公主，发着无用的牢骚似的。

他们要是也照这样去做就好了。他们不该勇往直前地执意完成自己的宿命，倘若有足够的智慧去向众人隐瞒自己有飞翔的能力，并与世人步调一致就好了。世人绝不宽恕会飞的人。翅膀是一副危险的器官。它会诱使你在飞翔之前就自取灭亡了。倘若和那帮傻瓜和睦相处的话，他们非但会对你的翅膀睁一只眼闭一只眼，还会到处替你做宣传：

"那个人的翅膀不过是小饰物而已，用不着介意。只要跟他打打交道，就发现他是个平平凡凡、有常识、可信赖的人。"

这种口头宣传给予人的保证是不可小看的。

清显、勋和月光公主都没去费这份事。这是出于对人类社会的侮蔑与傲慢态度，迟早会遭报应的。连苦闷时，他们都滥用了特权。

十八

三个家庭教师都是东京大学的高才生。一个教社会和国语，一个教数学和理科，一个教英语。据估计，昭和四十六年的升学考试将增添记述性质的问题，取代过去那种画圈画叉的办法，英语的听写和国语的作文也势必增加分量。英语方面，马上就叫透去听写新闻广播，还录下音，要求他重听好几十遍。

理科方面，关于地球和天体的运动，给他出过这么一道试题：

（1）金星在黎明时分处于什么位置时，最能被长时间地予以观察？试以图中的符号作答。

（2）用天体望远镜来观察处在（1）题位置的金星，会出现何等形状？从下面的甲至丁项中，选取你认为最正确的一项，以符号作答。

甲、西半部发亮。

乙、东半部发亮。

丙、细而发亮，如月牙儿。

丁、浑圆而发亮。

（3）日落时分，火星在正南的天空闪耀，试说明其位置。以图中的符号作答。

（4）凌晨零点，火星在正南的天空闪耀，试说明其位置。以图中的符号作答。

透立即指出图上的 B 点，正确地解答了第一题。第二题他选了丙，第三题则指出 L 点。第四题他也立即找到了与太阳—地球—火星相并排的 G 点。从而四个题都答对了，使家庭教师吃了一惊。

"这个题，以前做过吗？"

"没有。"

"那你怎么能答得这么快？"

"火星和金星，我每天都在眺望，所以很熟悉。"

当人家问起一个孩子他所饲养的小动物的习性时，他就理所当然地回答得头头是道。此刻，透的脸上泛着的正是那样一副神情。其实，星星好比是在信号所那架望远镜的小笼子里昼夜不停地蹬着辘轳的小白鼠。他用眼睛看它们，并用思念的饵食来饲养它们。

但是透并不眷恋大自然，也没有由于失却了望远镜的世界而感到悲伤。他爱的是单纯得出奇的工作本身，因为那个"工作"有干头；朝着水平线的彼方放眼望去，他便找到了幸福。然而不论丧失了爱还是幸福，他都不曾觉得可惜。他打定主意要在老人身边摸着黑在洞穴中走上几年，起码也得到二十岁成年为止。

家庭教师都是本多亲自面试的，精心挑选了性格开朗、处世圆滑的秀才，以便让他们做透的楷模，但是智者千虑必有一失。那个教国语的姓古泽的大学生，对透的头脑和性格都抱有格外的兴趣，每当透读书疲倦了，他就把透带到附近的茶馆去犒劳一番，时而还陪透到远处去散散步。本多被他那副开朗的外表蒙骗了，反倒向他表示感谢。

古泽满不在乎地说本多的坏话，于是透对他产生了好感。不过，透绝不轻率地随声附和。

他们两个人有时溜溜达达地走下本乡真砂坡，从区公所前面向左拐，朝着水道桥踱去。正在修六号线的地铁，马路给弄得乱七八糟，到处圈起高高的框架，以致后乐园那边的景观都被遮住了。快速滑行车①活像是一只用纤细的铁骨编制成，因而这儿那儿已断开来的空筐，隔着它的缝隙可以瞥见十一月下旬那早已暮色苍茫的天空。

两个人从出售奖杯和纪念品的店、体育用品商店、荞麦面条铺前面走过去，来到隔着马路可以看到后乐园游乐场的地方。彩虹色的墙上凿了个拱门，两排灯泡自右至左不断地忽明忽灭。那里竖着一块招牌，写有"到八点为止的夜间营业，于十一月二十三日结束"字样。这么说来，再过两三天这一带的天空就不会逐夜发出耀眼的光辉了。

---

① 原文作 jet coaster，系公园里供娱乐用的快速滑行车，沿着波浪状轨道滑行。

古泽问道：

"怎么样，到那儿去坐坐电动杯椅，换换脑筋好不好？"

"嗯。"

透含含糊糊地应了一声。他揣想着自己怎样和寥寥无几的游客一道乘上那闪烁着小灯泡的、微污的桃红色电动杯椅，无可奈何地被抢来抢去，以致周围的风景看上去完全化为或明或暗的横道道了。

"喏，打算怎么着？再过九十二天就考试了，可是用不着担心，准能考上。"

"还不如到茶馆去呢。"

"你真是个不爱活动的人。"

挨着棒球场第三垒的庞大看台沉浸在薄暮中，它那状如圣杯的巨影矗立着。对过儿有家叫作雷诺阿①的茶馆，古泽信步走下了台阶。

透跟在古泽后面，想不到这爿店还挺大，喷水池周围宽宽松松地摆着好多把椅子，桌子与桌子之间也留出足够的距离。淡茶色地毯安详地吸进了柔和地投射下来的光。顾客寥寥无几。

"我没想到离家不远处还有这么个地方。"

"这正说明你成天被关在家里。"

古泽叫了两杯咖啡，从兜里掏出香烟，向透敬一支。透扑过去接住了，并且说：

---

① 雷诺阿（1841—1919），法国印象派画家，以鲜丽透明的色彩表现阳光与空气的颤动和明朗气氛，独具风格。这里用作茶馆名。

"在家里偷偷摸摸地吸，滋味可不好受。"

"本多先生也太苛刻了。你不同于一般的中学生，已经成了社会人，他却禁止你吸烟，想把你拖回到小孩子的阶段。可是你只消忍受到二十岁为止。一旦进了东大，就尽情地舒展翅膀，让你爹大吃一惊好了。"

"可不是嘛。我也这么打算。不过，这可是个秘密。"

古泽略皱起眉，像怜悯般地露出一丝笑意。古泽才二十一岁，透晓得，他这是硬做出一种老气横秋的样子。

古泽那无忧无虑的圆脸上戴了副眼镜，一笑鼻翼旁边就起了皱纹，形成独特的魅力。眼镜腿松了，老是用食指尖把鼻托往眉间上推，看上去恰似不断地在叱责自己。这个穷秀才是铁路工人的儿子，四肢发达，块头比透大得多，内部藏着一颗仿佛是暗红色大虾一般蠕动着的灵魂。

古泽认为，正因为透和自己同是贫贱出身，小小年纪就在刚强地努力并忍耐着，以便保住侥幸获得的养父家的财富。透无意遽然毁掉古泽为自己描绘的这幅肖像画。

别人可以自由自在地将他描绘成任何形象。他的自由归根结底是属于别人的。确实说得上是他自己的，唯有侮蔑而已。

"本多先生的真实用意虽不得而知，先生多半是把你当作试验英才教育的天竺鼠了。不过，你蛮不错嘛，可继承的财产堆积如山，就省得像别人那样弄脏了手，辛辛苦苦地一点点往社会这座垃圾山上爬了。然而你得有很强的自尊心，强到足以葬送你自己的自尊心。"

透想说他有这样的自尊心，但抑制着自己，只应道：

"好的。"

他养成了个习惯，不论回答什么，都先在嘴里咀嚼一下试试。要是认为话太幼稚了，咽回去就是了。

今天父亲本多应邀和律师伙伴们会餐去了，不在家。他尽可以和古泽在什么地方吃顿简单的晚饭，从从容容地回家去。父亲在家的日子，无论如何他也得在下午七点钟与父亲共进晚餐。有时还请些客人一道吃，透感到最痛苦的莫过于庆子应邀而来的晚上。

喝罢咖啡，眼睛又分外清澈了，可是没有任何值得一看的东西。他瞧了瞧剩在碗底上的那摊半圆形咖啡渣子。碗底和望远镜的透镜一样圆，厚厚实实的瓷器是不透明的，挡住了少年的视线。碗底上露出的那层白瓷，恰似这个社会的底层。

古泽依然将侧脸对着透，仿佛是把话语当作烟蒂一般丢进烟灰缸里那样地说：

"你有过自杀的念头没有？"

"没有。"

透瞪目而视。

"别拿那样一种眼神来看我嘛。我也不曾那么认真地考虑过这个问题。

"我本是不喜欢自杀者的委顿软弱的。可是只有在一种情况下是允许自杀的。那就是为了完成自我正当化而自杀。"

"那是怎么个自杀法儿？"

"你有兴趣吗？"

"嗯，有点儿。"

"那么，讲给你听吧。

"比方说，有个相信自己是猫的老鼠的故事。不知怎的，那只老鼠仔细地分析了自己的本质，从而坚信自己准是猫。它开始用另一种眼光来看待作为同类的其他老鼠，认为所有的老鼠充其量是供自己填饱肚子的，只因为不愿让众鼠识破自己是一只猫，所以才不去吃老鼠。"

"是一只很大的老鼠吧？"

"问题不在于肉体上的大小，关键在于信念。老鼠心想：我的形状是一只鼠，这不过是猫的观念所披的伪装而已。老鼠只相信思想，而不相信肉体。对它来说，具备自己是猫这个信念就够了，却不认为必须体现这个信念。因为唯独这样，才具有侮蔑的乐趣。"

"可是有一天……"

古泽用指尖将眼镜往上推推，他的鼻翼旁刻下了富于说服力的皱纹。

"可是有一天，这只老鼠遇见了真正的猫。

"猫说：

"'我要吃你。'

"老鼠说：

"'不，你不能吃我。'

"'为什么？'

"'因为猫不能吃猫嘛。不论从原理上还是从本质上来说，都

147

是不可能的。说起来，别瞧我长得这样，其实我是一只猫。'

"猫听罢，笑得四脚朝天地倒下去，颤动着胡须，前肢抓弄着虚空，长满白色柔毛的肚皮一鼓一瘪的。它一骨碌翻身爬起来，蓦地逮住老鼠就要吃。老鼠喊道：

"'为什么要吃我？'

"'因为你是老鼠。'

"'不，我是猫。猫不能吃猫。'

"'不，你是老鼠。'

"'我是猫。'

"'那么，拿出证明来。'

"旁边有一盆准备洗的衣物，洗涤剂冒着白色泡沫。老鼠抽冷子投身自杀了。猫伸出前爪蘸了一点。舔了舔，洗涤剂的味道最次了，所以就丢下老鼠的浮尸，离开了。猫离去的理由很清楚，一句话：根本没法吃。

"老鼠的自杀就是我所说的为了完成自我正当化而自杀。可是它并没有凭着自杀而使得猫把它当成猫。临自杀时，它想必也知道这一点。然而老鼠是聪明勇敢而充满自尊心的。它看穿了老鼠有两种属性：首先，就肉体而言，在各方面都是老鼠。其次，对猫来说，是值得一吃的。就是这两种属性。关于第一种属性，它很快就死了心。由于只相信思想而轻视肉体，它遭到了报应。然而关于第二种属性，它是抱有希望的。第一点，它逃避了被猫吃掉的命运，当着猫的面而死。第二点，它把自己变成'根本没法吃'的东西。凭着这两点，它起码可以证明自己'不是老鼠'。既然'不

148

是老鼠'，要想证明自己'是猫'，就容易多了。因为有着老鼠这个形状的东西倘若不是老鼠，它就可能是其他任何东西了。老鼠的自杀就这样成功了，它完成了自我正当化……你觉得怎么样？"

透边倾听青年所讲的这个寓言，边在心里一遍又一遍地掂掇它的分量。古泽恐怕暗自讲过多少遍，精心练习过的。说实在的，透早就觉察出古泽的外表与内心之间的矛盾了。

倘若古泽是借此讲自己本身的问题则可，但如果他已发现透的心事，并打算借此讽喻他，那就必须加以戒备。透伸出看不见的精神触手，予以探索。似乎用不着担心这一点。古泽越讲，越沉浸在自身的深海里，以至于其他任何东西就都看不见了。

"然而老鼠的死使世界震撼了吗？"

古泽不再理会还有透这么个人在聆听，只全神贯注地说下去。透思忖道：把它当作自言自语来听就行了呗。他头一次听古泽发出这样的嗓音：无精打采而忧伤，似长满了青苔。

"世人对老鼠的看法难道因而多少改变了吗？世界上有一种形状是老鼠、骨子里不是老鼠的动物，这一正确的说法流传出去了吗？猫群的自信心是不是有点动摇了呢？或许猫会不会变得神经质了，而存心防止这种说法的流传呢？

"然而莫吃惊，猫什么都没做。它立即忘掉了，洗起脸来，接着就躺下入睡了。作为一只猫，它心满意足，却连本身是猫的自觉都没有。在极其怠惰慵懒的午睡中，猫毫不费力地就变成了老鼠梦寐以求的另外一种东西。凭着苟且偷安、自我满足、缺乏自觉，它可以充当任何东西。睡猫上面，是无垠的蓝天，飘着美丽的云彩。风把猫的香气传送到世界各地，腥臊的呼吸像音乐似的弥漫开来……"

"你指的是权力吧？"

透觉得有义务搭句腔，就这么插进一句，对方立即像个好好先生似的喜笑颜开，回答道：

"是呀，难为你明白了。"

于是，透大失所望。

这一切就以合乎青年口味的可悲的政治寓言告终。

"迟早你也会觉察到的。"

尽管没有必要对周围的人有所忌惮，古泽还是压低嗓门，在桌上挨过脸来聊，这时透突然闻见了一直忘记了的他的口臭。

为什么一直忘记了呢？为了准备国语考试而用功时，几次挨近古泽的脸都发觉他有口臭，但并未格外引起厌恶，现在却明显地因此而讨厌古泽了。

尽管古泽讲猫和老鼠的故事时丝毫未抱恶意，但整个故事有那么一种惹透生气的因素。然而他不愿意由于这个而恨古泽，因为他觉得，这样做就愈益贬低了自己。在讨厌甚至憎恨古泽这一点上，他得另外找个能够充分说服自己的理由。这样，口臭就忽然变得难以忍受了。

古泽浑然不觉，接着说下去：

"迟早你也会觉察到的。建立在欺骗上的政权，只有靠繁殖细菌似的变本加厉地继续欺骗，才能维持下去。我们越是攻击它，它进行欺骗的韧劲和繁殖力就越强大。到头来，不知不觉之间连我们的灵魂都会发霉的。"

不久之后他们二人就走出雷诺阿，在附近吃了中国面条。对透来说，这比陪父亲吃那只是盘数很多的晚饭，要美味多了。

面条冒出的热气弄得他眯起眼睛。他边吃面边估摸着自己和这个大学生之间的共鸣，危险到什么程度。他们的心灵确实有某种共同性，然而琴弦的共鸣却给抑制住了。说不定古泽还是被父亲挑选出来的奸细哩，那些话都是用来试探他的，好从他嘴里套出点什么。透晓得，像这样将透带出去之后（当然，这是父亲提出的要求），古泽总向父亲汇报到过什么地方，并且索取自己垫付的费用。

归途，他们走的是挨着后乐园的人行道，古泽再一次邀透去乘电动杯椅。透明白了其实是古泽本人想乘，就同意了。他们买了入场券进去，电动杯椅就设在离门口不远的地方。他们等了一会儿，但是再也没有乘客了，主管人员极其勉强地光为他们二人拧开了电钮。

透乘的是绿色杯椅，古泽故意选了一只离得远远的桃红色杯椅。杯椅周围涂着一圈印花般的粗俗花样，令人联想到郊外的家用陶瓷店清仓大甩卖时出售的红茶茶碗。这样的店通常坐落在冷冷清清、仅一侧有房屋的街道上。过于明亮的灯光像炫耀一般照着那些玻璃器皿和陶瓷。

杯子开始旋转了，以为离得挺远的古泽蓦地来到跟前，用一只手的指头按着眼镜笑着的那张脸一下子擦过去飞走了。刚一坐进杯子，寒气就隔着裤子袭到腰间，及至转动起来，旋即化为寒流。透将方向盘胡乱朝加速的方向转，他就喜欢这种什么也看不见、感觉不到的境界。世界变成了瓦斯状的土星的环。

好容易停下来了，惯性使杯子缓缓地起伏着，恰似漂在水上的浮标。这时透一度想站起来，但一阵目眩，就又坐下了。古泽沿着恍惚间仿佛还在晃动的地板走过来，笑问道：

"怎么啦？"

透也笑着，但没有站起来。世界刚才还旋转得那么快，使视界都隐没了；而今又原形毕露，将自己粗鄙不堪的纹路与揭下了一半的招贴、巨大的红色电热器般的可口可乐电光广告的里侧一道，大大咧咧地排列在那里，对此，他是不服气的。

十九

次晨吃早饭时，透说：

"昨天傍晚古泽先生带我到娱乐场去了，我们乘了电动杯椅。晚饭我们吃的是中国面条。"

"好极了。"

本多露出满口洁白的假牙笑了。那要是一种最适合于满口假牙的、无机而衰老的恬淡的笑容就好了。然而本多好像是由衷地高兴而笑的，这就刺伤了透的心。

自从到了这个家，透就懂得了一种奢侈的享受：每天早晨用羹匙舀食那用薄薄的弯刀一瓣瓣剥开的进口葡萄柑。那是无比芳醇的水果，滋润发白的果肉略带苦味，丰盛到极点的果汁，使早晨那微热而慵懒的牙龈发颤。

透竭力淡泊地笑着说：

"古泽先生有口臭。用功的时候，有点吃不消哇。"

"奇怪，是不是胃有毛病呢？你有洁癖才这么说，但那么一点小事非忍耐不可。像他那样有才华的家庭教师，可轻易找不着啊。"

"是的。"

透暂且退却，表示同意，将葡萄柑吃完了。面包是经过精选的，烤过的横切面在十一月的朝阳下射出鞣皮般的光泽，透抹上黄油，看着它自自然然地融进面包片，然后照本多教给他的规矩咬了一口，说道：

"喏，古泽先生固然是个好人，可您调查过他思想方面的问题吗？"

透瞥见本多脸上泛出了平庸的惊愕之色，心中暗自叫好。

"他跟你说过这类话吗？"

"不，没有明确地说过，我对他却产生了个过去搞过政治运动或者至今还在搞着的印象。"

本多自己是信任古泽的，并且相信透也喜欢古泽；所以透这么突然地告了一状，使本多大吃一惊。然而从本多方面看来，这是儿子信赖父亲而发出的警告；站在古泽方面来看，这显然是告密行为。透以愉快的心情悄悄观察着本多将如何处理这一微妙的道德问题。

本多平生所从事的就是判断事物善恶的职务，他意识到现在不可轻率地予以评断。根据本多所幻想的做人的标准来衡量，透的内心活动是丑陋的，然而拿本多所期望于透的处世之道来衡量的话，那是非常得当的。本多差点儿吐露说，一句话，他所期望于透的就是丑陋。

为了使本多的心情舒畅一些，也为了便于本多找个小碴儿来申斥他，他故意像个小孩儿一般粗暴地将面包片横着猛咬一口，撒了一腿渣子。但是本多连这都没看到。

透破题儿第一遭向本多明确地表示了信赖，他却不能责备透说，这种表示含有卑鄙的因素。另外，旧的道义心也在诱使他去教给透，不论有何等理由，告密终归是一种不正当的行为。于是他和透表面上是在福星高照下吃着的这顿早饭，抽冷子显得怪卑微的了，本多不免感到困惑。

为了往红茶里舀砂糖而向糖罐里的小勺伸去的手指，偶然硬生生地相碰了。

沐浴在朝阳下、闪烁着小小的背叛与告密的糖罐。同时将手伸过去的共犯的感情……这正是将透收为养子后，两人之间头一次自自然然萌发的父子感情；不料，这么一想本多的心灵却受到了创伤。

透将本多的焦躁清清楚楚地看在眼里，并从中找到了无穷的乐趣。他注意到父亲想教训他说："他总是你曾经叫过老师的家庭教师嘛，你得尊敬他，对他更信赖一些。"可是犹豫不决，难以启口。父亲内心的矛盾与潜藏于父教中的恶意，头一遭儿暴露无遗。他感到一种获得解脱的孩子的喜悦，就好比将含在嘴里的西瓜子儿吐出去一般。

本多好容易才说出这么一句话：

"……喏，这个问题就交给爸爸来办吧。你还照过去那样认认真真听从古泽君的指导。埋头读书，不要为其他的事分心。别的事爸爸全都会张罗的。当务之急是入学考试得及格。"

透露出美丽的微笑回答说：

"好的，我就这么办。"

本多整整迟疑了一天。第二天，他向一位在警视厅公安部门担任刑警的老友谈了此事，拜托他对古泽进行调查。几天后就收到了答复，古泽属于过激派左翼的一个派别。本多制造了一个无足轻重的口实，立刻把古泽轰出去了。

二十

　　透不时地给绢江写信，绢江的回信一向很长。撕开信封时得当心一些，因为信里总是根据时令，夹着压干了的花瓣。有一封信上写道，冬天没有野花，这是从花店里买的，请原谅。

　　包在纸里的花瓣活像是一只死蝴蝶。上面沾满花粉，而不是鳞粉，给人以"莫非活着的时候曾经飞过"的感觉。蝶羽是凭着翩翔来点缀虚空的，花瓣则凭的是静止与彻悟。死后，它们的遗骸却变成同样的东西了。

　　这弯弯的花瓣是硬给压平了的，像印第安人的肌肤那样发褐色。挺秀的血红色纤维被横一道竖一道地撕开。读了信中的说明方知道，摊在眼前的是在暖房里培育出来的红郁金香的一片干花瓣。

　　信的内容千篇一律。左不过是过去偶尔到信号所来谈的那些有一搭没一搭的絮聒。每封信都照例连绵不绝地写她见不着透有多么寂寞，还表示想到东京来。透每次都回信说，迟早有机会一定叫她来，要她一年年地耐心等下去。

　　离别太久了，有时透就会产生错觉：也许绢江确实长得漂亮吧？他随即又为自己的错觉而发笑。然而自从失去了绢江，透便逐渐明白了这个狂女在自己心中所占的位置。

为了使自己过度地明晰获得慰藉，别人的狂气是不可或缺的。透的眼睛里确确实实看见了诸如云彩啦，船啦，本多宅第那古老阴郁的门厅啦，贴在书房墙上的那张密密匝匝排列到考试那天为止的自习预定表啦。他必须把这样一个人拉到自己身边：他看得如此清晰确切的东西，一到这个人眼里就变得面目皆非。

透时而也巴望得到解脱与自由。但是方向已经确定了。世界背面他是看得一清二楚的，一切事态犹如瀑布一般从那儿倾泻而下；必须朝那个领域，朝世界那不确定的方向获得解脱……

绢江不知不觉地扮演着温存的探监者的角色，她给透那被监禁的自我意识送来的是昙花一现的自由。

不只是这样。

透心里有一种冲动，不断地折磨着他，有了绢江才略觉平静。那就是想要悄悄地挨个儿伤害人的冲动。透那颗锐利的心仿佛一把扎破了囊的锥子一般，迫不及待地想要伤害人。在古泽的问题上既已尝到了甜头，他便四下里打量着：下一次该拿谁来开刀呢？砥砺得纯而又纯，连个锈斑都没有，迟早就会变成一把凶器。透这是头一次意识到：除了用眼睛观察，自己还具备着另一种力量。对力量的这种觉醒，使他在精神上无休止地处于紧张状态，所以每逢接到绢江的信就可以松弛一下。透知道得很清楚，绢江由于发了疯，便进入透所完全不能伤害的境界里了。

然而将这两个人联结在一起的最牢固的纽带恐怕是：对自己

是任何东西都伤害不了的这一点所抱的共同信念。

古泽的继任者很快就被定下了，是天下最庸碌世故的一个大学生。透不愿意一旦考取后看到三个家庭教师对自己摆出恩人面孔，所以恨不得在这两个月内将另外两个人也打发掉。

但是刚一转这个念头，警戒心便把他阻止住了。在干掉这些小人物的过程中，父亲准会对透的性格产生疑虑。他对透所提出的不满，会打折扣来听，非但不相信透所责难的那两个人的缺点，反倒会用怀疑的眼光看待透的申诉。这样一来，透就失去了他暗中感到的快乐……现在该忍的就得忍，等到时机成熟了再说。还有远比家庭教师更值得伤害的人呢，必须等到他们出现。倘若能够巧妙地伤害那样一些人，就能借此间接地给予父亲更加深重的创伤。但他得采取一种绝不至于让父亲对他怀恨的办法。必须采取他那独特的纯洁的办法，要是恨的话，父亲就唯有怨恨自己了。

犹如出现在水平线上的船那样，将来会有什么样的人出现在他眼前呢？倘若船归根结底是透的思念的结晶，那个人必然也会首先在水平线上露出弄不清是船抑或是幻象的一片影子。透那颗锐利的心渴求着伤害他，他却并不知道自己的宿命……透感到自己对未来几乎是抱着希望的。

二十一

透考上了自己志愿的那所高中。

进入二年级后，有人通过媒介来向本多探听，将来可不可以把女儿嫁给透。尽管透已经到了法定岁数，但毕竟才十八岁，为时尚早，所以本多笑了笑，没有搭理。但是对方不死心，又通过另一个人执着地提亲。此人在司法界相当有名气，本多也不便于断然拒绝。

这时，年轻的未婚妻由于死别了二十岁的透，而扭着身子悲叹的幻影刺痛了本多的心。他巴不得那位姑娘面色苍白，美貌而薄命。倘若是这样的话，本多就可以在一点也不损失财产的情况下，再次看到透明美丽的结晶的形成。

这样的幻想与本多对透所施行的教育是十分矛盾的。但是倘若丝毫没有像这样幻想的余地，压根儿就完全没有危机感，那么本多准定连想都不会想到要对透施行这种一味地促使他走上丑恶的永生的教育。本多所害怕的正是他所渴望的，而他所渴望的，也正是他所害怕的。

这种攀亲的话，通常是乖巧地隔个时期再提一次，仿佛水一样悄悄地沿着地板漫过来。本多受到司法界这位知名人士的拜访，津津有味地望着这位显然很倔强的老人以生硬的口气谈话。不管怎样，还不到把这些话告诉透的时候。

本多被老人带来的照片吸引住了。那是个美丽的十八岁的姑娘，细长脸儿，丝毫没有沾染现代习气。好像对照相都感到困惑般的，双眉微蹙的神情也蛮好。

本多出于截然不同的用意问道：

"小姐长得真漂亮，身体健康吗？"

"我跟她也很熟，本人比照片健康多了，没听说生过什么病。健康当然比什么都重要，但这照片是父母替她选的，恐怕是根据旧式的眼光来选的吧。"

"那么，性格很活泼吗？"

"不，说是活泼嘛，可是这位小姐一点也不给人以轻佻的印象。"老人回答得不得要领，本多蓦地产生了想见见这个姑娘的念头。

一开始就昭然若揭：这是以金钱为目的而攀的亲。因为此外再也没有理由把这个十八岁的少年（不管他的才华多么出众）招为女婿了。姑娘的父母着了急，生怕这么大的油水会被别人家抢了去。

本多对这一切了如指掌。由他这样一个老人来抚养十八岁的少年是不容易的，只有在必须为少年压压饥的前提下，他才会接受这门亲事。可是据他的观察，无须担心透在这方面会出什么

161

事。于是，在利害得失上双方的悬殊就更大了，他觉得简直没有一条值得接受的理由。一方面是这样的父母，另一方面是漂亮的女儿，本多对其间的对比倒是略有兴味。他想看看这种有所渴求的自尊心怎样屈服。听说对方是有名的世家，然而本多对这一点已兴趣索然了。

对方想举行一次包括透在内的聚餐会，但本多予以拒绝，只陪着那位司法界先辈前往。

从这一天起，足足有一两个星期，七十八岁的本多毫无疑问地被"诱惑"所俘虏。

他已在晚餐席上见到了那个姑娘，交谈了几句，另外又收到几帧照片……诱惑就是这么产生的。

他并不曾给予令对方满意的答复，也没打好主意，但他那颗衰老的心起了如此执着的念头，理智的判断已约束不住了。老年人的任性烧灼着全身，像疥癣一般发痒。本多无论如何也想让透看看那些相片，并窥伺一下他的反应。

这究竟是一种什么样的冲动呢？本多自己也不甚了了，然而诱惑底下却蠕动着喜悦与自豪。他晓得，这么干的话就会陷入进退两难的境地，但又非随意去做不可。

他想把姑娘和透系在一起，就像在球台上击打红球和白球一样，欣赏那种种始料未及的结果。无论是姑娘迷恋上了透，还是透迷恋上了姑娘，都可以。不管是姑娘为透的夭折而悲叹，抑或是透发现姑娘有多么利欲熏心，从而了悟人性，反正对本多来说，都是可喜的结局，值得庆幸。

本多早就度过了严肃认真地对待人生的那个年龄。到了他这把岁数，做任何恶作剧都是允许的。不论怎样牺牲别人，日趋接近的死亡也可以补偿一切。在他这个年纪，就可以玩弄青春，把人看作土偶，掌握世间的全部常规，就像一个将所有的诚实都化为火烧云的把戏。

别人是算不了什么的——一旦下了这样的决心，如今竟认为屈服于诱惑乃是赋予自己的一种使命了。

有一天，深夜里本多把透叫进自己的书斋。这是一间从父亲那一代就用着的书斋，完全照原样保存下来，进入梅雨季节后，霉味愈益浓重了。本多不让装他所讨厌的空调，所以透在他眼前那把椅子上坐下后，略露在衬衫外面的白皙胸脯上，汗光闪闪。本多想道：可憎的青春像白色的绣球花一样开在那儿。

本多说：

"快放暑假了。"

透正在用整齐的门牙咬本多劝他吃的薄荷巧克力，他把牙松开，回答说：

"可是在这之前还有考试呢。"

本多笑道：

"你这种吃法就像松鼠似的。"

"是吗？"

透快活地笑了，他的自尊心丝毫也没有受到伤害。

本多看着他那笑着的白净面颊，思忖道：今年夏天可得让他把这脸蛋儿稍微晒黑一些。可他这皮肤，好像轻易不会长粉刺哩。他把从抽屉里取出来的一帧照片，按照预先想好的那样自自然然地往透前面的桌子上一丢。

透拿起照片时的态度，真值得一看。本多毫无遗漏地看在眼里。透先是以检查入门证的守卫那样的严肃劲儿审视照片，想询问什么似的翻眼儿瞟了本多一下，随即又把视线移向照片。少年特有的激情即刻泄露了他的好奇心，连耳根都染红了。他将照片放到桌上，用手指粗暴地挖耳朵，然后用微嗔般的声调说：

"好个美人儿！"

本多寻思：多么完美的反应啊。透心里怦怦直跳，这是与他的年龄相称的平庸的反应（但是，尽管处于如此突如其来的境况），他几乎是带着诗意般地应付过去。本多差点儿忘记了，凡事透无非都是照自己所巴望的那样做出反应的。

这是一桩错综复杂的作业。为了微妙地遮羞，还夹杂上粗暴的举止。一霎时，仿佛是本多的自我意识扮演了少年的角色似的。

本多安详地问道：

"怎么样，想见见吗？"

在窥伺少年的下一个反应的当儿，在渴望能够如愿以偿的同时，又感到不安，于是不停地咳嗽起来。透极其麻利地起身绕到本多后边，替他捶背。

"哦。"

透有点含糊地回答着。由于待在父亲背后，知道反正不会给看见，他的两眼就恣意射出贼亮贼亮的光，心里喃喃地说：

"没有白等，好容易出现了个值得伤害的家伙。"

他背后，窗外雨潇潇。窗子里的灯光投射到笼罩着热气的树皮上，雨像黑色的汗水似的沿着树皮唰唰地往下淌……一入夜，沿着高架线驰去的地铁^①的隆隆声便响彻这一带。即将钻进地下的灯火辉煌的一排车窗，刹那间与父亲的咳嗽声交替着，使透觉得如在梦中。然而这一夜，哪里也找不到船只的影子。

---

① 日本的地铁遇到人烟稀少的地区，就改在地面上行驶。

二十二

本多嘱咐透道：

"你跟她交往一个时期看看。如果不中意就马上告诉我。用不着拘于情面。"

暑假里的一个晚上，透应邀到那个叫作滨中百子的姑娘家去吃饭。饭后，姑娘的母亲叫她给他看看自己的屋子，她便领他上了二楼。那是个约莫八铺席大小的西式房间，各个角落无不弥漫着少女气息。透这是平生头一遭儿进入如此充满女孩子气的屋子。室内的一切都沉浸在粉红色皱褶那般纷繁的柔和气氛当中。无论是壁纸、嵌在镜框里的画，还是布娃娃、小摆设，都由少女那纤纤十指精细地加过工，它们发出的可爱的大合唱几乎使人窒息。透在角落里的扶手椅上落座，质地厚实的靠垫上绣满了五颜六色的花样，反倒使这椅子坐上去不舒服。

姑娘看上去像个小大人儿似的，但显然这一切都表达了她个人的趣味。她的肤色格外白皙，似乎有点患贫血的样子，很适合于那轮廓不大鲜明、带点古典美的面庞。因此，脸上泛着的寂寥的真挚，使她成为室内无数的可爱的东西当中唯一不可爱的。百子委实太端丽了，就像是用白纸折成的仙鹤，多少给人不祥的预感。

百子的母亲摆上茶点就出去了。透和百子尽管已见过几面，这一天是头一次单独相处。但是空气并不曾因而增加密度。百子按照被吩咐的那样坐着，依然是那么安稳。透想道：首先得教给她不安。

由于吃饭的时候大家对透过分殷勤，弄得他很不高兴；他竭力抑制着，到了这儿就几乎憋不住了。人们在安排一种交配，用小镊子夹起微小的爱，五颜六色地搭配在一起。自己已被装进烤箱，以便焙制成那样一种点心……但是就透而言，主动进去的也罢，被装进去的也罢，都是一码事。他并不生自己的气。

只剩下他们二人后，百子所做的第一件事是从封套的背脊上标明号码的五六册照相簿中抽出一册给透看，可见她的感受性有多么平庸了。透将它摆在腿上掀开，只见有个光着身子的娃娃叉开腿，被逗得咧嘴直乐。兜着尿布的裤衩鼓鼓囊囊的，令人联想到佛兰德①骑士穿的那种大篷裤。牙齿还没长齐，口腔内是桃红色嫩肉。透问道：

"这是谁呀？"

百子探头看了一眼照相簿，就吓得神魂颠倒，用一只手遮住那一页。她将夺过来的照相簿捧在胸前，逃到墙边，两肩一耸一耸的，大喘着。

"真要命。封套的号数和里面弄差了。给你看了这么个东西。

① 佛兰德是比利时西部至法国北端的低洼地带，中世纪以来，文化发达。

167

我可怎么办好呢？"

透冷静地说：

"你自己曾经也是个婴儿，这有什么好保密的？"

百子也好容易镇静下来，边把照相簿送回原来的架子上，边说："你多沉着呀，像个大夫似的。"

透想道，百子太粗心了，下一册照相簿里准会出现她七十岁时的模样。

可是翻开来一看，都是最近的旅行照片，庸俗透顶。每一帧照片都能说明百子是受大家爱戴的。那是再无聊不过的幸福的记录。百子想让透看的是去年夏天旅游夏威夷之际的留影，他却被某年秋天的傍晚，在庭园里烧篝火的她那身姿所吸引。彩色照片上的火焰颜色浓郁，富于肉感，将蹲在那儿的百子的脸照得像巫女一样严峻。

透问道：

"你喜欢火吗？"

面对着他的百子，眼睛里露出犹豫着不知道怎么回答才好的神色。透莫名其妙地确信：凝眸看着火焰时的百子，一定来了例假。而现在呢？

倘若能够完全摆脱性方面的好奇心，自己这种形而上学的恶意会变得多么彻底啊。透晓得了，不可能样样事都像开除家庭教师那样轻而易举。但是不论怎样受到爱戴，他都能保持一颗冷酷的心，对此他是有把握的。这正是他在内心深处所保有的宇宙一般深蓝色的领域。

二十三

本多对于这年夏天就让透离开自己单独行动是不大放心的，所以决定带他到北海道去旅游。日程安排得从从容容，免得累着。庆子难以再和本多结伴去旅行了，就只身到日内瓦去探望担任驻瑞士大使的亲戚。滨中家表示，这个夏季哪怕和本多父子相聚两三天也是好的，所以两家人就在下田的同一家饭店下榻。梅雨季节刚过，下田的溽暑使本多感到委实吃不消，他几乎整天寸步不离那开了冷气的房间。

两家人约好同桌进晚餐。滨中夫妇准备停当后，便到本多屋里来相邀。滨中夫人问道："百子没有到这儿来吗？"本多回答道："说是过一会儿才吃晚饭呢，所以和透一起到院子里散步去了。"于是滨中夫妇在长沙发上落座，等待两个年轻人回来。

本多扶着拐杖站在大窗子跟前。

本多暗自想道：一桩着实愚蠢的事开始了。他没有食欲，饭店的菜单贫乏极了。还没到餐厅去，就已经知道那些携眷来吃饭的客人会怎样喧嚣不已。而滨中夫妇的谈话总的来说又令人厌倦。

凡是上了岁数的人，不论愿意与否，都非学会耍政治手腕不可。七十八岁的本多，即使浑身的骨节作痛，也得装出一副笑容可掬、兴高采烈的样子，借以掩盖心头的冷漠。真正的大前提是冷漠。为了战胜这个世界的愚蠢，延长寿数，别无他途。终日接受波浪和杂七杂八的漂流物的海滨就是如此冷漠。

本多有时觉得，自己身上还残留着不曾磨光的棱角，对周围的阿谀逢迎多少予以干扰，不肯这么活下去。但是这也逐渐泯灭了。如今就只有压倒一切的愚蠢，卑俗所散发的气味被混合起来，统统变成一种了。这个世界上确实有着千差万别的卑俗：气品高尚的卑俗，白象的卑俗，崇高的卑俗，仙鹤的卑俗，知识丰富的卑俗，犬儒的卑俗，充满媚态的卑俗，波斯猫的卑俗，帝王的卑俗，乞丐的卑俗，狂人的卑俗，蝴蝶的卑俗，斑蝥的卑俗……轮回恐怕是对卑俗的惩罚，在劫难逃。卑俗的最大的、唯一的原因是生存的欲望。毫无疑问，本多也是其中的一个，所不同于别人的仅是：不论对自己还是对别人，他的嗅觉都异常敏锐。

本多斜着眼睛瞥了一下坐在长沙发上的中年夫妇。这样的家伙怎么会闯进他的生活天地里来了呢？这种不必要的情况，是与他那爱好简洁的精神相违背的。然而现在他没有办法抵抗，这对夫妇笑容满脸地泰然坐在他这个房间的长沙发上，好像能够一直等上十年似的。

滨中繁久今年五十五岁，出身于东北①某地的旧藩主家庭，

---

① 东北是奥羽地方，即福岛、宫城、岩手、青森、山形、秋田六县的总称。

170

以洒脱的举止来遮掩而今已失去意义的引名门为荣的心情。他出过一本随笔集，其中有一篇就叫《藩主》，因而有点名气。在旧领地的一家地方银行当行长，是花柳界的老派行家。这个戴金丝眼镜、长着一张瓜子脸的男子，尽管头发还乌黑浓密，却给人以骨子里缺乏精力的感觉。他对口齿清楚、善于辞令这一点有自信，每次结束俏皮话之前，总要顿一顿。还巧妙地省略开场白，以便炫耀自己是个敏感的健谈者。他一向笑嘻嘻的，是个温和的讽刺家，从来不忘记对老人表示敬意，做梦也想不到自己是个无聊的人。

他的妻子栲子也出身于大名华族，是个粗鲁肥胖的女人，女儿的容貌像父亲。她的话题仅限于亲戚故旧，从未看过电影戏剧，整天坐在电视机前过日子。夫妇最引为得意的是，如今除了最小的女儿百子，其他三个子女均已独立，过得体体面面。

老派的良好教养，恰恰形成了这对夫妇轻薄的实质。繁久对现代的性革命表示理解，栲子则以旧式的廉耻对他的意见一一做出愤怒的反应。本多既觉得不堪入耳，又看不下去。繁久嘛，是把妻子的每一个落后于时代的反应当作一种供人看热闹的表演。

本多纳闷着自己为什么至今仍缺乏宽恕之心。他越来越懒得和陌生人接触，这才明白装出一副笑脸需要耗多大的精力。最直截了当的感情是轻蔑，但他连表示轻蔑的气力都没有了。他意识到无谓的应酬话顺着自己的嘴边溜出去，就想：还不如流口水来代替说话倒更省心一些。但无论如何，除了说话，他已无所作为了。还有老人凭着三寸不烂之舌，像压扁柳条筐似的将整个世界加以歪曲的先例呢。

栲子说：

"您这样站着，看上去多年轻啊。活像是一个军人。"

"你这个比喻不合适。人家是做过大法官的，怎么能和军人相提并论。从前我看过德国马戏，其中一个有威严而仪表堂堂的驯兽师，跟本多先生简直一模一样。"

"什么驯兽师呀，你比喻得更失礼啦。"

这么一桩无聊的小事，使栲子笑得前仰后合。

"我并不是装腔作势地站在这儿的。不仅是为了欣赏这里的夕阳美景，同时也为的是从上面监视年轻人的散步。"

"哎呀，看得见吗？"

栲子说着，来到本多身旁并肩而立，繁久也缓步走过来，倚着栲子的背。

从这三楼的窗子俯瞰，那铺着草坪的椭圆形庭园；庭园尽头，悬崖边上那条沿着慢坡通向海岸、适宜散步的幽径；以至左边灌木丛间的两三条长椅，尽收眼底。来到庭园里的人不多；携带子女的夫妇肩披毛巾，从低一截的游泳池那边走回来。夕阳下，每一个人都在草坪上拖一条长长的影子。

透和百子相互勾着指尖，待在草坪中央。他们的影子也梦幻般长长地远远伸向东方，就好像有两条鲨鱼的长大幻影在啃噬两个人的脚似的。

透身上那件衬衫后背兜着晚风，百子的头发也随风飘扬。他们只是一对平平常常的少男少女，本多却忽然觉得，他们的影子是实体，而他们本人则被影子啃得乱七八糟，为深重的愁闷心情所侵蚀，肉体快要变成一种缺乏实质的东西了，甚至宛如蚊帐一般透明。本多相信，生命不是那样的。生命应当是更加严峻的，不依不饶的。而且可怕的是，透多半知道这一点。

倘若影子是实体，那么他们那过于轻盈、单薄得几乎透明的肉体，兴许倒是翅膀了。飞翔吧！在卑俗上边飞翔吧！四肢和头部是多余的，形体的成分太多，变不成翅膀。倘若内心的侮辱再加强一些，甚至可以和女子相互勾着手指腾空而去，本多却禁止透这样去做。衰老的本多原想竭力激发嫉妒之情，给予那对年轻人飞翔的能力，但是如今本多心里连妒火都燃不起来了。此刻本多才忆起，他对清显和勋所怀的最基本的感情是：一切有智慧者的抒情之源，即嫉妒。

也罢。就把透和百子当作地上一对最庸碌而不足挂齿的年轻人吧。那么，只要本多在这儿动一下指头，他们准会像木偶一样晃晃悠悠地扭在一起，开始活动。他将扶着拐杖的两三根手指一上一下地晃动着。于是，站在草坪上的那两个人朝着悬崖边上的散步路蹀去了。

栲子听任丈夫把手搭在自己的肩上，话端带点兴奋地说：

"哎呀，咱们在等着呢，可他们好像打算还要往远处走。"

朝海边走下去的两个人，穿过树丛，在带树皮的长木椅上落座。从脖子的姿势可以看出，他们是在眺望黄昏的乱云。这当儿，一个黑乎乎的玩意儿从长椅底下蹿出来。离得太远，分辨不出是猫是狗。百子吓得站起来，透也同时起身，抱住了她。

"嗬！"

正在窗口观望的百子的父母嘴里悠然自得地冒出这么一声，就像是飘出了蒲公英的冠毛似的。

本多不是在观望，他并非以目击者的眼光从窥伺孔里偷看。他是在明亮的夕阳映照下，光明正大地站在窗边，一面用全能的力量予以指挥，一面在心里扮演；让自我意识按照命令活动。

"你们风华正茂，得证明自己具有更荒谬的活力才行。究竟是给你们雷鸣还是闪电好呢？要么就是奇特的生电现象。比方说，让百子的头发倒竖起来熊熊燃烧。"

有一棵树向海歪斜，树枝仿佛蜘蛛腿一样抠挈开来。两个人猛地攀枝而上。本多觉察出，姑娘的父母忽然紧张地屏住气息。

栲子用几乎哭出来般的声音说：

"哎呀，早知如此，不该让她穿喇叭裤，瞧她那个野劲儿……"

爬上树后，两个人就分别骑在一根枝丫上，使劲摇晃。浮在树叶上的落叶纷纷掉到地下。一片树丛中，唯独这一棵好像蓦地发狂了似的。以夕阳映照下闪闪发光的海洋为背景，两个人的身姿宛若栖息在枝子上的巨鸟的剪影。

先下树的是百子。她是战战兢兢地扭着身子下来的，头发反倒被下面的树枝缠住了。透赶紧下来，拼命替她解。

"爱着呢。"

栲子终于用含泪欲哭的声音说，独自连连点头。

可是透在解头发上耽误的工夫太多了。本多顿然明白了他在故意把头发乱七八糟地往树枝上缠。本多担心他有点做得过分

174

了。百子什么也没怀疑，拖着头发想走开，却被树枝拽回去，感到一阵剧痛。透装出一副越焦躁越解不开头发的姿态，重新像车把式似的跨在树枝上。百子拖着缰绳般的长发，在稍离开他一点的地方背对着他，双手掩面而泣。

从三楼的窗子里隔着宽敞的庭园望下去，那就像幅希腊的壶画一样，不过是小巧静谧、模模糊糊的光影。壮大的是从云隙间朝海面倾泻而下的阳光。出着太阳下午还降了几阵雨，残余的云彩往海湾上稀稀疏疏地洒下璀璨的光。

阳光在树木和湾内岛屿的山脊那极其细腻、坚硬的线条上涂以彩色，清晰得几乎令人感到恐怖。

栲子重新说了一遍：

"爱着呢。"

三个人眺望着的海湾的景色上面，弯弯地出现了鲜明的彩虹，它恰好象征着在本多心里欢实地悸动着的，认为简直是无聊透顶那种感觉。

二十四

本多透的手记

×月×日

关于百子，我曾起过不少误会，为此，我是不能原谅自己的。原因是本应该由明察出发，而只要有些误解，就会引起幻想，幻想进而产生美。

我对美还没有信仰到那个程度，以至于认为美会产生幻想，而幻想又会引起误解。当通信员那个时期我还不成熟，曾看错过船。尤其是夜间，前后两盏桅灯的距离难以掌握，把并不怎么大的渔船看错为国际航路的巨轮，向它发出"请报船名"的发光信号。渔船从未受到过如此正式的迎送，便开个玩笑，以电影女明星的名字相告。其实那只船并不美。

百子的美貌当然是必须能够充分满足客观条件的。另外，对我来说不可或缺的是她的爱，我得首先交给她用来伤害她自己的利器。她横竖是不能用纸做的假刀来刺自己的胸膛的。

我很清楚，许多"非……不可"的严酷欲求，与其说发自理性或意志，更频繁的是发自性欲。在性欲方面提出的琐碎苛刻的要求，甚至经常被误会为伦理的欲求。迟早我大概得有个专供发泄性欲用的女子，免得我针对百子而订的计划会被混淆。因为罪恶所怀有的最微妙恼人的心愿莫过于不伤害百子的肉体而只在精神上给她带来创伤。我知道自己的罪恶的性质。那就是难以抑制地渴求意识（不折不扣是意识本身）能化为欲望。换句话说，也就是明晰完全以本来面目来扮演人类最深奥的混沌。

我不时地想：自己还不如死了呢。从死亡的彼岸，这个计划按说是完全可以实现的。因为死后我将会掌握真正的、地地道道的透视法……生前想完成这个计划，真是难上加难。何况你要是才十八岁的话！

滨中家双亲的态度真是不可理解。看来他们准是希望我和百子持续地保持五年甚至七年的关系，巴不得我们成为社会人后举行豪华的正式婚礼。然而这一点究竟有什么保证呢？他们对女儿的魅力有这么大把握吗？或者万一解除婚约时，他们对所受的损害，能够指望得到那么一大笔赔偿金吗？

他们大概没有什么深谋远虑。关于男女的结合，恐怕只有一些肤浅马虎的概念。有一次他们听说我的智商那么高，惊叹不止，好像是把满腔热情都倾注在优生学上了，何况还是很有油水的优生学呢。

我们在下田分手后，我随父亲到北海道去了。回京的第二天，待在轻井泽的百子打电话来了。她说想见见我，请我务必到轻井泽去。我觉得这电话多半是奉父母之命打的。她的声音略微有点做作，所以就心安理得地待她很残酷。我说，为了投考大学，正在用功，碍难从命。挂断电话后，却意想不到地觉得受了冷落。当你拒绝什么的时候，就意味着对此多少做了让步。一让步当然就会给自尊心多少带来一点受冷落之感，所以我并不感到惊奇。

夏季快结束了，这种感触一向是那么痛切，痛切得无法形容。空中接连出现卷积云和积云，空气中略有点薄荷气味。

爱什么人的话，就得献身于她吗？我却不容许把自己的感情献给任何人。

我桌上还摆着百子在下田送给我的小小的礼物。那是用玻璃圆罩密封住的白珊瑚标本，背面写着"送给透君——百子"，还画了两颗被箭射穿的心。我不明白，百子怎么会永远摆脱不了这种孩子气的趣味。玻璃圆罩的底儿上铺着一层细碎锡箔，一摇就飞扬起来，像是海底的白沙在闪耀。一半玻璃晕映成深蓝色。我所熟悉的骏河湾就这样给幽闭在四边都只有七厘米的容器里了；海在我的心中所占的位置，成为一个强加于人的抒情的标本。但是纵然那么小，白珊瑚是冷酷高贵的，显示出位于抒情中心的我那不可侵犯的悟性。

我活得如此困难，究竟是怎么回事？换个说法也是一样：我活得如此容易，圆滑到令人害怕的程度，又是怎么回事？

有时我想，我之所以活得如此容易，说不定是因为我生存在人世间本身就是不合乎道理的。

这并非我给自己的人生所加的难题。我确实在没有动力的情况下生存着并活动着，从原理上来说，这正如永动机一样，根本就是不可能的。然而绝不是宿命。根本不可能的事，何以会是宿命呢？

打从呱呱落地，我大概就晓得了自己的存在本身就是悖理的。我并不曾带着缺陷来到人世间。我是作为无比完美的一个人的底片诞生到世界上来的。但是世界是充满了有缺陷的人们的正片。倘若有人动手把我显了影，对他们来说可就不得了啦。人家会由此对我产生恐惧心情。

对我来说，最可笑的莫过于人们一本正经地教导大家要"顺从自己的真实而生活"。这根本是不可能的，倘若我想忠实地履行的话，就得马上死掉。因为那只能是迫使我这个悖理地生存着的人变得跟大家一样。

假若没有自尊心，兴许会找到其他办法。只要丢掉自尊心，不论是多么歪扭了的形象，你都能够很容易地让别人和自己相信那是自己的真实形象。但只能是怪物这一点，难道是如此符合人性的事吗？如果真实是怪物的话，人们马上就放心了。

179

尽管非常谨慎，自我防卫的本能竟有挺大的漏洞。况且漏洞还很明显，刮进来的风使我不时地为之陶醉。经常处于危险状态，所以看不出危机。除非有绝妙的均衡，否则就活不下去；具有均衡感固然很好，但转瞬之间，不均衡与丧失便化为炽烈的梦……越洗练，越变得凶暴；一味地按钮，以便抑制自己，按得精疲力竭。我不相信自己是个和善的人。看来难以令人相信，对我来说，待人和气是多么大的牺牲。

总之，我这一生整个儿是在尽义务，就像个笨头笨脑的新水手一样……对我来说，只有晕船，也就是呕吐，才不是尽义务。世人叫作爱的，对我却是呕吐。

× 月 × 日

不知怎的，百子不敢到我家来，所以我们常常约好，放学回家的路上在雷诺阿茶馆碰头，聊上一个来钟头。有时在游乐场天真地玩耍，两个人一道乘快速滑行车。即使女儿回家迟了一些，只要天还没黑，滨中家似乎也不予追究。当然，我也可以邀她去看电影，然后送她回家。但是，那样就得事先打招呼，几点回家也得预先取得谅解。这种被公认的交际没什么意思，两个人就开始了没有得到公认的幽会（即使是短暂的）。

今天百子又这样来到雷诺阿。骂学校的老师，议论同学，装作不感兴趣的样子轻蔑地谈电影明星的丑闻。百子看上去是墨守老派作风的，但这样的话题与同她年龄相仿的女子毫无二致。我边听边敷敷衍衍地搭腔，显示出男子汉的宽容。

写到这里，我没有勇气记述下去了。因为表面上看来，我的保留态度与到处都可以找到的十几岁的少年那不知不觉的保留态度是完全一样的。不论我怎样作弄百子，她一点也觉察不到。于是，我感情用事，不由自主地就把真情表露出来了。我要是真变得坦率了，那么犹如海潮退后丑陋的海滩裸露出来似的，我的存在本身的逻辑矛盾就该暴露了。然而最麻烦的是海潮还没退尽的阶段。水位降低到一定程度时，我所感到的焦躁的性质会变得和年龄相仿的少年们雷同。掠过我额头的悲哀也和他们一样。要是此刻给百子抓住了，可就严重啦。

你要是认为女人会不断地被对方是否爱着自己这个痛苦的疑问所折磨，那你就错了。我巴不得刻不容缓地驱使百子产生这样的疑问，但这头敏捷的小兽绝不上圈套。即使我对她说："其实我并不爱你。"大概也是白搭，因为她只会认为我是在扯谎。剩下的唯一办法就是再观察一个时期，然后让她吃醋。

我有时想，自己是否由于迎送过那么多船只，感觉就麻木了，性格因而有些变了呢？那是不可能在精神方面对我完全没有影响的。从我的观念中产生出来的船，眼看着就成长为庞然大物，变成有名字的真正的船……与我有关的只是这个阶段，一旦入港，它就住在另一个世界里了，直到重新驶出来。船只使我应接不暇，我很容易地就能够忘掉前面的船。可我没有本事忽而变成船，忽而又变成港口。女人们却要求我要这样的把戏。女人这个观念，一旦变成感性的实际存在，那就完了，无论如何也不想再驶出港口了。

作为通信员，我对于自己的观念逐渐化为客观事物出现在水平线上这一点，总是暗中感到骄傲快活。我是自世外伸进手去创造某些东西的，所以从未尝过被收回到世界内部的滋味。我从未感到自己像一件刚洗好的衬衫，下雨时被人急忙打晒台上收进来。那儿没有下过一滴雨，足以使我转化为存在于世界内部的人。我确信自己的透明度即将沉溺于理性中时，感性能把我纠正过来。因为船必然会驶过去，船决不会停下来。海风将万物化为有斑纹的大理石，太阳使人心变成玻璃。

×月×日

我是孤独的，孤独到可悲的程度。只要手指一碰到跟人沾点边儿的东西，我就赶紧洗手，以免遭到细菌的侵袭。这个习惯究竟是什么时候养成的呢？人们认为这只不过是我那出了圈儿的洁癖而已。

我的不幸显然来自否认自然。既然叫作自然，就应该包含一般法则，支持我；然而"我的"自然却不是这样的，所以予以否认也是理所当然。但我是柔情脉脉地予以否认的。我绝没有被人姑息过。我随时意识到团团簇拥着试图伤害我的人们的影子，因此我就格外慎重，轻易不恳切待人。我知道，这样做的结果适得其反，准会给那个人带来创伤。这说得上是富于人情味的关怀吧。但是关怀一词本身就包含着使人腻烦的、难以咀嚼的纤维。

我这个人的存在，关系重大，相形之下，世界上发生的各种事，微妙复杂的重大国际问题，似乎全都不值一顾。政治、思想与艺术统统是啃剩下的西瓜皮。夏天，这样的西瓜残渣会被冲到海滩上。红瓤所余无几，宛若天空上的一抹朝霞；大部分都啃白了。我憎恨俗人，因为我发现，唯独他们才有可能获得永生。

对我的深切理解是毫不留情的，不理解与误解不知要强多少倍。对我的理解意味着令人难以相信的失礼与粗鲁，除非有无比阴险的敌意，是办不到的。船什么时候理解过我呢？只要我理解它，就够了。船要么懒洋洋的，要么规规矩矩报了船名，头也不回地赶快入了港。倘若船对我抱有些许怀疑，那一瞬间船就会被我的观念所爆破。幸而连一艘船也没动过这样的念头。

我变成人类的感觉的精密体系。我远比人类要体贴人情，正如外国人归化后，会露出比真正的英国人地道得多的英国绅士派头。至少对十八岁的少年而言是这样！想象力和逻辑成了我的武器，其精密度比自然、本能与经验高得多，关于盖然性的知识很丰富，有着出色的调整性能，完美得无懈可击。我成了研究人类的专家，正如昆虫学者当上了研究南美硬壳虫的专家似的……人会被一种花香所陶醉，沉浸于某种情绪里；我用没有气味的花试验了这个过程，有所体会。

看就是这么一档子事。当我从那个信号所发现了海面上有一只直接入港的船后，便注意到船隔着一定的距离如此专注地朝这边凝望，望乡心切，对于12.5海里的时速感到焦躁，寄托在陆地上的种种梦想发展到登峰造极的地步。然而其实我只是试着看看而已，我把视线远远地投向水平线彼方，出现在目力不及的领域里那肉眼看不见的东西。"看"那看不见的东西，究竟是怎么回事？那正是眼睛的最后一个愿望：通过"看"来达到自我否定的目的，这也就是种种否定行为的极限。

可是我动辄就怀疑，这种想法与主意兴许只在我心里自生自灭罢了。至少在信号所里是如此。整天像玻璃碎片般地被丢进那间斗室的世界碎片的投影，只是暂时往墙壁和顶棚上洒了些光，随即无影无踪了。那么，外界是否也是如此呢？

我始终得支撑着自己活下去。因为我总是飘在空中，不得不抵抗重力，待在不可能的境域里。

昨天在学校里，一位好卖弄学问的老师教给我这么一首希腊古诗：

诞生时受神恩宠，
为了不损坏善果，

184

有义务死得光荣。

对我来说，整个人生就是尽义务，唯独没有死得光荣的义务，因为我压根儿不曾受过神的恩宠。

×月×日

微笑成了我的沉重负担，所以打定主意在今后一个时期内要保持郁闷的心情。偶尔在言行间装得像是头怪物，同时要留有余地，让她把我看成由于欲望郁积而感到烦闷的少年，因为这是最普通的解释了。倘若这一切都是无目的的演技，就太没意思了，所以我也得有某种感情。我寻觅着滋生感情的理由，并找到了看上去最真实的一种。那就是：我心里产生了爱情。

我几乎笑起来了。而今我才晓得，什么人都不爱这一不言而喻的前提究竟意味着什么。那也意味着爱的自由，即随时都可以自由地去爱。夏天阳光最毒时，卡车司机将车子停在树荫下，边开始打瞌睡边想：只要一醒，我随时都可以开车。爱情也得像这样不论何时都可以萌发才行。倘若自由不是爱情的本质，毋宁是爱情的对头的话，那么我就可以一举掌握敌我双方。

我的烦闷大概是逼真的。那是自由的爱情的唯一形式，要边追求边拒绝，所以当然会如此。

百子忧心忡忡地瞧着我，就像看一只忽然没有了食欲的家禽似的。她染上了庸俗思想，认为幸福犹如一个庞大的法国面包，可以大家分享，所以不理解这样一条数学定律：世上倘若有一桩幸福，必然就应该有与之相对应的不幸。

百子问道：

"出了什么事吗？"

她脸上挂着一丝悲怆的美，她那端丽的嘴唇是不适合于这么问的。

我含含糊糊地笑了笑，没有回答。

然而问过这么一句之后，她也就算了，曾几何时，她沉溺在饶舌中了。我用默默地聆听来表示自己的忠诚。

今天上体育课跳鞍马时，我的右手中指伤着了，缠上了绷带。过一会儿她注意到了这个。我发现，这一瞬间，她脸上泛出放心的神色，因为她觉得这下子明白了我闷闷不乐的缘由。

她道歉说自己一直没有过问，太不周到了，并担心地问我是不是疼得厉害。我生硬地予以否定。

首先，其实已经不怎么疼了。其次，她竟自以为是地将我心情郁闷的原因归于这一件事，我绝不能宽恕她。最后，为了怕她发觉，今天我们刚一见面，我就尽量把缠了绷带的中指藏起来；尽管如此，我还是由于她一直未发觉而引起了不愉快的感情。

于是我越发坚决不承认伤口痛楚，不肯接受她的慰藉。这样一来，百子愈益不相信了，露出一副终于找到我的逞强、我的虚荣心的神色，甚至认为她有义务更执拗地同情我，迫使我说泄气话。

百子怪那已经脏成深灰色的绷带太不卫生，坚持说，应该马上起身到附近的药房去。我越不肯，她越觉察出我多么克己。她好容易拉着我到药房去了，求店里那位一看就像是护士出身的大妈给换换绷带。百子说是不敢看伤口，侧过头去，所以我那点点擦伤不曾被她识破。

然而刚一走出药房，百子就热切地问道：

"到底怎么样啦？"

"骨头快露出来了……"

"哎呀，哎呀！"

"……倒还不至于。"

我冷漠地应付道。由于我漫不经心地暗示道：要是必须截掉一节指头可怎么办？百子吓得浑身发起抖来。这种过分的恐怖，使我对少女那感性上的利己主义产生了强烈印象，但丝毫不曾使我觉得不愉快。

两个人边走边聊。依然是她谈得多。她谈自己的家庭生活多么舒畅快活，多么循规蹈矩，如何享受天伦之乐，双亲的为人如何好；口气之间对这一切丝毫也不怀疑，把我惹恼了。

"这么长的一辈子，你妈妈总和别的男人偷偷睡过觉吧。"

"绝对没有这样的事。"

"你怎么知道？还有你出生之前的事呢。下次问问哥哥或姐姐好了。"

"瞎说……八道。"

"你爸爸按说也在什么地方有个情妇。"

"绝没有这样的事!"

"你有证据吗?"

"太刻薄啦。从来没有人对我说过这样刻薄的话。"

我们的对话即将变成拌嘴了,但我不喜欢口角。只要我阴郁地闷声不响,就不至于吵起来。

两个人沿着后乐园游泳池下边的人行道踱去,周围照例是熙熙攘攘的人群,都是来追求廉价娱乐的。这里没有打扮得潇潇洒洒的青年,挤来挤去的那帮人穿的要么是买现成的衣服,要么是机织毛衣,净是些地方城市的所谓赶时髦者。有个小孩儿突然蹲下去捡路上的啤酒瓶盖,正在挨母亲的骂。

百子快要哭了,说:

"你为什么这样欺负我?"

我并没有欺负她。看到别人自满自足,我出于一片善心,不能予以宽恕。我有时感到,也许自己是个非常讲道德的动物。

走着走着。我们信步向右拐,来到后乐园门前。这是水户光圀①的宅第遗迹,得名于先忧后乐一语。尽管离家不远,我还没到过这里。四点半闭园,售票处写着四点钟停

---

① 水户光圀(1628—1700),德川光圀的别名,也叫水户黄门,系水户藩主。

止卖票。看看表，四点还差十分，我就急忙催百子进去了。

太阳已偏西，挂在园门内正面的天空上，四下里都是十月初残虫的鸣叫声。

共有二十来名的一群归客擦肩而过。尔后，一路上冷冷清清。百子想和我牵手，但我伸伸缠着绷带的手指，予以回绝。

我们为什么一方面怀着岌岌可危的感情，另一方面却在秋天即将日落的时分像情侣一样走进了这座宁静而古色苍然的公园里来了呢？当然，这时我已计划把我们两个人描绘成一幅不幸的图。优美的风景会使心灵颤抖，感冒发烧。百子必须是个感受性敏锐的人才会如此，我渴望听听她的心所发出的呓语，看看真正遭到刁难的少女那痛苦得干裂了的嘴唇。

我寻觅人迹罕到的一角，下到寝觉瀑布旁边去。小瀑布干涸了，下面的池水淤塞，然而不断地扬起水花，无数水蝇穿梭于水面，画出了网络般的花纹。我们坐在池边的石头上，凝眸看着这情景。

我觉察出，我的沉默终于对她构成了威胁。而她确实绝对无法理解我闷闷不乐的原因。我试着让自己有点感情，结果别人却把我看得高深莫测，别提多有趣了。只要没有感情，人是怎样相互联系都可以的。

水池毋宁像是沼泽，被伸过来的枝叶掩盖住。但有几处，夕阳从缝隙间灿然透射进来，仿佛照亮一场噩梦似的，将浅浅的沼底那堆枯叶无理地照得通明。

我故意说：

"瞧瞧那个。一旦暴露在阳光下，咱们的内心也是那么浅，那么肮脏的。"

百子顽固地说：

"我的可不同，又深又纯洁。我恨不得掏出来给你看看哩。"

毫无疑问，我这个人是特殊的。当别人夸耀自己怎么特殊，我就焦躁地反驳了：

"你怎么能斩钉截铁地说唯独你是特殊的呢？拿出证据来。"

我简直不明白，这样一颗平庸的心，怎么能如此坚持自己与众不同呢？

"因为我自个儿知道我的心是纯洁的。"

这当儿，我清清楚楚地晓得了百子已堕入什么样的地狱。到现在为止，她的精神从未感到过需要自我证明，却沉浸在充满悲伤的莫大幸福当中。从那堆少女趣味的鸡零狗碎到谈情说爱，一股脑儿融化在混沌的液体里。她连脖子都泡在自己的浴槽里，只露出个头，处在非常危险的状态下；但既无意呼救，对于亲切的援手，也予以拒绝。为了伤害百子，非伸手将她从这浴槽中拽出来不可。否则刀刃会被液体挡住，够不着她的肉体。

秋蝉在树林里聒噪，夕晖透过枝叶洒下来。国营电车的轰隆声随着鸟儿的啁啾传至耳际。有个树枝长长地伸到沼泽上空，一枚被蛛丝系住的黄叶从枝子上悬挂下来。叶子一转悠，就沐浴在从树隙射来的夕晖下，发出圣洁的光，宛若空中飘着一扇小小的旋转门似的。

我们一声不响地看着它。给夕晖染成姜黄色的这扇小小的旋转门一转悠，我就定睛看着，想知道门后会出现怎样一个世界。由于风儿忙忙碌碌地出出进进，门也随着急剧地旋转着。说不定从门缝间能让我看到陌生小城镇那热闹景象，看到飘在空中的纤小城镇那闪闪发光的街道……

屁股下的石头，冷得彻骨。横竖我们也得赶快离开这儿，因为再过半个钟头就闭门了。

这是一次仓促的散步，情绪很不对头。庭园的宁静的美，被日落前的忙碌所破坏，大泉水的水鸟也吵吵闹闹的，无花的菖蒲园旁边那丛胡枝子，红花业已凋谢。

我们借口快要闭门了而匆忙走着，其实，并非光为了这个。我们生怕秋天日落后的庭园酝酿出来的情绪沁入心脾，同时也巴望借着一个劲儿加快步伐，内心里会发出极尖细的声音，犹如加快了旋转速度的唱片一样。

这座庭园是供人绕着观赏的，极目望去，已杳无人迹。我们站在一座桥上。我们将影子和桥影一道长长地甩到背后那鲤鱼蠕动的大池上。我们不愿意看池子对岸药品公司那高大的霓虹塔，所以背对着那边的天空。

桥上的我们面向着密密匝匝长满了阿龟竹①的人造圆形小庐山，以及投到山后丛林上的落日余晖那灿烂的光网。

---

① 这是一种丛生的矮竹，因每一节都长出五个侧枝，也叫五枚竹。据说在东京浅草举办酉市庙会时，在这种竹竿上悬挂阿龟面具，故名。阿龟是个额头极为凸出、大胖脸的丑女面具。

我觉得自己像是最后一尾拒绝入网的鱼，忍受着、抵抗着那炫目、炽烈的光。

兴许我在梦想着来世。百子和我这两个身穿浅色毛衣的高中生，像这样伫立在桥上之际，预示着死亡的时刻仿佛突然一闪而过。情死这个观念中那性的芳醇，掠过我的心头。我压根儿不肯求助于人，只有在咽气后，才会得到人家的帮助。悟性在这样的夕晖下腐蚀的过程，指不定多惬意呢。

西侧的桥下刚巧是个小小的莲花塘。

密得将水面完全遮住的莲叶，宛如海蜇似的随着夕风浮游。绿叶表层酷似翻毛皮，将小庐山下的谷底整个儿填埋起来了。莲叶柔和地躲闪着阳光，有的映着邻叶的影子，有的叶面上描绘着塘边一枝红叶的纤细叶影。所有的叶子都不安定地摇曳着，竞相朝那夕照中明亮的天空欣求着。仿佛可以听见细微的齐诵声。

我审视着莲叶怎样摇曳，后来发现了其摆动实在复杂。即使风是从一个方向吹来的，叶子也并不是随风一齐朝另一边倒去。总是有摇曳的，也有顽强地纹丝不动的。一片叶子翻过来了，但其他叶子并不仿效它，而只是慵懒、苦闷地摇头晃脑。看来，有的风从叶子上吹过去，有的徘徊到根部，越发使叶子的摆动没有规则。过了半晌，逐渐感到傍晚的风寒气袭人了。

许多莲叶的叶心和叶脉都是鲜嫩光滑的，叶边却被腐蚀成铁锈色而破碎了。大概是零零星星的铁锈色斑点侵蚀莲叶，继而传染并波及其他叶子的。打从前天起一直没有下雨，凹陷进去的圆圆的叶心那儿，积水已干了，只留下个茶色的圈儿。要么就装了一片枯萎的枫叶。

天色分明还是亮的，却不知打哪儿逼近一股阴郁气氛。我们交谈了一两句话，尽管两个人的脸挨得很近，却觉得像是远远地从地狱里互相呼唤似的。

百子像是发怵似的指着小庐山麓那簇深红色线头般的东西，问道：

"那是什么？"

那是晶莹发亮的石蒜花丛，仿佛是将脱落下来的染红了的粗头发缠在一起做成的。

守卫的老人擦身而过，说道：

"该关门啦，请出去吧。"

× 月 × 日

去后乐园那天的印象，使我下定了一个决心。

这是个小小的无足轻重的决心。从那一天起，我就认为，如果不是在肉体上而只是在精神上想伤害百子，那么当务之急乃是在别处认识女人。

在百子心中发现什么禁忌，对我来说是个负担，也是理论上的矛盾。况且假若我在精神方面对百子感到的兴趣是源于暗中在肉体方面对她所感到的兴趣，那么我的矜持就完

193

蛋了。我必须用"自由的爱"这么个绚丽华贵的王笏来伤害她。

和女人发生关系好像不是什么困难的事。从学校回来的路上，我跳戈戈舞去了。是在朋友家学会的，不论跳得好与否，反正到别处去跳就是了。有位同班同学遵守这么个健全的日课：每天放学后独自去戈戈俱乐部，独自跳上一小时，回家吃罢晚饭，再复习功课，准备投考大学。承这位同学带我去了，过了一个小时他回去后，我一个人边喝可口可乐边在那儿泡下去。一个土里土气、浓妆艳抹的姑娘与我攀谈，我就和她跳起来。然而这个姑娘不是我心目中的对象。

同学告诉我，这样的场所必定有"玩弄童贞"的女子前来。通常会想象那是个相当年长的女子，其实也不一定。年轻女子也有关心教育的。这种女子当中想不到有不少美人，自尊心不允许她们被性的高手任意摆布，所以宁愿自己担任性的教师，在与自己发生关系的小伙子心里留下难忘的印象。她们对男子的纯洁感兴趣，因为诱使他们堕入罪孽乃是一大乐事。但是显然她们自己并未将这种行为看成罪恶，所以她们的快乐无非是来自把罪恶转嫁给了男人。这又意味着她们本来就在另一个地方聚精会神地怀抱并培育着罪恶意识。她们的性格各不相同，有开朗型的，有多愁善感型的，有的给人以身子的某处孵着罪恶之蛋的母鸡这么个印象。她们关心的不是孵出小鸡，却一味地梦想着将蛋扔到年轻对象的脑门上，把它砸破。

当天晚上我就结识了其中的一个，有二十五六岁，衣着考究。她要我称她作汀，我也弄不清这是她的名字还是姓。

她的眼睛异常地大，甚至有些病态，薄薄的嘴唇带点作弄人的味道，然而整个面庞却洋溢着南方柑橘般的丰艳。胸脯白皙到放荡的程度；脚呢，直到脚脖子都是美的。

她的口头禅是：

"那个嘛。"

她对我总是打破砂锅问到底，而我问她什么，她说声"那个嘛"就搪塞过去了。

我告诉父亲九点来钟回家，所以只来得及和这个女人共进晚餐。女人把她的电话号码写给了我，还画了她住处的地图，说她是一个人过日子，用不着客气，要我哪天方便，尽管到她的公寓去玩。

几天之后，我便登门拜访，关于那时发生的事，我想尽量谈得详细一些。

因为这类事情本身充满了激烈夸张的感觉，富于想象或使人陷入沮丧情绪。这档子事本来就是以歪曲的形式发生的，倘若只想冷静地客观地予以描述，就会与事实有很大出入；然而要是试图将心荡神驰的情景也一道表现出来，就会变得空泛。我想一字不漏地探讨以下三点：因对象不同而有差别的性的快感；只因为是初次体验，出于好奇而心里颤动；难以分辨究竟是理性的还是感性的那样一种格格不入的深切感觉。将它们正确地予以分类，防止它们相互侵蚀，然后恰当地移植到体验中去。这是一项我几乎不能胜任的工作。

女子起初好像过于重视我的羞耻心了。我说这是"头一次"，汀竟叮问了两三遍。我自然怕她怀疑自己是个冒牌货，另外，又不愿意做那种想凭着这样不值得夸耀的事去博得某种女子欢心的后生；结果，我不得不做出微妙的自高自大的样子。然而这本身就是用虚荣遮掩起来的羞耻。

这个女子心里似乎交织着两种感情：既巴望我镇定下来，又想让我焦躁。不论哪一种，归根结底都是出于利己的打算。由于多次的经验，汀大概生怕女方过分的诱导反而会使小伙子畏畏缩缩。这种极端自私的用心，表现于她那含蓄的甜甜的温柔，她刻意洒在身上的香水的清芬。我看见，在接纳我的汀的眼里，小秤的指针不断地颤悠着。

女子想拿我的焦急与贪婪的好奇心的奔逸来满足自己的情欲，这是不言而喻的，因此，我绝不容许她朝我这边看。其实让她看了我也不觉得害臊，然而我用指尖轻轻地将她的眼皮合上了，我的动作让她以为这是出于羞耻心。这样一来，在黑暗中女子就只能感觉出从自己身上骨碌碌碾轧而过的车轮的重量。

不用说，当我觉得自己的快乐开始时，就已结束了。于是我的心情就松快多了。到了第三次，我才好容易真正地体会到了快感。

于是我晓得了快感原来是有着理性的性质的。

也就是说，产生一种分离，快感与意识相互交融，产生计谋与智略，犹如女人低头清清楚楚地看到自己的乳房那样，能够在外边清晰地看到自己的快感的形状；直到此刻，才会产生快感。然而我的快感看上去毛毛扎扎的……

靠了熟练才能达到的境界，起源于极其稀薄、短暂的满足；得悉此事，却是有损于我的自尊心的。头一次的绝不是冲动的精华，而是长期积累下来的观念的精华。而后的快感那理性的操作，究竟更多地属于冲动还是观念呢？莫非是把观念那徐缓的（或是急骤的）崩溃，建造成一座小坝，靠其电力，一点点地加强冲动？这么说来，我们沿着理性途径要走无限遥远的路才能到达动物境界。

事后女人说：

"你这个人可真有两下子。前途好像大有可为哩。"

她将这句话当作花束一般用来饯行，也不知道已把多少艘船从港口送到汪洋大海中去了。

×月×日

我像雪崩似的倾泻而下。

雪做出一副极其稳当平和的样子覆盖住我那危险的断面，使我好不厌烦，所以我才这么做。

但是，自我破坏也好，破灭也好，均与我无缘。从我身上甩掉的积雪崩塌下去，压坏了房屋，伤害了众人，人们的喊叫声仿佛发自地狱。但这场雪崩不过是冬空轻轻地放在我身上的，与我的本质了无干系。然而发生雪崩的那一霎，雪的温柔与我那断崖的险峻交替了。造成灾害的是雪，而不是我；是温柔，而不是险峻。

从太古起，从大自然的历史那最古老的时候起，像我这样不承担法律责任的苛酷的心想必已存在了。大多数情况下是以岩石的形状存在的，而至纯的就是钻石。

然而冬季那过于明亮的阳光，甚至能射入我那颗透明的心。在这样的时刻，我会幻想自己插上一双翅膀腾空飞去，什么东西也阻挡不了；另外，却又预感到此生将一无所成。

我大概将会获得自由，但那不过是酷似死亡的自由。我在世上所梦想的东西恐怕一样也到不了手。

连人生的未来的细节都映入我的眼帘，就像从信号所眺望到的骏河湾的景色似的——在冬季晴朗的日子，甚至沿着伊豆半岛驰去的汽车的灯光一闪，也尽收眼底。

我会交朋友的。聪明的友人统统会背叛我，只剩下愚蠢的。像我这样的人竟然也会被出卖，这是难以想象的。一看到我的头脑如此清晰，大概所有的人都会产生背叛的愿望。因为天下再也没有比背叛像我这么个头脑清晰的人更大的胜利了。我所不爱的一切人都坚决相信我爱他们，而我所爱的人，则将保持美好的沉默。

整个世界都巴不得我死掉，同时又会争先恐后地伸出手来阻止我的死亡。

我的纯真即将越过水平线，飘零到肉眼看不见的领域里。我尝尽了凡人所无法忍耐的痛苦，到头来渴望自己变成神明。这是何等的痛苦啊！我将尝遍绝对的静谧的痛苦，犹如世上只剩我一人，别无他物。我像一只病犬那样浑身发颤，孤零零地蜷缩在角落里，忍受着。兴高采烈的人们在我的痛苦的周围愉快地歌唱。

世上既没有治愈我的药，也没有收容我的医院。在人类历史上，终归会用金色的小字记下我是个邪恶的人。

×月×日

我发誓，到了二十岁，就把父亲推进地狱的深渊。从现在起就得订个周密的计划。

×月×日

挽着汀的胳膊出现在与百子幽会的地方，这是再简单不过的了。然而我不想那么匆匆忙忙地解决这档子事，也不愿看到汀那陶醉在无聊的胜利中的脸。

汀刚巧送给我一个系在银链上的小小纪念章，上面刻着汀的首字"N"①。在家里和学校里是不便戴的，唯独和百子幽会时，我就把它挂在脖子上。根据指头缠绷带那次的经验，我晓得唤起她的注意是困难的。我豁出去挨冻了，穿了件敞领衬衫，鸡心领毛衣，把鞋带结得松松的。因为每次

---

① 日语里，汀读作 Migiwa，渚读作 Nagisa，均作海滨解。汀的首字应该是 M，可能作者联想到比"汀"更通俗的女子名（渚），所以误写成 N 了。

弯下腰去结鞋带，项链就会从脖颈那儿滑落出来，系在上面的纪念章随即发出耀眼的光。

那一天我曾三次重新结鞋带，然而百子始终未留意到，使我大失所望。百子的注意力所以这么散漫，乃是她盲目相信自己的幸福所致。但是我又不能故意显摆给她看。

出于无奈，下一次幽会，我约百子到中野的一座大型体育俱乐部的温水游泳池去。邀她去游泳，使她回忆起在下田一道消夏的事，她可高兴了。

游泳池里到处可以听到男女之间这样典型的悄悄话：

"你是男人吧？"

"哦，虽说是……"

游泳池里的那些人，宛若把春信①那难以分辨是男是女的浮世绘里的人物剥得赤条条的。有的男人留着长发，脱光了衣服也难以和女子区分开来。我有把握抽象地飞翔于人的两性关系上，但我从未感到过融入异性之中的欲望。我绝不愿意当女人，因为女人的构造本身就是与清晰为敌的。

我们游了一阵，便在游泳池的边儿上落座。连在这样的地方百子都把肩膀挨过来，于是项链离她的眼睛就只有十厘米了。

百子好容易看见了项链！她伸手抓住了纪念章。

百子终于提出这么个使我正中下怀的问题：

① 即铃木春信（1725—1770），日本江户时代中期的浮世绘师，擅长画梦幻般的美人。浮世绘是江户时代流行的风俗画。

200

"'N'是什么名字的首字呀？"

"你猜猜是什么？"

"你是'T.H'①，可这是什么呢？"

"想想看。"

"啊，明白啦，是日本②吧？"

我失望了，就不由自主地开始做对我不利的反问：

"是人家送给我的礼物，你猜是谁？"

"'N'嘛，我们家的亲戚倒是有姓野田的和姓中村③的。

"明白了，是'north'④的'N'吧。这么说来，我倒是刚才就觉得这纪念章边儿上的花纹像是磁铁哩。是轮船公司什么的送给你的吧？为新造好的一艘船举行下水典礼什么的。对，北嘛，就是捕鲸船吧？猜对了吗？准是捕鲸船送给你那个信号所的礼物。绝对没错儿。"

百子真正这么想而情绪很安定，还是借着这么想而使自己的情绪安定下来，抑或是为了隐藏内心的不安而扮演无知的戏呢？真实情况虽不得而知，但我连说"不对"的气力都没有了。

×月×日

这一次我决定在汀身上打主意了。她是个对什么事都

---

① T是Tooru（透）的首字，H是Honda（本多）的首字。

② 日语里，日本读作Nihon，所以首字是N。

③ 日语里，野田读作Noda，中村读作Nakamura，首字均为N。

④ 英语，意思是北方。

很爽快的女子，可以挑动她那淡泊而无害的好奇心。我向她提出，如果有空，想不想暗中看看我那个小未婚妻？汀马上就起劲了，死乞白赖地盘问我和百子是否已睡过觉了。对汀来说，大概对自己的学生怎样解答这道应用题怀有浓厚兴趣。我告诉汀，我将在哪一天的几点钟和百子在雷诺阿见面，但要她答应我和我完全不打招呼，只装作陌路人进行观察这么个条件。我知道汀绝不是个信守诺言的女子。

那一天，百子到后没过多久，汀就从我们的背后走过来了，装作若无其事的样子坐在喷水池对面的座位上。这，我是从眼角觉察出来的。这情景宛若一只猫毫无声息地走过去坐下，从远处经常睡眼迷离地朝这边望一望。每逢想到只有百子一个人被蒙在鼓里，打那一瞬间起，我和汀之间就蓦地加深了谅解，与她交谈的话语，似乎远比与坐在我跟前的百子要多。"肉体关系"这一荒谬的词是真个算数的。

尽管隔着喷水池，我们的对话透过微微的水声，按说是能传到汀的座位那儿去的。一想到有人在听，我的话就俄然说得真率起来。我这么快活，百子自是欢喜。我对百子转的念头了如指掌。她在想：

——不知怎的，我们很合得来哩。

我对谈话感到腻烦了，就从领口拽出系在银链上的纪念章，叼在嘴里。百子没有责备我，却天真地笑了。纪念章发出一股银子的甜味，触着舌头像是不易溶化的烈性药片。况且那细链子被拽得硬是从下巴勒进了嘴唇。但是这下子使我感到愉快，我觉得自己变成了一只百无聊赖的狗。

我从眼角里觉察出汀站起来了。百子那突然睁大了的眼睛的神色告诉我，汀已来到我身旁。

涂有红蔻丹的指甲猛地伸到我嘴边，拽出项链来。

汀说道："别把我的纪念章吃掉了。"

我站起来，将百子介绍给她。

"我叫汀。打扰了你们，请原谅。那么，再见。"

汀说罢，扬长而去。

百子的脸色变得煞白，浑身瑟瑟发抖。

×月×日

下雪了。星期六下午我一直待在家里，无所事事。西式楼房外边通向二楼的楼梯平台那儿有扇窗户。这是唯一能够清晰地看到房前那条道路的所在。我把下巴压在窗框上眺望雪景。家前的私道①一向没有多少行人，今天就连上午的车辙都被下午降的雪覆盖殆尽。

雪里蕴含着微光。雪空黯淡之至，地上的雪光却映照出不属于一天之内任何时辰的、奇怪而特别的时间。对面人家后身的钢筋混凝土墙的预制件那凸凸凹凹的接缝里全积着雪。

这时从右边出现了一个戴黑色贝雷帽、穿灰外套的老

---

① 私道是公民在私有地上建筑的道路。

人，他连伞都没打。外套的腰部鼓得厉害，他用双手像是抱着那鼓起的部分般地走着，看来是怕被雪淋湿，所以把包儿塞在外套里面了。尽管外套那么鼓，贝雷帽下面那张脸却是干瘪的，从而看得出这是个瘦老头儿。

他在我们家的大门前停下了步子。那儿有个耳门。我还以为这是个来托我父亲当辩护律师的穷人呢，那么他就算是找错门儿啦，但他并不像是要进来的样子，也不去掸掉外套上那斑斑点点的白雪，只是四下里打量着。

老人腰间那鼓起的部分蓦地瘪下去了。仿佛下个大蛋似的，他往雪上丢下个包儿。我定睛看着那丢下的东西。起初分辨不出是什么。像地球仪一般五颜六色、形状不一的东西，嵌在雪里，发出黯淡的光。仔细一看，是个塑料袋。塞满了蔬菜、水果的碎屑。苹果的红皮、胡萝卜的朱红色残渣、卷心菜的淡绿色菜帮子，在大包里挤得满满的。倘若是因为不好处理，上街来丢的，那么这也许是个光棍儿，一位爱挑剔的菜食主义者。大量的蔬菜屑装在塑料袋里，给雪平添了新鲜、奇妙的色调，连蔬菜的绿色碎片都复苏了，令人反胃。

我朝那个包注视了好一会儿，没来得及目送那位已开始走动的老人。老人慢慢地从门前越走越远，一路上留下细碎的脚印。我头一次看见他那穿着外套的背影。即使把驼背考虑在内，外套的形状依然不整齐，不自然。不知什么地方有棱有角，尽管没有先前那么严重，还是异样地鼓。

老人就那样以同样的步伐走远了。老人自己也许不曾理会，他离开我们家的大门五米来路时，有什么东西宛若一大块墨汁似的从外套下摆掉到雪上了。

那是个像是乌鸦的黑鸟尸体。也许是八哥。连我的耳朵一霎时都产生了错觉，仿佛听见了翅膀掉下去啪地拍打雪的声音，老人却头也不回地就走了。

于是，乌黑的鸟尸使我嘀咕了好久。它离得相当远，被前院的树梢遮住了，而且大雪纷飞，使东西变形了，不论怎样凝视，也看不准。我犹豫着:究竟是把望远镜取来好呢，还是到外面去查清楚呢？但是我被一种难以抵抗的慵懒所压倒，所以未能这么做。

到底是什么鸟呢？凝眸看得太久了，那团黑羽毛竟不像是鸟，却像是女人的一副假发了。

×月×日

百子终于开始感到苦恼了，犹如一个烟蒂引起的火会延烧整座山林似的。平凡的少女也罢，大哲学家也罢，同样会因为受到微不足道的挫折而联想到世界的毁灭。

我一直在等待她苦恼的一天，就按照预定计划，一反过去的态度，对百子低首下心起来。我向百子讨好，随声附和地说粗暴无礼的汀的坏话。百子哭着央求我务必和那个女子决裂，我夸张地说，我有这个意思，但需要百子帮忙。除非借助于百子，否则是摆脱不了那样一个母夜叉般的女子的。

百子答应帮助我，不过有个条件。她要我当着她的面扔掉汀送给我的那串项链。我一点也不稀罕那玩意儿，就豪迈地答应了。我把百子带到水道桥车站入口的桥上去，摘下项链，交到百子手里，教她亲手丢到肮脏的河里。在冬天的落日余晖中，百子将闪闪发光的纪念章高高举起，狠狠地掷到那恰好驶过一艘驳船的、满是臭烘烘的污泥的河面上。她激动得好像杀了一个人似的，气喘吁吁地紧紧抱住了我。行人纳闷地看着我们。

上补习班的时间快要到了，明天是星期六，我们约好下午见面，就分手了。

× 月 × 日

总之，我叫百子按我口授的那样给汀写了一封信。

那个星期六的下午，我不知对百子使用了几百回"爱"这个字眼儿。我说，既然我这么爱百子，百子也这么爱我，为了除掉灾害，两个人只得合谋写一封假信。

我们在神宫外苑的滚球馆碰头，玩了一会儿滚木球戏，然后相互勾着指头穿过外苑，一路上，冬天那暖洋洋的阳光将银杏树影投在我们身上。我们在青山大街上的一爿新开业的茶馆里落座。我随身携带着一个纸袋，里面早已装好了信纸、信封和邮票。

散步的当儿，我也像施行麻醉似的不断地在百子耳际谈情说爱。不知不觉之间，我把百子和疯姑娘绢江看成一个

206

人了。我觉得只有在彼此的爱情绝不能交融的情形下，在这一任何人看来都显然是错误的概念下，才能轻松地喘口气。

不论是相信自己是个美女的绢江，还是相信自己被爱着的百子，在否定现实这一点上是毫无二致的。所不同的是，百子需要别人的帮助，绢江却连别人的话都不需要。倘若能够把百子提高到那个地步就好了。我倾注在教育上的热情，也说得上是爱情，所以念叨"我爱你"未必就是瞎话。但是像百子这样一颗对现实予以肯定的灵魂，却动不动就想否定现实，岂不是在方法上有矛盾吗？要想把她变成像绢江那么个敢与全世界战斗的女人，谈何容易。

然而，"我爱你"这句经文反复诵过无数遍之后，就会使诵者的心灵多少起点变化。我几乎感到自己是在爱着，爱这个禁句突然间奔放起来，心里似乎有一种陶醉的感觉。当一位飞机教练搭乘那由蹩脚的初学者驾驶的飞机之际，就不得不做失事的思想准备。诱惑者与这位教练何其相似。

百子不愧是个落后于时代的少女，只要求得到纯粹"精神上的"保证，所以单凭话语就能充分报答她了。在地上清晰地投下影子的、飞翔的语言，这不正是我固有的语言吗！我生来就是专门这样使用语言的。那么（这种伤感的说法惹我生气），我向人隐瞒的本质上的祖国语言，恐怕就是爱的语言。

只要癌症患者并不知道自己患上了这么个不治之症，家属就会成百遍地不断念叨：

"准能治好的。"

我就像这个家属似的，一边沿着冬天的树影编织出优美图案的道路踱步，一边怀着满腔热忱向百子表白爱情。

在茶馆落座后，我已跟百子商量并用听从她的意见的口吻，向她说明了汀的性格，并约略谈了谈对付汀的巧妙战术。所谓汀的性格，当然是我杜撰的。

我告诉百子，汀没那么好说话，即使对她说："百子是我的未婚妻，对我一往情深，请你务必和我分手吧。"她也绝不肯答应。这么一来，她会蔑视我，并进一步做一些怄我生气的事。她是个与"爱"做斗争，豁出命去暗地里破坏爱情的女子。她打定主意要在所有那些迟早要结婚并装出一副好丈夫的样子的年轻男子身上打上自己的烙印，从而背地里嘲笑其他一切人的婚姻生活。然而就连这样一个女人也有好说话这一弱点。在爱情面前她是毫不留情的，但正因为她本人富有，对那些"为生活而斗争的女人"，她一向怀着奇妙的敬意，寄予同情。我经常从汀嘴里听到这样的事例。最能打动汀的心的莫过于向汀哀告说："尽管我并不爱透，但由于金钱和生活上的需要，有你这么个人就碍我的事。"那么，怎么办才好呢？

百子说：

"我只要假装是这么个女人：完全不爱你，光为了钱和生活才需要你——不就成了吗？"

"对，就得这样。"

这个假设使百子忽然欢蹦乱跳起来。她像做梦般地说，要是这样的话，多好哇。

百子刚才还那么苦恼，态度突变，蹦跳得过于快活而天真烂漫了，弄得我有点生气。百子又说：

"而且也不完全是凭空捏造的。爸爸妈妈拼命隐瞒，我也没跟人家说过，其实我家的经济情况并不怎么好。银行里有些纠纷，我爸爸把全部责任都承担下来了。家乡的土地也统统抵押出去了。爸爸是个老好人，大概受了坏蛋的骗。"

百子就像是在学校举行校庆时上演的戏中派上了角色的少女一般热衷于把自己幻想成一个卑鄙的女人（她认为在现实生活中这是根本不可能的）。就这样，我发挥了百子的意思打了腹稿，并由百子在茶馆的桌子上写下这一封长信：

"汀小姐：

"这是一封向您请愿的信，务必读完吧。说实在的，我央求您不要再和透君交往啦。

"下面，我尽量坦率地写明个中原因。我和透君小小年纪就订了婚，然而我们不是由于相爱而结合的。我认为透君是个好朋友，但我从未对他有过超过友谊的感情。我真实的想法是：正如家父所说的，透君的父亲年事已高，没有多少年好活了，倘若给像他们那样的富豪家当媳妇，将来全部财产都由透君一个人继承。透君家又没有整天挑三窝四的三婆两嫂，我嫁给聪明的透君，就可以享受自由阔气的婚姻生活。再说，家父所从事的银行工作也有种种难言之苦，经济拮据，想向透君的父亲告帮。老人家百年之后，还指望透君

209

本人拉他一把。总之，有各种各样的情况。我非常爱家父家母，如果此刻透君移情于他人，全盘计划就要告吹，前功尽弃。说真格的，就金钱而论，这桩婚姻确实是重要的。我认为世界上再也没有比金钱更重要的东西了。我并不觉得这种想法是无耻的。抽掉这个因素，而空谈什么爱啦恋的，这才是不可思议的事呢。对汀小姐来说，也许只是逢场作戏而已，至于我呢，全家孤注一掷的重要计划却受到了妨碍。我并不是说，因为我爱透君，所以请您和他分手。我是作为一个比我的外表成熟得多的、头脑冷静的女子在这里申诉的。

"您也许会认为，那么我偷偷地和透君交往，又碍着你什么事啦？您这么想就错了。因为纸里包不住火，从现在起就让透君觉得我是个只要有钱对什么事都可以睁一只眼闭一只眼的女人，这样对我就太不利啦。正因为图的是钱，我得监视透君，维护自尊心。

"切勿把此信拿给透君看。一个做女人的，非万不得已，是不会写这种信的。倘若您是个刁妇，就会把此信当作自己取得胜利的工具，马上出示给透君，从而促使透君的心离开我。但这下子您就犯下从一个女人手中夺走生活上不可或缺之物（而不是爱）的罪，毕生者将受尽折磨。咱们两个人都谈不上有什么心灵方面的问题，请您冷静地予以处理。假若你把此信拿给透君看了，我一定杀死您，而且是用不同寻常的方法。

百子"

百子依然兴高采烈地说：

"这最后一句真是令人胆战心惊。"

我也笑着说：

"要是我看了这封信，那还了得。"

"你已经看了，就不打紧了。"

百子说着，把身子挨过来。

我又让百子写了信封上的地址、姓名，贴上快信邮票，两个人手牵手到邮筒那儿去投邮了。

× 月 × 日

今天我去找汀，请她把百子的信给我看看。我装出一副气得发抖的样子读罢信，攥在手里离开她的住处。从补习学校回来后，深夜我到父亲的书斋去，以万分悲痛的神情，将这封信递到父亲面前……

（透的手记——完）

二十五

通常是十五岁进高中，透却是十七岁入的。昭和四十九年他就二十岁了，将在成年的同时入大学。升入高三后，每天都忙于准备功课，以便投考大学。本多怕透用功过度，损害健康，对他体贴入微。

高三这一年秋季的一天，本多想叫透哪怕周末吸吸大自然的空气也是好的，透却不答应，说是怕耽误功课。他便硬把透拖出去了。透表示不能出远门，但想看看好久没见到的船，本多便驱车将他带到横滨，打算在归途请他在南京街吃晚饭。

十月初的那一天，不巧多云。横滨是个天空开阔的城市，他们在南大栈桥下了车，仰望天空。只见遍布粗糙的鳞云，东一处西一处闪着斑驳的白光。硬要去找蓝天的话，远远地在中央大栈桥上端，倒是有蓝天的余韵般的东西，像是钟声的淡淡的余韵似的。但是若隐若现，快要消失了。

刚一下车，透就低声道：

"要是给我买辆车，我就可以自己驾驶，把爸爸送到这儿来。雇个司机，多浪费呀。"

"不行，不行，等你考上了东大，我准给你买一辆作为祝贺。再忍耐一个时期吧。"

本多派透去买迎送台的票，倚着手杖，郁闷地抬头望着跟前那非爬上去不可的台阶。他晓得如果爬的时候有困难，透会搀扶他的，但是在大庭广众之下他尽量避免这样做。

一到港口，透的心情就舒畅了。来之前他就知道了这一点。不仅是清水港，不论哪一个港口都有一种透明的特效药，适合于透那天生的性灵，药到病除。

眼下是下午两点钟。标出了上午九点停泊在港内的船只的名字:巴拿马船 Chung Lien[①] Ⅱ号，2167 吨;苏联船;中国船海义号，2767 吨;菲律宾船棉兰老号，3357 吨。从纳霍德卡搭载大批日本船客归来的苏联船巴巴洛夫斯克预定于两点半左右入港。登上迎送台后，从那个位置刚好可以俯瞰那些船只的甲板，对于看船来说，高度适中。

父子二人站在对着琼连号船首的地方，俯视着熙熙攘攘的港口。

每个季节，这对父子都像这样默默地并肩而站，各自面对着广阔的风景。兴许这是最适合于本多家父子的姿势。他们彼此都知道，一旦相互沟通思想，就会产生罪恶，所以两个人之间就维持着这么一种"关系":以风景为媒介，各想各的心事。这么说来，父子是把景色当作巨大的自我意识过滤器了。宛若靠这过滤器把

① Chung Lien 的音译是琼连。

213

盐分很重的海水变成能够饮用的淡水似的。

琼连号前面是舢板聚集的地方，令人感到漂流到一起的木片重重叠叠地忽浮忽沉。码头的混凝土地面上，像是小孩子跳房子玩留下的痕迹似的，横七竖八地潦潦草草写着"禁止停车"字样，延画着直线。不知打哪儿飘来了淡淡的烟，并不断地传来发动机的震动。

琼连号的船腹上那黑色涂饰已老化了，黑色船首弯曲的部分，散布着用鲜艳的柿色防锈剂画的花样，宛若从空中拍下的港湾设施的照片。长了青锈的无杆锚像一只巨蟹一般叼住了锚链眼。

本多已经把注意力转到琼连号的装卸工作上了。他说：

"不知装载的是什么货？又细又长，包装得严严实实，像是一卷卷大挂轴似的。"

"不会是挂轴吧？木箱里也不知道装的是什么。"

本多因儿子也不知道而感到满足，他倾听着装卸工相互吆喝的声音，细心地看着自己毕生未参加过的劳动场面。

可惊的是，在他这漫长的一生中，打娘胎里带来的肉体、筋肉以及各个器官（头脑除外），统统闲置未用，却十分健康，还拥有花不完的钱。然而本多并未进行独立思考，也未发挥独创精神，只是冷静地予以分析，判断得准确而已，结果就发了大财。额上淌着汗从事苦役的海上搬运工人这种眼睛看得见、画上也描绘过的劳动场面，绝不会使本多在"良心上"受到苛责，让他苦恼的是对自己的一生有了隔靴搔痒之感。他觉得，映在眼帘里的所有那些风景、事物以及人体的活动，并非自己所接触、而从中获得利益的现实本身；自己所看到的是一堵不透明的墙，涂满了呛人而气味浓烈的油彩颜料的墙。它存在于看不见的现实与从中获得利益的看不见的人之间，不断地对双方予以嘲笑。而且生龙活虎般地出现在油彩颜料壁画上的那些人其实是紧紧地被机构所束缚，委委屈屈地受着别人的指使。本多从未希望过做这样一个被指使的不透明的人物，但毫无疑问，像船一样扎扎实实地把锚抛在生命与存在中的也正是他们。想起来，这个社会只肯对某种牺牲付出代价。对生命与存在做出的牺牲越大，所获得的才智也越高。

时至今日，已用不着重视这样的叹惋，本多只消扫视那不断地跃动着的事物，求得赏心悦目便罢了。他揣想着自己死后照旧入港，出航，驶向阳光灿烂的各国的船只。这个世界失去了他，无疑地依然充满了希望。倘若他是个港口的话，不论那是多么陷于绝望的港口，也得允许几多充满希望的船只停泊吧。然而本多连个港口都不是，向世界也罢，向海洋也罢，如今他都可以宣告道：而今自己已是个彻头彻尾无用的人了。

倘若他是个港口呢？

他看了看站在旁边专心致志地望着装卸工作的透的身姿，这是停泊在"本多港"里的独一无二的小船。这艘船与港口一模一样，休戚与共，永远拒绝出航。至少本多知道这一点。小船是用混凝土和码头连接在一起的。本多想：这是一对理想的父子。

眼前，琼连号那巨大的船舱咧着黑咕隆咚的口。货物一直堆

215

到舱口外面来了，爬到货山上的装卸工们，从船舱里探出穿着绛紫色毛衣或围了夹金丝的绿毛线腹带的上半身，黄色盔形安全帽歪到后颈上，朝那从空中压下来的起重机喊叫着。人字起重机呜呜呻吟，把那错杂的铁索震得直颤悠；靠装卸工们的手缠上去的货物过一会儿就浮上天空，不安定地摇摆着。随着这摇摆，停泊在对岸中央码头的白色客货兼运轮那金色船名一隐一现的。

戴船员帽的士官在监工，大声喊叫着什么，咧嘴笑着，看来是用什么粗野的笑话在激励装卸工们。

货物永远也卸不完，父子看腻了，便徐徐移动脚步，来到能够轮流打量琼连号的船尾和停在它后面那艘苏联船的船首的地方。

琼连号的船首那么热闹，船尾那低矮的楼上连个人影儿都没有。朝着不同方向的通气孔。胡乱堆积起来的废材。铁箍上生了锈、无比污秽、古色古香的酒桶。挂在白栏杆上的救生圈。各式各样的船具。像蛇一样盘成一团的绳缆。从橘色遮篷下露出来的救生艇那白腹上的美丽纤细的苍白皱褶……再有就是摆在巴拿马国旗旗杆底部那盏没有捻灭的旧式提灯。

那也恰似构图极其复杂的荷兰派静物画，海洋黯淡的反光给每样东西都涂上忧郁色彩；好像是在毫不遮掩地午睡着，借以打发船上这段悠长而倦怠的时间，把本来不该让陆上的人看到的耻部都裸露了。

装有十三座巨大的银色起重机的苏联船，昂起黝黑船首，紧挨在后面，从盘踞在锚链眼那儿的巨锚上淌下来的赤锈，像红色

216

蜘蛛丝般地在船腹上留下一幅工笔画。

将这两艘船拴在岸上的绳索，各自雄伟地把风景划分了。每艘船有三条粗索相互交叉着，到处都起了毛，耷拉着马尼拉麻的胡须。眼前耸立着两扇巍巍不动的庞大铁屏风，夹缝里可以窥见港口那片刻不停地忙碌着的情景，每逢舷边排列着黑色废轮胎的小汽艇和领港员专用的流线型小白船来来往往，就划出一条光滑的航路，昏暗的水面也暂且平息了。

透想起了经常在假日独自去欣赏的清水港的景观。每一次他都从心里舒出一口闷气；接触到从整个港口那硕大无比的胸腔里发出来的叹息般的东西；钢铁的轰隆、发动机的震响、人们的吆喝不断地传到耳际；于是，他同时尝到压迫与解放的滋味，充满了愉快的空虚感。此刻又引起了同样的感触，但又觉得父亲待在身边是碍事的。

本多说道：

"跟滨中家那个姑娘是初春解除婚约的，如今看来，反而好了。你也能够像这样埋头读书了，情绪好像也安定了，所以现在不妨和你谈谈。都怪爸爸，不该轻率地接受那么一档子亲事。"

透内心里感到厌烦，却又带着几分少年的哀愁和爽朗说：

"不要紧的。"

然而本多并未就此打住话头。他的本意不是向透表示道歉，而是提出一直没有找到机会的这么个问题：

"但是姑娘那封信写得多么愚蠢哪。我一开始就知道他们家贪图的是钱，打算对此睁一只眼闭一只眼，可那个小丫头竟然说得如此露骨，不管怎么说也令人败兴啊。她的父母一个劲儿地替她辩解来着。给那位介绍人看了那封信后，弄得他哑口无言。"

那件事发生后，父亲始终只字未提。如今一旦开口，却一句接一句地使用过于不加修饰的言辞，从而触犯了透。透凭直觉晓得，父亲固然因他和百子订婚而高兴，同样地也为他们解除婚约而高兴。

透将双肘支撑在迎送台的栏杆上，没有看父亲的脸，回答说：

"但是，跟咱们家攀亲的，还不都是这么回事。正因为百子是个老实人，咱们才得以及早采取措施，不是蛮好嘛。"

"我也说，那档子事那样结束是蛮好的。可你也用不着从此就死了这条心，不久还会找到个好姑娘……可是，话又说回来了，那封信……"

"这会子怎么又嘀咕起那封信来啦？"

本多轻轻地用胳膊肘戳了戳透的肘。透觉得，用肘戳自己的不啻是一架骸骨。

"那是你教她写的吧？是这么回事吧？"

透并不曾吃惊。他已预料到父亲迟早会提出这个问题。

"如果是的话，又怎么样呢？"

"不怎么样。我只是想指出，你学会了人生的一个处理方法。不拘怎样，这是一种黯淡的方法，一点也不傻。"

这句话激起了透的自尊心。

"我也不愿意让人觉得自己是个傻男人。"

"但是，从订婚到解除婚约为止，你不是成功地扮演了一个

218

傻男人的角色吗？"

"凡事都不过是顺从了爸爸的意思而已，对吧？"

"可不是嘛。"

老人朝着海风龇牙而笑，透看了，不禁毛骨悚然。父子真是想到一块去了，这一点几乎使透动了杀死老人的念头。他明知道，只要将老人从这个迎送台上推下去，就能立即送掉老人的命，但一想到连这个念头都被老人所觉察，少年的心畏缩了。他不得不经常和一个想彻底了解自己，而且有能力了解自己的人生活在一起，这是令他无比忧郁的事。

父子没有再说什么话，他们在迎送台上绕了一圈，然后眺望了一会儿横靠在相反方向的码头上的菲律宾轮船。

眼前有一扇客舱的门是敞着的，可以瞥见铺着亚麻油毡的走廊。油毡满是瑕疵，发出暗光。拐弯处通到下面的楼梯铁扶手也尽收眼底。阒然无人的短短的走廊暗示着，不论在多么遥远的海上航行，总离不开人类生活那一成不变的日常性。在这艘果敢的白色巨轮中，唯独此处代表着哪一家都有的、无聊而幽暗的下午那冷清的走廊的一角。宛如人丁不旺，只有老人与少年的宽敞房屋的走廊。

突然间，透的身子使劲一动，本多吓得缩起脖子。透从手提包里掏出卷起来的大学笔记本（一霎时，封皮上用红铅笔写的"手记"二字映入本多的眼帘），远远地猛掷到菲律宾轮船后尾的海水里了。

"干什么？"

“是不要的笔记本，乱写的。”

“这么做会挨说的。”

但是四下里没有人，只是刚巧站在菲律宾船船尾的一个船员，吃惊地将视线移向海面。用橡皮圈箍着的笔记本仅在波浪间一晃就沉下去了。

这当儿，看见了船首标着红星、用金字写上巴巴洛夫斯克号这一船名的白色苏联客轮，被拖船拽着，缓缓地朝着同一座码头驶来了。拖船的桅杆红得像煮熟了的、长满了刺的大虾。客轮即将停靠的码头那儿，迎送台栏杆后面簇拥着前来迎接的人们。他们踮起脚尖，头发被海风吹得摇曳着，娃娃骑在大人的脖子上，早已性急地扬手喊叫着了。

二十六

庆子义愤填膺，甚至不屑于向本多打听一下透究竟打算怎样过昭和四十九年的圣诞节。尤其是自从九月里发生了那件事以来，这位八旬老人对什么事都怀着恐惧。本多过去那种精明劲儿已消失殆尽，凡事无不低三下四，态度显得战战兢兢，随时被不安所威胁。

这一切并不光是九月的事件造成的。自从当上养子以来，前后大约四年似乎是平静的，透的变化并不明显。可是这一年的春天透成年了，考入了东京大学，于是发生了天翻地覆的变化。透突然残忍地对待起养父来。养父一违抗，马上就挨拳头。有一次，本多被透用壁炉的火钩子打破了脑门，只得撒谎说是跌倒受的伤，到医院去治。从此，他急切地迎合透的心意。另外，透晓得庆子是袒护本多的，因而总是戒备森严地以冷酷的态度对待她。

多年以来，可能会朝着本多的财产拥来的亲戚，他一概予以疏远，所以而今没有一个同情他的。事态的发展使当初曾反对他过继透的那帮人恰如所愿，心里称快。然而他们完全不相信本多的申诉，以为这不过是老人为了赢得同情而发的牢骚。他们看到透后，反倒同情他，只认为这个眼睛很美、看起来那么纯洁的小伙子在诚心诚意地照看着老人，由于老人猜疑心重，反而叫他背上黑锅。他辩解起来头头是道，别提多么有礼貌了。

"给您添麻烦啦，是谁到您那儿去搬弄这种无聊的是非的？准是久松家的大妈吧？她为人善良，可是不论家父说什么，她都信以为真。是啊，近来家父昏聩得厉害。还患了被迫害妄想症。大概是当守财奴，慢慢地就变成那样子。他把住在同一个屋檐下的儿子都当成了贼，我年纪又轻，忍不住就回嘴，于是他到处造谣说我欺负他了。前些日子他在院子里摔了一跤，脑门子撞在老梅树上，却向久松家的人们告状说，我用火钩子打了他。而且庆子大妈对他的话立即相信，弄得我没有立足之地。"

从这一年的夏天起，透收留了清水的狂女绢江，让她住在厢房里。关于此事，他是这么解释的：

"啊，那件事嘛，她真是个可怜的姑娘，我在清水工作的时候，多蒙她照看。她在家乡遭到大家的嘲笑，小孩子们净欺负她，她总是念叨想到东京来。我就跟她的父母商量了一下，把她收留下来。要是送到精神病院去，就会给杀死了。她又是个温顺的疯子，从来不害人。"

在泛泛之交中，透受到每一个长辈的喜爱，及至他们快要对他生活中的一些问题插嘴了，他就巧妙地对他们敬而远之。世人毋宁认为，像本多这么个充满睿智的人，终于患上了老年性谵妄症。人们对本多二十几年前侥幸致富一事记忆犹新，所以对他的感情中也有嫉妒心在作祟。

透的一天。

他用不着再去看海，也不必再去等船了。

其实连大学都不必再去了，他是仅为了取得世人的信用才去的。步行的话，连十分钟都用不了，可他故意开车去。

然而他还保持着准时醒过来的习惯。由窗帘的明暗来推测是晴是雨，并检查一下自己所支配的世界的秩序。欺瞒和罪恶是否进行得像时钟那样准？是否谁都没有留意到世界已经被罪恶所支配？一切都毫无差错地按照法律进行，然而哪里也找不到爱的那种状态，是否好好地保持着？人人都对他的王权感到满意吗？罪恶是否以诗的形式透明地覆盖着人们的头？"属于人性"的东西是否仔细地予以排除？热情是否周到地被当成笑料？人们的灵魂是否真正死亡了？……

透相信，只要自己这双白皙美丽的手温文尔雅地伸到世界上，世界就不可避免地会患上什么美丽的疾病。也难怪他总是相信意想不到的幸运会降临。刚抓住一个好运，另一个出乎意料的红运又会到手。那个贫穷的少年通信员不知由于什么缘故就被一个不但富有，而且一条腿已伸进棺材的老人收为养子了。下一次某国的国王该来要他去当王子啦。

他叫人在寝室隔壁修了个淋浴室，就连冬季，他都跳进去冲冷水澡。为了完全清醒过来，这是最好的办法。

水冰冷得身子不由得往后退，心脏的跳动加快了。胸脯恰似被透明的水鞭抽打着，肌肤仿佛扎进了几千根白银针。暂且让脊背来对抗水的冲击吧。又掉过身来面向着水，发觉心脏还没有习惯于冷气。胸部宛若紧紧地被铁板所压，裸体被箍在瘦小的水铠里。他不停地旋转着身子，就好像被水绳吊起来，拧来拧去似的。肌肤好容易苏醒了，焕发着青春的皮肤将水弹成飞溅的水珠。这时，透便高举左腕，让水冲洗腋窝，盯视着那三颗黑痣。它们活像激流底下的三颗小黑石子儿，透过水闪闪发光。那正是谁都不曾留意的"被选者"的标志，平素间把翅膀折叠起来，上面这斑纹就遮住了。

冲完淋浴，擦干身子就按铃。浑身已热乎乎的。

女佣阿常的任务是将早饭准备停当，一招呼就送进房间来。

阿常是他从神田的一家茶馆挖来的姑娘，对他唯命是从。

只不过两年前，透才跟女人发生关系，但他立即晓得了女人会如何效忠于一个根本没有爱情的男子这一规律。他还有本事马上分辨出哪个女子肯绝对听他的话。而今他已把可能会站在本多一边的女佣统统轰走了，并雇来几个自己看中后与她们睡过觉的姑娘，称她们作侍女，当女佣使唤。阿常是其中最愚蠢而乳房最大的一个。

他叫阿常将早饭摆在桌上，用指尖捅捅她的乳房，作为早晨的见面礼。

"胀鼓鼓的。"

"嗯，劲头十足。"

阿常面无表情，却谦恭地说。她那看上去浑身都郁积着什么的热得难受的肉体，整个体现着谦恭。尤其谦卑得像井一样深陷的肚脐眼儿。阿常却长着一双与身子不般配的线条很美的脚。她自己也知道这一点，透曾看见，当她端着咖啡沿着茶馆那坑坑洼洼的地板来来往往时，就像猫蹭着灌木走过去似的，用自己的腿肚子蹭着长势不好的橡皮树（那原是租来的）下边的叶子。

透忽然想起来了，就走到窗边，俯瞰院子。睡衣是敞着的，任晨风吹拂那裸露的前胸。这正是本多一起床就在院子里散步的时刻，他至今顽强地坚持这个习惯。

老人拄着拐杖穿过十一月的旭日那一道道光辉，脚步蹒跚地踽踽独行，他朝着透微微一笑，摆摆手，用勉强听得见的声音有气无力地道了声"早安"。

透也微笑着摆摆手说：

"嘿，还活着哪。"

每天早晨透都这么打招呼。

本多依然面带笑意，躲着危险的踏脚石，默默地继续散步。要是出言不慎，指不定会飞来什么样的横祸呢。只要忍住这片刻的屈辱，至少在傍晚之前透是不会回家来的。

有一次他靠近了透一些，就招来了这么一句：

"老头儿真脏。太臭了，给我滚开。"

本多气得面颊发颤，然而无言以对。倘若是大声斥责，他还有办法顶嘴。但是这种时候，透一向是在苍白的脸上泛着微笑，用美丽纯洁的眼睛注视本多，冷静地喃喃地这么说。

透嘛，跟老人一道生活了四年，越来越厌恶他了。那丑陋无力的肉体；为了弥补这种无力而喋喋不休地说些无聊的话；同样的话要令人厌烦地唠唠叨叨重复五遍；每次重复，都下意识地对自己的话产生令人焦躁的满腔热情；老人的自大、卑屈、吝啬；还百般爱惜自己那不值得爱惜的身体；一味地怕死，怯懦得招人讨厌；装出一副对什么都予以宽恕的神气；布满老人斑的手；像尺蠖般的步伐；无耻的叮嘱与恳求交加的每一个表情……这一切无不使透感到厌烦。然而整个日本净是老人。

透又回到座位上吃早饭。叫阿常站着伺候，替他倒咖啡。关于面包烤得够不够焦，挑上点毛病。

透有一种迷信，认为比什么都重要的是从大清早起心情就极其舒畅。早晨应该像是一颗完美无瑕的水晶球。他之所以能够忍受通信员这么个令人厌倦的职业，乃是因为单凭眼睛去看的工作，绝不会损伤他的自尊心。

有一次阿常说：

"我以前待过的那家茶馆的老板，给透先生起了个外号叫龙须菜，说是因为又青又细溜。"

当时透正在抽烟，他一声不响地把燃着的香烟按在阿常的手背上。阿常尽管愚蠢，从此甚至对话语里细微之处都很留神了。早晨伺候吃饭的时候，她格外当心。四个侍女轮流值班，其中三个轮换着照应透、本多和绢江的饮食起居，另外有一个候补。给透送早饭的女子，当天晚上陪他睡觉；但是一完事马上就被他赶出去，所以不能在他的寝室里过夜。每一个女的每四天接受一次透的爱抚，赶上候补的女子挨个儿每周休息一天，可以外出。这个制度执行得很出色，女人们当中又没有纠纷，对此，本多暗暗佩服。透着实让她们自自然然地服从命令。

透对她们训练有素，教她们管本多叫作大老爷，凡事一无疏漏；偶尔登门拜访的客人总是夸奖说，这年头哪家也找不到这么漂亮、有教养的女佣。透一方面让本多过着充裕的生活，另一方面不断地侮辱他。

吃罢早饭，穿好衣服，透在上学前必然到绢江所住的厢房去。绢江已化妆毕，身穿便服，躺在檐廊上的睡椅上迎接他。近来她借着装病来卖弄风情。

这种时候，透总是以极其甜蜜、坦率的温存对待丑陋的狂女。他坐在檐廊上说：

"早安，觉得身体怎么样？"

"托你的福，今天蛮好……不过，当一个多病的美女，早晨细心地化了妆，慵懒地靠在睡椅上说'托你的福，今天蛮好'的那一霎时，世界上就会充满短暂的、无与伦比的美。这种美像沉甸甸的花儿一样摇曳着，一闭上眼睛就罩在眼皮上。怎么样？这是我唯一能够用来向你报恩的东西。我非常感激。除了你，世界上再也没有无所求于我、充分满足我的愿望的温柔的男人了。而且来到这儿以后每天都能见到你，哪儿也用不着去了。只要没有你的养父就好了。"

"放心吧，他快完蛋啦。九月的事件已彻底解决了，打那以后一切都挺顺当。明年就可以为你买一只钻石戒指啦。"

"好高兴。我每天都把这作为盼头儿而活下去。今天还没有钻石，就用花来代替吧。今天要院子里的白菊花。你肯替我摘吗？真高兴。不是那个，我要栽在花盆里的，要那朵花瓣像丝线那样耷拉下来的大白菊花。"

本多精心侍弄的盆栽菊花，透竟毫不吝惜地撅折了，随手递给绢江。绢江像个病美人儿似的懒洋洋地用指尖旋转那一大朵菊花，嘴角泛出一丝凄笑，随后把菊花插在自己的头发上，说：

"那么，你去吧。学校要迟到了。上课的时候也经常想着我点儿。"

她说罢，挥手告别。

透到车库去，将钥匙插进野马牌跑车的发动机里。这是为了庆祝今年春天考入大学，他叫父亲给买的。既然船那笨重而神秘的机器能够如此优美地划破碧波，激起水沫前进，留下一道航迹，那么拥有八个汽缸的野马牌那敏锐纤细的机器，又怎么能不踢散庸庸碌碌的人群，在一堆堆肉体上横冲直撞，让鲜红的血肉横飞，犹如船所溅起的白色浪花一样！

然而它被控制得很安详，受到抚慰和抑制，被迫做出一副温和的样子。人们像欣赏利刃发出的光辉似的，对那锐利的跑车赞叹不已。为了证明自己不是凶器，它硬逼着自己微笑，喷上一层漂亮油漆的发动机罩闪闪发光。

正赶上早晨上班时间，本乡三丁目一带交通拥挤，这辆时速达 200 公里的车，只能按照规定的每小时 40 公里的极限速度行驶，这本身就无非是严重的自我冒渎。

九月三日的事件。

这是那天早晨透和本多之间所发生的小小争执的延续。

幸而整个夏季本多都在箱根避暑，才得以未和透见面。自从御殿场的别墅焚于火灾，本多就不愿意再要别墅了。他把御殿场的火场撂着不管，每年都到箱根的旅馆去消夏，因为他的身体一年弱似一年，越来越耐不住暑热了。透情愿留在东京，和朋友一道驾车去旅行，到处游山玩水。九月二日晚上本多返回东京，二人久别后打了照面。透的脸被太阳晒得黧黑，那双亮晶晶的眼睛里燃着怒火，使本多恐惧万分。

三日早晨，本多到院子里去，不禁喊道："紫薇怎么啦？"栽在厢房前面的一棵老紫薇树，从根上被伐倒了。

七月初就搬到厢房来的绢江，整个夏季都在家里。说起来，自从额头被打伤后，本多愈益害怕透，透说要把绢江接到家里来，本多百依百顺。

透听见他的喊声，就左手攥着火钩子到院子里来了。透的寝室是把接待上宾用的客厅改造而成，全家唯一的壁炉还留在那里，即使夏季，炉端的钉子上也挂着火钩子。

透当然晓得，只要他拿着火钩子走出来，曾经被打破额头的本多就会像狗一样吓得要死。

本多两肩战栗着，费最大的气力说道：

"拿出这么个玩意儿干什么？这一次我可要报警了。上一次认为家丑不可外扬，只好忍气吞声，这一次可不能便宜了你，你等着瞧吧。"

"你不是也拿着手杖吗？用来自卫好了。"

本多一心盼望着九月初回家后，可以欣赏盛开的紫薇花与打磨得像白癜风患者的皮肤那么光滑的树干交相辉映，那是别有一番情趣的。可是及至回来了，院子里却没有了紫薇树。制造这个与以前的院子迥不相同的新院子的，无非是阿赖耶识①。院子也会转变的。刚刚想到这里，另外又产生了怎样也抑制不住的愤怒，他就喊起来了，但是边喊边胆战心惊。

其实不过是这么回事：绢江搬来后，梅雨季节过去了，厢房前的紫薇怒放。绢江讨厌这花，说弄得她头疼。最后竟一口咬定，本多是出于把她逼疯的阴谋才在眼前摆了这种花。因此，本多到外地避暑后，透便替她把树砍了。

绢江本人躲在厢房尽里边的暗处，连面都不露。透怕被本多抓住把柄，所以未把此事的原委告诉他。

本多以稍微让步的声调问：

"是你砍的吧？"

透爽朗地回答说：

"嗯，是我砍的。"

"砍它干吗？"

"那棵树已经老了，不要它啦。"

透脸上泛出了优美的微笑。

---

① 阿赖耶识是梵文的音译，意译为"无没识"，系"八识"之第八识。此识为物质世界和自身的本源，也是轮回果报的精神主体和由世间证得涅槃的依据。

在这种时候，透让一面厚玻璃墙咴溜咴溜地落在他眼前。那面从天而降的玻璃墙是用与早晨清澈的天空完全一样的材料做成的。本多坚信，从这一瞬间起，任何喊叫和话语都传不到透的耳际了。对方大概只能看到本多那两排一张一闭的假牙。本多已经装上了与有机体风马牛不相及的无机物做成的假牙。局部的死亡老早就开始了。

"哦……哦……那就算了。"

那一天，本多一直躲在自己屋里，连动也没动一下。"侍女"送来的饭菜，他只尝了一两口，便叫她撤下去了。他清清楚楚地想象得出，"侍女"会到透那里去这么汇报：

"老爷爷闹别扭哪，可了不得。"

说实在的，这个老人的苦恼也许仅是"闹别扭"而已。本多自己也知道这种苦闷太不值得了，完全没有辩护的余地。一切都是本多引起来的，不能归咎于透。连透的变化都丝毫不足以大惊小怪。第一次见到这个少年时，按说本多已经看穿了他有多么"邪恶"。

一切都是咎由自取，可是眼下这个想头给予他的自尊心的创伤，诚然是深不可测。

自从上了岁数以来，由于讨厌冷气，又害怕楼梯，本多就在楼下那隔着院子可以看到厢房的十二铺席的房间里起居。这个书院结构①的房间是这座房子里最古老阴沉的屋子了。本多将四

---

① 日语原文作"書院造"，是日本式住宅的传统建筑方式，特点是有扇凸出到檐廊上的窗户，窗内设有固定几案。系过去武士家庭的书斋兼客厅。

个亚麻面棉坐垫排列起来，忽而在上面躺一躺，忽而又蜷伏起身子，这样来打发光阴。他把纸窗全拉得严严的，听任室内越来越闷热。时而爬过去喝桌上那水壶里的水。水温暾得仿佛被太阳晒过似的。

悲愤交集的结果，似乎处于假寐状态，似睡非睡、懵懵懂懂地消磨着时光。要是闹个腰痛，倒还可以分分心，偏偏这一天只是浑身疲乏无力，却哪儿也不疼。

他好像遭到了不合理的厄运，但那不合理的东西上却刻有微细准确的刻度，宛如配一服微妙的药似的，而今正在起着预期的效验。念及此，就更难以忍受了。按说本多进入老境后，已彻底摆脱了野心、面子、权威、理性，尤其是感情，而获得了完全的自由。但是这种自由缺乏晴朗。他应该老早就忘掉什么叫作感触了，然而阴涩的焦躁与愤怒总是像余烬似的在内心里冒着烟，如今又被拨得变成了阴郁的火焰。

在纸窗上移动的阳光，已呈现秋的气息，但他处在孤绝的境地，不像季节的推移那样，有着转换成其他东西的活动的预兆。一切都已停滞，不应有的愤怒、悲伤等就像雨后的水洼子那样，总是留在体内干不透。这一点，他看得清清楚楚。今天产生的感情，已变得犹如过了十个寒暑的腐叶土，然而每一刹那都给予他新鲜的感受。人生不愉快的记忆蜂拥而来。但是他绝不能像年轻人那样不容分说地认定自己这辈子是不幸的。

当阳光移到那扇凸出去的窗户上，从而晓得快要到黄昏时分时，蜷伏着的本多体内产生了情欲。绝非勃然的情欲。而是终日搅和悲伤与愤怒的过程中不知不觉孵化了的淡淡的情欲，仿佛是红色的丝蚯蚓似的在脑子里爬来爬去。

用了多年的司机告老回家了，接着雇的那个在金钱方面不老实。于是本多把车卖掉，出门就坐包租汽车。到了晚上十点钟，他按了按窗前的通话器，吩咐女佣去叫辆包租汽车。他自己取出夏天穿的黑西服和深灰色运动衫，穿在身上。

透不知道到哪儿去了，不在家。女佣们以疑惑的眼神目送着八旬老人的深夜外出。

当汽车驶进神宫外苑时，本多心头的色情变成了一种轻微的呕吐感。相隔二十几年后，他又来到了这个地方。

但是一路上，本多心里燃着的不是色情。他双手扶拐，在座位上一反常态地挺直了腰，嘴里念念有词：

"再忍耐半年，忍耐半年。再忍耐半年……如果那家伙是真的……"

然而，一想到这个保留条件，本多便浑身战栗了。倘若透在满二十一岁之前的这半年之内死掉，本多便可以宽恕一切。小伙子对此一无所知，如今妄自尊大，冷酷无情；本多则是知情的，单凭这一点，他还勉强能忍受。不过，假若透是个冒牌货呢？……

只要一想到透将死去，近来本多便获得莫大的安慰。当他受尽凌辱时，便祈求小伙子快点死，他在内心里已把透杀掉了。犹如透过云彩看太阳似的，他透过小伙子的蛮横冷酷瞥见了死亡，于是，他的情绪安定了，喜上心头，抽动着鼻子以示怜惜和宽恕。这时本多便陶醉在慈悲心那光明磊落的残酷中。说不定这就是过去本多在印度那一无所有的广漠原野上看到光芒后所产生的心绪。

本多身上还看不到明显的绝症的症候。血压基本上正常，心脏也没有什么毛病。他相信，顶多再忍受半年之后，他至少可以比透活得长一些，哪怕一天也是好的。小伙子一旦骤亡，他将能够慷慨地洒下多么安详的泪水啊！在愚昧的世人面前，本多甚至可以扮演一个不幸的父亲的角色——他竟失去了进入老境后好不容易才得到的儿子。带着渗透了甜蜜毒素的静谧的爱，一方面预见到透之死，但另一方面又容忍他的残暴，应该说是有某种快感的。在可预料的前景中，透的暴虐就像蜉蝣的翅膀一样玲珑剔透。人是不会爱比自己活得长的家畜的，生命唯其短暂，才会被爱。

说不定透是因为有某种预感才如此焦躁吧？那就宛如从他过去每天眺望的水平线那边突然出现的前所未闻的怪船一样。说得更确切些，也许是死亡的预感下意识地促使他如此焦躁。想到此，无限的仁慈在本多心里油然而生，在这个前提下，不只是透，甚至所有的人他好像都能够爱了。他体会了一切人类爱的不祥。

然而，倘若透是个冒牌货……倘若本多活不过他，迟早衰老而死的话……

这会子他才知道，方才在体内萌生的好像把脖子勒住了一般的色情，正是这种不安所引起的。倘若自己注定先死，那么何等卑劣的色情他都不能放弃。说不定自己压根儿就命中注定死在这样的屈辱和失算当中。关于透的失算本身，兴许就是命运为本多设下的圈套。如果说像本多这样的人也有命运的话。

仔细一想，透的思想意识过于像本多。长期以来这就埋下了不安的种子。兴许透洞察一切。他完全可能知道自己准会长寿，并看穿了这个相信他将夭折的老人怀着恶意精心对他施行务实的教育，才计划报仇的吧……

八十岁的老人和二十岁的青年之间眼下也许正进行着一场你死我活的白刃战。

这当儿，车子驶入了阔别二十几年的、夜色笼罩下的神宫外苑。汽车是从权田原口进去，向左拐，沿着环形路前行。本多照例在开口之前像烦琐的装饰音似的咳嗽了一通，然后吩咐道：

"继续转，继续转。"

沿着夜晚的树丛转悠时，淡黄色的衬衫的影子在树丛深处一晃就消失了。相隔这么多年，本多心里又勃然产生了那种特殊的悸动。他觉得自己往昔的色情还像去年的落叶似的成堆地东一处西一处留在树荫下。

本多说：

"继续转，继续转。"

车子一个劲儿地向右转，沿着绘画馆后面森林浓荫下的人行道驰去。有两三对男女在漫步，灯光依然像从前那样幽暗。左边蓦地出现了刺眼的光束。在夜晚的公园正当中，高速公路的入口张着许多电光构成的大嘴，宛若无人光顾的游乐场那么冷清。

按说右边这座森林是位于绘画馆左侧的，但是繁茂的夜树甚至把绘画馆的穹顶都遮住了。枝叶一直伸到人行道上，不论冷杉、法国梧桐松等错综的林木，还是成排的龙舌兰，全充满虫声，隔着驰行中的车窗都听得见。本多像昨天的事情似的忆起，那里面的豹脚蚊可凶啦，从东一簇西一簇的草丛里，不时地传来啪啪声，那是在拍打成群地落在裸露的肌肤上的蚊子。

本多叫司机在绘画馆前面的停车场那儿停下了车。他命令司机道："从这儿就可以回去了。"司机从狭窄的额头下瞥了本多一眼。这样的一瞥，有时候会使被看的人感到吃不消哩。本多再一次加重语气说："可以回去了。"他先把手杖拄在人行道上，随即下了车。

绘画馆前的停车场晚上停止使用，旁边竖着"夜间禁止入内"的牌子。一道栅栏挡在车道前面，然而停车场的看守室里灭了灯光，看起来没有人。

本多看清包租汽车已开走了，这才沿着龙舌兰在人行道上慢慢腾腾地走去。龙舌兰的绿叶有点褪色了，富于弹性的叶子仿佛带刺儿似的，像罪恶渊薮一般在黑暗中悄无声息。几乎看不到行人的影子，仅对面的人行道上有一对男女。

本多来到了绘画馆对面，就停下手杖，四下里望着围绕着孤零零的自己的广大构图。绘画馆那穹顶和左右的翼楼耸立着，在这没有月亮的夜晚，显得那么巍峨。前面的方池配以苍白的阳台，馆外长长的灯光像分界线一样投射在朦朦胧胧的鹅卵石上。……左方，大竞技场那又圆又高的外墙上端，没有拧亮的照明灯那盛气凌人的背影划破了天空，尽下边，外灯只照在森林的一部分繁茂的树梢上，用光画出了霭雾般的轮廓。

本多伫立在这连色情的影子都没有的整整齐齐的广场上，忽然觉得自己仿佛站在胎藏界曼荼罗①中似的。

胎藏界曼荼罗是两个根本境界之一，与金刚界曼荼罗相对。莲花是它的象征，表现出胎藏界诸佛的慈悲之德。

胎藏具有含藏的意思，指的是犹如世间卑贱的女人怀上了轮王②的圣胎，凡夫俗子那堵塞着烦恼的心中含有诸佛慈悲的功德。

光辉灿烂的曼荼罗对称得十分完美。不用说，中央的中台八叶院的中心，供奉着大日如来。从那里向东西南北分出十二大院，各尊佛的住处，精确地固定下来，而且左右相称。

如果把矗立在没有月亮的夜空中的绘画馆那穹顶当作大日如来居住的中台八叶院的话，那么隔着池子，本多现在用脚踩着的这条宽阔的车道，要比虚空藏院还偏西一些，说不定相当于孔雀明王所住的苏悉地院一带。

倘若把金色灿然的曼荼罗那按照几何图案密密匝匝排列着的诸佛移到这黑魆魆的森林环绕下的对称的广场上，那么就立刻会把鹅卵石的空白和柏油路的空虚填充起来。到处都挤着一张张充满慈悲的脸，仿佛白昼那耀眼的光突然照在身上了似的。诸尊二百零九尊、外金刚部二百零五尊那众多的佛颜呈现在森林外

① 胎藏界是佛教名词，系梵文的意译。印度密教谓宇宙万有皆大日如来的显现，表现其"理性"（本有的觉悟）方面，称胎藏界。说它具有一切功德，如母胎内含藏子体，故称"胎藏"。曼荼罗是佛教名词，系梵文的音译，意译为"轮圆具足"。密教修"秘法"时为防止"魔众"侵入，在修法处画一圆圈或建以土坛，称为曼荼罗。
② 轮王是传说中的古代印度国王，也叫转轮圣王或转轮王。

面，大地上一片光辉……

刚一迈步，这个幻想就破灭了，到处响起了虫声，夜晚的蝉鸣像缝针一样，一针针地从树荫下穿过。

过去走惯了的路，至今还留在林荫下。那是绘画馆右边的森林。他猛可里哀切地想起，对他的色情来说，青草气味和树木在夜间散发出的芳香曾经是不可或缺的要素。

本多觉得仿佛徜徉在夜晚那布满珊瑚礁的海水里；脚心上感觉到种种甲壳类、棘皮动物、贝、鱼、海马等在蠕动，温暾的海水缓缓地流过脚背，生怕被尖锐的岩角碰伤，小心翼翼地一步一步走过潮水刚刚退去的海滩……本多知道火辣辣的快活复苏了。身体已跑不动，快活却飞快地向前冲。到处都有"动静"。不久之后眼睛就习惯了，森林的黑暗中东一处、西一处散布着白衬衫，活像是大屠杀的残迹。

本多藏在树荫里，那儿已有人捷足先登了。单凭他身上那件黑乎乎的衬衫，就知道是个偷看色情的老手。个子很矮，只及本多的肩膀，以致起初他还以为是个少年呢。后来借着朦胧的光发现那个人头发已经花白，于是本多连听见那个人在自己身边阴湿湿地呼吸着都觉得讨厌。

过一会儿，那个人的视线离开目标，一个劲儿地端详本多的侧脸。本多竭力不去看他，然而那个人的短短的花白头发，鬓角那儿理得笔直，打刚才起他就觉得与一种使自己不安的记忆有关，急于回想那段往事。一着急，就像往常那样阴森森地咳嗽起来了，怎样也抑制不住。

过了半晌，从那个人的呼吸听得出他似乎有了把握并打定了主意。他好像踮起了脚尖，在本多耳边低声说：

"又见面啦。你没有忘掉过去，如今还来呀。"

本多不由自主地掉过脸去，看着老鼠般的小个子的眼神。二十二年前的记忆突然涌现脑际。毫无疑问，这是曾经在松屋PX前面喊住他的那个男子。

本多怀着恐惧想起，那一次他曾假装对方认错了人，对其采取了冷淡的态度。

"不要紧，不要紧。这里是这里，别处是别处。咱们就照这个要领去干吧。"

男子似乎觉察出本多内心的不安，抢先这么说，反而使本多感到害怕。

"可是，最好不要咳嗽。"

男子又这么说了一句，急忙把视线移向树干那边。

由于男子稍微离开了本多，他这才松了口气，从树后窥伺草丛。但是心里的悸动已消失，代之而来的是不安，再一次义愤填膺。越想达到忘我的境界，离这样的境界越远。这是个最适合于偷看草上那对男女的场所了，但他们的行为本身，仿佛是知道有人在看，而特地在表演似的，看来看去，觉得怪扫兴的。偷看不曾使他感到快乐，既没有注视的过程中涌上来的美好的紧张情绪，又谈不上明快的陶醉。

相距仅一两米远，但光线不足，细微部分和脸上的表情都看不清楚。这棵树和那对男女之间再也没有障碍物之类的东西了，所以不能进一步往前凑了。本多认为只要继续看下去，准会像从前那样兴奋起来，就一手扶树干，一手拄拐杖，眺望那对躺在草丛上的男女。

那个矮个子不再来跟他捣乱了，他却净想些不相干的事：他的拐杖是直的，没有弯儿，所以那个老头儿巧妙地撩女人裙子的那套本事，他也练不出来；那个老头儿年岁不小了，肯定已经死了；这座森林四周的"观客"中，想必有不少老人在这二十年间已去世了；就连年轻"演员"当中，婚后离开此地的，丧生于车祸的，死于少年性癌症、少年性高血压症、心脏病或肾疾的恐怕也不在少数；"演员"的变动当然远比"观客"要大得多。这会子他们恐怕待在从东京搭乘私营铁路的电车上花一小时才能到的郊外住宅区的一间屋子里，不顾老婆孩子吵闹，目不转睛地看着电视。过不了多少日子，就轮到他们来做这里的"观客"了……

扶着树干的右手忽然碰着了软瘫瘫的东西，一看，一只大蜗牛顺着树干爬下来了。

本多轻轻地移开了手指。蜗牛那软软的身子与壳相连所给予人的触觉，就好像是先碰着了黏糊糊的肥皂残渣，紧接着又碰到塑料肥皂盒的盖子似的，在心里留下了讨厌的苦味。单凭这触觉，世界就有可能眼看着就融化掉，宛如扔进硫酸槽里的尸体。

本多几乎是以切盼神情将视线重新移到那对扭动着的男女身上。让我的眼睛陶醉了吧，务必让我及早地沉醉吧。世上的年轻人啊，用你们的无知与沉默，甚至连看也没工夫看老人一眼，只热衷于你们自己的情欲，让我尽情地陶醉吧……

在一片虫鸣声中，那个女人邋里邋遢地躺在那里，略欠起上半身，双手紧搂着男人的脖颈。戴着黑色贝雷帽的男子，将手深深探进女人的裙裾里。随着指尖起劲的摆动，男子那白衬衫的背上也激起阵阵皱纹。女子在男子的胳膊里像螺旋梯似的扭着身子。她差点儿都接不上气来了，随即仿佛喝那非赶快喝下去不可的药似的，抬起头来与男子接吻。

本多凝眸看着，眼睛都快胀痛了。他觉得，从方才的空虚感底层蓦地涌现了情欲，宛如曙光喷射似的。

这时他看见男子伸手摸索裤子的后兜，大概是怕钱被人偷了去。一边做爱一边还惦念着这等事，使本多感到厌恶，于是好容易才涌现的情欲仿佛冻了冰。但是转瞬之间发生的一桩事令他简直不敢相信自己的眼睛了。

男子从裤子的后兜里掏出来的是一把弹簧小刀。他用拇指一碰，就发出蛇吐舌头般的声音，刀刃在黑暗中一闪。不知道把哪儿刺伤了，女人发出骇人的尖叫声。男子敏捷地站起来，回过头来四下里打量着。黑贝雷帽秃噜到后脑勺上了，本多头一次看见了他的前发和脸。那是一张六十几岁的老人的面孔，头发雪白，瘦削的面庞布满皱纹。

本多茫然自失，那个男的擦过他的身边，像疾风似的逃走了，难以想象都这把岁数了，竟能跑得这么快。

像老鼠似的小个子气喘吁吁地跟本多咬耳朵说：

"逃走吧，留在这儿就糟啦。"

本多有气无力地回答说：

"可是我跑不动，怎么逃呢？"

小个子咬着指甲犹豫着：

"真伤脑筋。冒冒失失地一逃，又会引起怀疑，索性当证人倒也罢了。"

传来了警笛声，嘈杂的皮鞋声，人们乱哄哄地站起来了。手电筒的亮光从近得意想不到的灌木丛中射过来，飞舞着。旋即听见了巡逻的警官们围着倒在地下的女子，甩高嗓门说话的声音：

"哪儿受伤啦？"

"是大腿。"

"伤得不厉害。"

"犯人是个什么样的家伙？啊？说说看。"

蹲在那儿用手电筒照着女人的脸的警官，站起来了。

"说是个老头儿，大概还不会跑远。"

本多浑身发颤，额头抵住树干，双目紧闭。树干湿漉漉的，只觉得蜗牛在额头上爬似的。

他把眼睛睁开一条缝儿，感到光线朝着自己这边射过来了。就在这当儿，有人从背后把他使劲一推。根据手的高度，他知道是小个子干的。本多的身子踉踉跄跄地从大树干后面冲出去，向前一栽，几乎和警官相互撞了头。警官用手抓住了他的手。

刚巧有个周刊的记者到警察署来采访另一桩案件。他的看家本领是揭露丑闻，一听说夜间在神宫外苑发生了刺伤女子案，真是欣喜万分。

经过急救措施，女人的腿给缠上了一大片绷带。然后，本多被带去见她。通过见面，花了三个小时才证明自己是清白的。

"不管怎么说，也没有老到这个程度哇。"女子说，"那个人是两个钟头以前我刚在电车里认识的。虽然上了岁数，却有着年轻人的体态，口才很好，善于交际。再也没想到他会干那样的事。啊，他的名字、住址和职业我全都不知道。"

在和女子见面之前，本多狠狠地挨了一通训斥，被迫交代了自己的身份，他不得不详尽地说明，像自己这么个身份的人，为什么会在那种时刻待在那种地方。二十二年前，一位朋友（老资格的律师）曾告诉过他一个可怕的经验；而今他像做梦似的意识到自己正在经历同样的事。警察署古老的建筑、审讯室这污秽的墙壁、怪明亮的电灯，甚至连做记录的刑警那光秃秃的脑门儿，都绝不像是现实世界里的，而看上去清晰得恍若在梦境中。

凌晨三点，本多才被允许回家。女佣起来了，以勉勉强强的神色为他开了门。本多默不作声地钻进被窝，然而不断地做噩梦，频频惊醒。

从次晨起，他患了感冒，卧床不起，一周后才痊愈。

就在他感到病情好转的那个早晨，透难得地进来了，脸上露出一丝笑意，在本多枕畔撂下一本周刊就走了。

杂志上有这么个大标题：

原任审判官，窥春色遭殃，

被当作凶犯，险些坐班房。

刚取出老花镜，本多心里就很不愉快，怦怦直跳。那篇报道写得真实详尽到简直令人吃惊的程度，连本多的名字也毫不客气地登出来了。结束语是：

竟有八十岁的窥春色先生粉墨登场，看来日本社会由老人统治的现象，已蔓延到色情狂的世界。

文中还有这么几行：

本多先生这一奇癖并非由今日始，二十几年前起，这一带便有不少人对他熟悉了……

本多从而晓得了写这篇报道的记者采访的是什么人，并且立即觉察出把那个人介绍给记者的准是警察。既然已登出了这样的报道，即使对记者提出损坏名誉的诉讼，也无非是耻上加耻罢了。

这一卑俗的事件只供充作茶余酒后的笑料。本多原以为自己根本没有可丧失的名誉体面，然而失去后方知它们曾经存在过。

毫无疑问，今后只要一提到本多的名字，人们所联想到的恐怕永远是这桩丑闻，而不是他在精神方面、学术方面有何作为。本多知道，人们对丑闻是绝不会淡忘的。不是出于道德上的愤慨而念念不忘，乃是因为假若要概括一个人，再也没有如此直截了当、简单明了的符号了。

这次患感冒，躺在病床上久久未能康复，本多从而痛切地感到自己的肉体也愈益衰弱了。对于当嫌疑犯，他是从未有过思想准备的，此次的经验使他觉得简直像是连骨头带肉都被击碎了似的。不论多么精辟的见解、渊博的学识、高深的思想，都无从把自己从这种境界中拯救出来。将自己在印度获得的观念向刑警侃侃而谈，又管什么用呢？

今后，倘若本多做自我介绍时出示这么一张名片：

本多律师事务所

律师　本多繁邦

人们读的时候，准会在行间狭窄的空白处加上这么一行：

本多律师事务所

八十岁的窥春色者

律师　本多繁邦

这么一来，本多的生涯便由如许短短的一行所概括了：

原任审判官，八十岁的窥春色者

在漫长的一生中，本多靠思想意识构筑起来的肉眼看不见的建筑物轻而易举地就坍塌了，基石上却刻着这行字。这个摘要像

245

是灼热的利刃，而且无比的真实。

自从九月间发生了这一事件，透冷静地把一切都朝着有利于自己的方向推进。

他把与本多水火不相容的一个老律师拉到自己这边，跟他商量可否利用这一事件将本多定为没有能力管理财产者①。为了达到这个目的，必须给本多做精神鉴定，证明他在精神上有缺陷。关于这一点，律师却好像蛮有把握的样子。

说实在的，自从发生了这档子事，本多再也不出门了，态度惴惴不安，极其卑屈，这种变化人人都看得清清楚楚。从种种征兆看，要想证明本多患有老年性痴呆，想来是容易的。证明了这一点之后，透就向家庭裁判所②申请，宣告本多为没有能力管理财产者，然后让这个律师当本多的监护人。

律师跟与他有交情的精神病医生商量了一番。医生认为本多那众所周知的丑行中，以下两条都能成立：一、由于衰老而感到焦躁，从而像将火灾映在镜中那样，相当严重地热衷于"反映情欲"。二、由于衰老而丧失了自制力。律师说："下面只剩下看他适用于法律上的哪一条了。"还说："要是本多开始不合乎常理地大肆挥霍，以致给财产带来危机就好了，目前没有这样的迹象，所以不好办。"透并没有把钱放在心上，他更希望夺取实权。

① 日语原文作"凖禁治产者"，意思是给没有能力管理财产者指定监护人。
② 家庭裁判所的意思是家庭案件法院，系审判、调解家庭纠纷或不满二十岁的男女青少年犯罪案件的法院。

二十七

十一月底，透接到庆子寄来的一封信，里面附有一份精美的英文请帖。

信是这么写的：

本多透先生：

久疏问候。

圣诞节快到了。圣诞节前夕，看来大家都忙于各方面的应酬，所以敝舍准备于十二月二十日提前举行圣诞节的晚餐会。到去岁为止，年年恭请令尊光临，然而考虑到他年事已高，倘若邀请，反倒会有诸多麻烦，故从今年起，改请透先生光临。但您光临一事请务必向令尊保密，将请帖寄给您一事，亦望守口如瓶。

我是个直性子，既已说到这里，索性和盘托出。自从发生了九月间那个事件，碍于其他宾客，不便再邀请令尊了。您或许会认为我对多年的朋友过于薄情，但在我们这个社交圈子里，暗地里干什么倒无所谓，一旦公之于世就完了，公开的来往从此只得作罢。

我之所以邀请透先生，乃是因为我的夙愿是今后与本多家的交往，全靠您来维系了，希望您欣然接洽为荷。

当天还邀请了各国大使夫妇及其千金，日本人当中有外务大臣夫妇、经团联①会长夫妇，以及其他人家的美丽的小姐们，所以务请独自光临。正如请帖上所写，请穿无尾夜常礼服。请您费心在同封的明信片上注明能够光临与否，火速掷下为盼。

久松庆子

把这看成一封盛气凌人而无礼的信也未尝不可，但庆子对本多这个事件感到困惑的情景，使透面泛微笑。庆子神气活现地摆出一副根本不把道德放在眼里的样子；然而字里行间却看得出，在丑闻面前，她猛可里紧闭大门，吓得浑身打哆嗦。

"可是，有点可疑哩，"产生了高度戒心，"既然那么害怕丑闻，还请我去，莫非是死心塌地地站在老子那一头的庆子，企图让我遭到大家的嗤笑不成。她是不是存心要在许许多多装腔作势的宾客面前特地介绍说我是本多繁邦的儿子，好让客人开心？早就算计好这么做的结果受到伤害的不是老子，而不折不扣是我这

---

① 经团联是经济团体联合会的简称。

个做儿子的……对，准是这么回事。"

这样的疑惑，反而激起了他接受挑战的心情。他将作为由于丑闻而臭名远扬者的儿子到那儿去。当然，任何人也不会提及此事吧。但是他要放出儿子的光辉，绝不因父亲的丑闻而感到抬不起头来。

他有着一颗容易受到创伤的灵魂。如今头上挂着一串肮脏的小动物般的丑闻（这完全不能归咎于他）的骷髅，泛着带几分悲伤的优美微笑，一声不响地在人群中走来走去。他本人擅长于把握苍白的诗趣。老人们的侮蔑与妨碍愈益以不可抗拒的力量把女人吸引到透身边去。庆子会失算的。

透没有无尾夜常礼服，就赶紧定做了一身。等到十九号做好了，他立即穿在身上，到绢江屋里去让她看。

"非常合身，漂亮极了，透君。你一定满心盼望穿上这身礼服带我去参加舞会吧。可是真过意不去，我身体不好，不能陪你去。我真觉得过意不去。所以你才像这样穿上新做的礼服让我看看。你的心多善良，我多么喜欢你啊。"

绢江十分健康，自从到了这里，不但运动不足，食欲还很旺盛，所以半年之内已胖得简直都认不得了，一动也不能动。由于体重增加，动弹不得，绢江就越发真切地感到自己有病。她不断地服消化药，从檐廊上的躺椅上隔着叶子眺望随时都可能失去的碧空。她像口头禅似的说："照这样下去，我准没有多少日子好活了。"透曾严格禁止女佣当着绢江的面笑出来，女佣要费很大力气才能抑制住自己。

每逢出现新的状况，绢江总是马上抢先从中编织出对自己颇有利的图景，既保持了自己这份"美"的威信，又带几分悲剧色彩；透对绢江这种智慧一向感到钦佩。绢江一看到透穿上了礼服的那副样子，便看穿了不会带自己出去。她当即利用自己的"病"来配合这个状况。就这样，她牢牢地维护着自己那高度的矜持。透认为必须经常向她学习。曾几何时，绢江已成了透的人生的老师。

"让我也看看背后。做得很好。从脖子到肩上的线条那么笔挺。透君不论穿什么都可体，就像我一样。明天晚上你就尽情地找乐子，把我没能陪你去的事抛在脑后吧。可是，当你最快乐的时候，要想到在家里生病的我，哪怕是一会儿也好。"

透要离去时绢江又说：

"啊，等一等。领子的扣眼里没有花可不合适。我要是健康的话，就自个儿掐一朵替你插上。阿姨，那朵红色的冬蔷薇好。给我掐下来。"

就这样，绢江叫女佣掐了一小朵刚刚绽开的深红色蔷薇，亲自替透插在扣眼里。肥胖的绢江柔弱慵懒地弯起指尖，将蔷薇的茎插进扣眼，轻轻地拍拍那发亮的绸领，上气不接下气地说：

"好啦。站在院子里，再让我看看。"

第二天下午七点钟，透根据地图把野马牌轿车开到庆子那坐落在麻布的府第，停在铺着鹅卵石的宽敞的前院里。其他车还一辆也没到。

透是头一次登门拜访，房屋那古色古香的构造使他惊愕。前院树下的投光器映照着摄政宫风格的弧状正面，一方面也是因为缠在上面的常春藤红叶在夜光下发黑，给人一种凄然的感觉。

戴白手套的侍役迎了出来，领着他穿过穹顶圆形门厅，进了一间灯火辉煌的桃山①风格的客厅，请他坐在路易十五式样②的椅子上。透由于是头一个到的客人，觉得怪难为情的。房屋里尽管亮晃晃的，却万籁无声。客厅的一角摆着一大棵圣诞树，使人感到很不协调。侍役问他要喝什么酒，随即退了出去。透孤零零地留在那儿，凭靠那有着旧式倒棱的玻璃窗，眺望着闪烁在院中树梢尽头的街上的灯火以及那被东一处西一处的霓虹灯映得发紫的夜空。

杉木门咏溜一声被拉开，庆子出现了。

七十多岁的老太婆那身花哨的盛装，使透一时说不出话来。夜礼服那留出五分窝边的袖子，长及下摆，用串珠绣满了花样。从前胸到下摆，串珠的颜色和图案千变万化，绚丽夺目。前胸布满了金灿灿的串珠，上面用绿珠子绣出孔雀羽毛；袖子用紫色串珠绣成滚滚波涛；腰部至下摆是连绵不断的葡萄酒色花纹；下摆是紫色波纹和金云；形形色色的花样均以金色串珠为界。这件绣花衣是用纯白的蝉翼纱③做成的。透过银光闪闪的薄纱，可以看到里面还有三层西式彩花内衣。下摆底下露出紫缎面的鞋尖。脖

---

① 桃山是京都市伏见区的地名。桃山时代（1573—1600）指丰臣秀吉掌握政权的时期，在美术史方面，这个时期以豪华的房屋及内部金碧辉煌的装饰画著称。

② 路易十五（1710—1774），法国国王，路易十五式样指18世纪初至中叶流行于法国的洛可可式建筑、艺术风格，其特点是纤巧、浮华、烦琐。

③ 蝉翼纱是妇女夏服用的细薄透明的丝织品或棉织品。

颈像往常那样威严地挺得直直的，围着翡翠绿色乔其纱披肩，垂在背后，一直拖到地面上。发型不同于往常，短发向后拢着，一对金耳坠子摇来摆去。由于多次做过整形美容，脸上的皮肤已枯槁，活像是戴了一副假面具。未经过整容的那些部分，愈益显得自高自大。威严的眼睛和隆鼻。口红涂得老厚、几乎发亮的嘴唇，仿佛贴上了两片发蔫的暗红色苹果皮似的……

连漾出的微笑都像是刻在化石上的这张脸挨过来，开朗地说：

"对不起，让你久等了。"

透说：

"这身衣服真了不起。"

"谢谢。"

庆子像西洋女人那样端庄的鼻孔稍微仰了仰，一霎时露出心醉的神情。

饭前的酒端来了。

庆子说：

"还是把灯熄掉的好。"

侍役旋即拧灭了枝形吊灯。透浸沉在一片昏暗中，看着庆子的瞳仁和她那身夜礼服上的珠子随着圣诞树上那一明一灭的小灯泡而忽明忽灭，他终于由于不安而问道：

"别的客人真晚哪。要么是我来得太早了吗？"

"别的客人？今天晚上你是唯一的客人。"

"信上写的原来是瞎话呀。"

"哎呀，对不起。后来计划又变了。今天晚上想单独和你一道庆祝圣诞节。"

透气得站起来了：

"我马上告辞。"

"哎呀，为什么？"

庆子悠然坐在椅子上，丝毫没有起身挽留他的意思。

"不是搞什么阴谋就是设了什么圈套。横竖是和我老子串通一气安排的呗。我不再受嘲弄了。"

透重新忆起，自从头一次见面，他多么憎恨这个老婆子。

庆子完全无动于衷。

"假若是和本多先生串通一气的，我就不采取这么繁杂的手续了。今晚我无论如何也想跟你好好地单独谈一谈，才请你来的。要是一开始就说明是单独和你见面，你根本就不会光临，所以撒了个小谎。尽管只有咱们两个人，圣诞节的正餐这一点是没有变化的。我像这样穿着盛装，你也一样。"

"你是不是打算狠狠地对我进行一番说教？"

透边这么回答边感到焦躁，因为他没有默默地一走了之，却已经听了对方的解释，从而吃了败仗。

"我没有任何可对你说教的，只不过想借这个机会偷偷告诉你一件事。要是本多先生晓得了我多嘴多舌，说不定他会把我勒死哩。这个秘密，只有本多先生和我知道，不过，你要是不想听就算了。"

"什么秘密？"

"别着急，坐在这儿吧。"

庆子继续毫无声息地笑着（这是一种带点苦涩的优雅的笑），指了指透刚刚离开的那把扶手椅。椅背上是华托①的宴乐图，有些地方已陈旧得油漆剥落了。

过一会儿侍役来报告饭已准备好，便把看上去像是墙壁的拉门往左右两边拉开，将透引进毗邻的餐厅。安设在那里的大餐桌上早已点起红蜡烛。庆子站起来一走路，那件珠光宝气的夜礼服便宛如连环甲般绰绰有声。

透憋了一肚子气，不屑于催庆子快点说，所以几乎是闷声不响地吃饭。他一想到其实连怎样使用刀叉都是本多细心地教出来的成果，就对那种戏弄人的教育重新感到满腔怒火。因为那种教育的目的好像是特意经常不断地提醒他自己的出身有多么卑微，而在见到庆子和本多之前，他对此浑然不觉。

一看，硬邦邦的巴洛克风格②银质大烛台后面，庆子以令人联想到老妪织毛活般的手势摆弄着刀叉，安详得像是在出神，手指细致娴熟地活动着。使人感到那副刀叉完全是自幼从她的指尖里长出来的，是直接与她的指甲连在一起的。

冷火鸡肉宛如老人干瘪的皮肤，一点都不好吃。搭配这道主菜的填料和栗子、放在冷肉上的那层酸果蔓做的果冻，无一不带

---

① 华托（1684—1721），法国画家，其作品突破了路易十四时期古典主义的束缚，反映出当时的法国进入了洛可可时期，笔下的人物是些平庸的朝臣、求婚者或丑角，多与戏剧题材有关。

② 巴洛克风格是17世纪流行于欧洲的一种绘画、建筑、雕刻、音乐、文学风格，特点是追求自由奔放的空想美。到了18世纪，随着其独特风格转变为洛可可式风格，巴洛克时期便告结束。

有甜酸的伪善味道。

透刚想到这里，庆子问道：

"喏，你晓得为什么突然间被过继给本多家当养子吗？"

"这种事儿我可不晓得。"

"真是个马马虎虎的人。难道你从来就没想知道过吗？"

透没吭声，庆子将刀叉搁在盘子上，隔着蜡烛的火焰用红指甲指了指透那身无尾夜常礼服的胸部。

"再简单不过了。为的是排在你左腋下的那三颗黑痣。"

透无法隐藏心头的惊愕。直到此刻为止，他悄悄地以这黑痣自豪，认为谁都不会注意到它们，岂料连庆子都晓得了。转瞬之间透就把脸绷起来了。由于他那隐秘的自豪与别人的想法凑巧产生了一致的现象才引起惊愕的。即使黑痣真正起了一些作用，但对方是不可能连透那隐秘的心事都了解的。透想得太天真了，他过低地估计了老人们那瘆人的第六感。

透脸上的惊愕好像使庆子受到鼓舞，她接着就一泻千里地讲下去了：

"瞧，难以相信吧。打一开始这档子事就纯粹是愚蠢荒唐的。你自以为打那以后每一步都是冷静现实地做下去的，但开头那个荒唐的前提你却是囫囵吞枣地接受的。天下哪里找得到那样的傻瓜，看中了萍水相逢的一个陌路人，就想收为养子！我们去央求你当养子的时候，你究竟是怎么想的？当然喽，不论对你也好，对你的上司也好，我们都编了一套好像很有道理的口实。然而你实际上是怎么想的？……你是不是感到骄傲自满来着？人嘛，往

255

往很容易就相信自己也多少有些长处。你当初是不是认为，你从小就有的奇妙的信心终于被证实了？是这么回事吧？"

透头一遭对庆子这个女人心怀恐惧。他丝毫不曾感到受到了阶级压迫，但世界上多半是有那么一种对神秘的价值嗅觉特别灵的俗物，他们是地地道道的"扼杀天使的凶手"。

火鸡的盘子被撤下去了，换上了甜食。在侍役面前，谈话一度中断，透失去了回答的机会。不过，透已开始知道，自己竟在跟一个劲敌较量着，这是他始料未及的。

"然而，你认为天下能有这么便宜的事吗？你的愿望和别人不谋而合，你想要什么，都能靠别人顺顺当当地如愿以偿。人活一辈子，各有各的目的，都只替自己打算。当然喽，你是个比谁都光替自己打算的人，所以做过了头，无意中忽略了这一点。

"你以为历史是有例外的，告诉你，根本没有；你以为人是有例外的，其实也没有。

"正如世上没有幸福的特权，同时也没有不幸的特权。既没有悲剧，也没有天才。你的信心和幻想的根据统统是荒唐无稽的。倘若世上有天生与众不同的人，要么是美貌绝伦，要么是丑恶无比，大自然是绝不会饶恕他的，而准把他斩草除根，杀一儆百。让人们把根本就没有天生的'被挑选者'这一事实铭刻在心里。

"你大概自以为是这样一个不需要进行任何补偿的天才吧？准把自己想象成飘浮在人世上空的一片含着恶意的美丽的云彩了吧？

"本多先生刚一遇到你，并看见了你那黑痣，就一眼看穿了这一点。他下定决心，把你接到他的身边，以便拯救你脱离危险。因为他知道，倘若撂着不管，也就是说，听任你由你所幻想的'命运'摆布，那么你准会在二十岁上被自自然然地害死。

"他收你做养子，想摧毁你那荒谬的、作为'神之子'的自豪，向你灌输普普通通的教养和幸福的定义，把你改造成俯拾皆是的平凡的青年，从而拯救你。由于长了三颗黑痣，你不承认自己生来和我们这些人一样。那位先生无论如何也想拯救你，就在向你隐瞒真相的情形下收你做养子。明摆着这是出于对你的爱护。然而，这是对人性了解得过于透彻的人的爱护。"

透逐渐感到不安了，就这么问道：

"我为什么非在二十岁上死去不可呢？"

"看来现在已用不着担心这一点了，回到刚才那间屋子，再慢慢讲给你听吧。"

庆子从餐桌前站起来，催促着透。

就餐的当儿，客厅的壁炉里已生起了熊熊的火。那里有个壁龛模样的台子，台后的墙上挂着光悦①的一幅泥金画，画面上遍布金色的丛云。壁炉是设在台下那金光闪闪的小隔扇后面的，将隔扇朝两边一拉就出现了。两个人隔着小桌，并肩坐在炉火前。就在这儿，庆子把本多告诉她的关于轮回转生的漫长的故事原原本本地讲给透听了。

---

① 即本阿弥光悦（1558—1637），日本江户时代初期的艺术家。他是刀剑的鉴定家，擅长书法，又是泥金画的创始者。

透边凝望着火焰忽强忽弱，边茫然地聆听着。连燃尽的柴火坍塌下去时发出的细微的响声，都使他不寒而栗。

火焰忽而缠住柴火，随着烟扭来扭去，越烧越旺；忽而蹿到尚未燃烧起来的黑魆魆的柴火之间，于是一片寂静明亮、充满安宁的栖息之所便出现了。那就像是谁的住宅似的，小小的金、朱两色的地板灿烂夺目，被柴火做成的粗糙的椽子隔开来，万籁无声。

火焰蓦地从裂缝里喷到阴郁发暗的柴火上，时而看上去像是在夜晚的平原尽头生起的野火。壁炉里可以瞥见多少广大自然的景象，壁炉深处不断晃动着的影画，恰似政治性动乱的火焰在天空上描绘出来的影画的缩图。

某些柴火的火势已减弱，细微的龟甲状白炭灰，像一堆堆白色羽毛一般不安地颤悠着，从灰的缝隙间普遍地透露出柔和的朱色火光。牢固地盘结在一起的柴火，根部快要坍塌了，勉勉强强保持着均衡，仿佛浮在空中的一座堡垒。在火光映照下，刹那间显得那么肃穆。

然而，一切都在流动着。火焰看似始终是安稳平静的，其实接连不断地在瓦解着。看到一根柴火完成任务后即将坍塌，使人心里反而产生一种安宁情绪。

透听罢，简短地说了句：

"故事挺有趣儿，可是究竟有什么证据呢？"

"证据？"庆子稍微踌躇了一下，"真理哪里会有什么证据呢？"

"你还来谈什么真理，简直像是在扯谎。"

"硬要找证据的话，松枝清显这个人所写的《梦的日记》，本多先生一定至今珍藏着，下次你叫他拿给你看看好了。日记里所记载的全是梦，而据说这些梦统统应验了……这且不去说它了，也许我刚才讲给你听的，一股脑儿都是跟你没有任何关系的。不错，月光公主是春天死的，而你的生日是三月二十日，你也有三颗黑痣，那么你想必就是月光公主转生的喽。可是月光公主死的日子怎样也弄不清。月光公主那个双胞胎的姐姐光说是春天，可是她太粗心大意了，竟然不记得妹妹的忌辰，后来本多先生想尽了办法，也没能弄个水落石出。因此，倘若能证实月光公主是三月二十一日以后被蛇咬死的，你就可以无罪获释了。轮回转生的中有①很短，只有七天，所以你的生日必须是在月光公主死后七天以上。"

"我的生日其实也弄不准。我是父亲航海期间生的，所以没有人好好照顾我，所以把交出生申报单的日子当成了生日。真正的生日肯定是在三月二十日以前。"

"越靠前，可能性就越低。"庆子以冷漠的口气说，"但是这种事也许毫无意义。"

透脸上略呈愠色，叮问道：

"毫无意义指的是什么？"

信不信方才所听到的荒唐无稽的故事又作别论，庆子却说这个故事与透的关系是毫无意义的，从而赤裸裸地暗示庆子根本没

---

① 中有是佛教用语，系四有之一。四有指业报轮回之主体"有"所处四种不同的地位或状态。中有亦称中阴，指死于此后世、生于彼世前这个期间存在之"自体"。此外就是生有、本有、死有。

把透的生存意义看在眼里。她有一套将别人视同虫豸的本事。庆子一向是喜气洋洋的，其本质就在于此。

庆子那身夜礼服上的五颜六色的串珠，在炉火映照下发出稳重的光辉，灿烂得仿佛披着夜晚的彩虹。

"……对，没有意义。因为说不定你压根儿就是个冒牌货。可不，依我看，你准是冒牌货。"

庆子像是对着炉火申诉般地断言道。透仔细端详着她的侧脸。火焰给予了这个侧脸光辉鲜明的轮廓，真是端庄得无与伦比。瞳仁里火光闪闪，将那高高的鼻梁映衬得愈益傲慢，毫不留情地压服着旁边的人，使其陷入稚气的焦躁。

透动了杀机，考虑着怎样才能使这个女人张皇失措，低三下四地乞求饶命，然后再杀死她。勒死她也罢，就势儿把她一推，让她的头扎进火里也罢，恐怕她依然会将燃烧着的脸大模大样地掉过来，逼视着他，而那张脸将会被马鬃般倒竖着的壮丽火焰团团围起。透的自尊心已经在刺痛了，他恐惧地预料到庆子再说什么的话，也许就会淌血哩。他平生最害怕的莫过于自尊心受到创伤开始流血，而他的自尊心是患有血友病的，一旦失血就再也止不住了。唯其如此，至今他一直充分利用自己的情感，将感情与自尊心截然分开，避免坠入危险的情网，用无数棘刺缀成的铠甲来护身。

然而庆子丝毫也不激动，她保持着平素间的礼节，气宇轩昂地畅所欲言：

"……除非你不出半年就夭折，否则就终于能弄清你不过是个冒牌货罢咧。起码也能证明你并不是本多先生所要找的那个美丽的胚芽转生的；拿昆虫来打比方的话，你不过像是个冒牌的亚种而已。但我认为用不着等半年之久。依我看，你绝不配命中注定不出半年就夭折。因为你并不具备死亡的必然性，从谁的眼里看来，你也没有任何让人觉得死了可惜的东西。你丝毫没有那种魅力，足以使人在梦见你去世后，醒来觉得世界忽然罩上了阴影。

"你是个卑贱渺小、随处可见的乡下青年，有点小聪明，巴不得及早把养父的财产弄到手，企图采取姑息手段宣告他是个没有能力管理财产的人。你吃了一惊吧？什么都瞒不过我。钱和权到手之后，接着想要的是发迹呢，还是幸福呢？反正你所想的，绝不会超出世上一般的庸庸碌碌的青年思考的范围。本多先生对你施行的教育，只不过使你的本来面目复苏了而已。对他来说，这是事与愿违。

"你没有一点点特别的地方。我保证你能长命百岁。你绝不是卜天所挑选出来的，你也压根儿不会言行一致，你更完全不具备使自己迅疾地灭亡的青春那闪电般的苍光。你有的只是未老先衰。你仅适合于一辈子吃利息过日子。

"你根本不可能杀死我或本多先生，因为你总是在合法的范围内为非作歹。你靠观念产生妄想，自鸣得意，明明缺乏拥有命运的资格，还装腔作势地认为自己拥有命运。自以为看穿了世界的尽头，然而水平线彼岸终究不曾对你发出邀请。光明也罢，启示也罢，都与你无缘。无论在肉体还是心灵里，都找不到你真正的灵魂。月光公主的灵魂至少是在她那光艳照人的肉体里的。大自然甚至睬都不睬你，更不会对你怀有任何敌意。而本多先生所要找的那个转生的人儿，应该是连创造他的大自然都不禁嫉妒的那么个尤物。

"你是个真正没有用处的一个小才子，是个适合于育英资金财团的模范生。只要给你交学费，就能轻而易举地考上大学，理想的职业也会送上门来。那些人道主义者常说，只消补足了物质方面的匮乏，多少被埋没的英才都可以挖掘出来。你不过是他们的宣传材料罢了。本多先生施给你的恩惠太多了，你就越发有了古怪的自信。就这一点而言，对你不过是'处理不当'而已。只要加以改正，你还可以回到正道上来。你要是当上了什么地方的庸俗恶劣的政治家的书仆，就会清醒过来的。我随时都能够为你介绍一家。

"你最好牢牢记住我对你说的这些话。你所见所知或自以为已看穿了的，只不过是三十倍的望远镜那小小的圆圈内的事物而已。倘若你光看着那个圆圈，把它当作整个世界，那么你本来是可以永永远远沉浸在幸福当中的。"

"把我从那里拖出来的，不正是你们吗？"

"你之所以从那里喜气洋洋地走出来，不正是因为你自以为与众不同吗？

"松枝清显被意想不到的恋情所擒住，饭沼勋被使命感、月光公主被肉体所房。而你，究竟被什么东西抓住了呢？你不过是毫无根据地认定自己与众不同而已，对吧？

"倘若说，所谓命运就是靠外在的力量抓住一个人，随意摆布他，那么清显君、勋君和月光公主统统是有命运的。然而，从外面抓住你的究竟是谁？是我们！"

庆子尽量地炫耀着胸前那镶金边的绿色孔雀羽毛，笑了。

"是我们这两个对人生的大多数事情已感到厌倦的、心肠冷酷的老讽刺家。难道你的自尊心允许你把我们这样的人叫作命运吗？多么讨厌的老头儿老婆婆呀。老头儿是个窥伺春色者，老婆婆是个同性恋者。

"诚然，你自以为已经把世界看穿了。只有快要死了的'先知'才会来引诱像你这样的孩子。前来把自高自大的洞察者拖出去的，无非是比他还要老滑头的同行。旁人绝不会来敲你的门。因此，你本来是可以一辈子免于被人敲门的，即便是那样，归根结底还是一样的。因为你根本就没有什么命运，也不可能死得美。你无从变得像清显君、勋君和月光公主那样。你充其量只能做个愁眉苦脸的继承人……今天请你来，就是为的让你刻骨铭心地了解这一点。"

透的手气得发颤，眼睛一个劲儿地盯着挂在壁炉旁的火钩子。现在他蛮可以假装为了拨那快要熄灭的火，而伸手去够火钩子，这是易如反掌的事。他能够丝毫不引起怀疑地走到那儿，随后只消抡起它来就行了……透已经在活灵活现地想象着攥在自己手里的铁钩子多么沉甸甸的，这把金灿灿的路易十五式样的椅子和炉台上那金色丛云浴满鲜血闪闪发光的景象浮现在眼前。然而他始终未伸出手去。嗓子干得厉害，却未能讨口水喝。由于仇恨，双颊滚烫，透感到这标志着自己有生以来头一遭儿有了满腔热情，但这热情是密封起来的，得不到宣泄。

二十八

本多难得地受到了透的低声下气的央求。他说想读清显的《梦的日记》，要本多借给他。

本多担心借给他是不妥当的，但更不敢予以拒绝。

本来说只借两三天，却拖了一个星期。到了十二月二十八日，本多打定主意今天非向他讨回来不可。但一清早，女佣们的哭喊声把他吓呆了。透在自己的寝室里服了毒。

适逢岁暮，难以请到熟悉的大夫，所以尽管有碍体面，只好叫急救车。当急救车鸣着警笛开到门前时，街坊们筑起了人墙。人们总是盼望刚发生过丑闻的家庭最好接着再来一个，他们的期待没有落空。

昏睡状态持续下去，还伴随着痉挛，然而总算把命保住了。不过，刚从昏睡中苏醒过来，遂开始了剧烈的眼痛，引起两侧性视力障碍，终于完全失明。原因是毒物侵入视网膜神经节细胞，导致不可能恢复的视神经萎缩。

透所喝的是工业用溶剂甲醇，系托女佣当中的一名乘着岁暮的繁忙从她亲戚开办的街道小工厂偷来的。盲目地服从了透的命令的女佣哭道，再也没想到透自己会把它喝下去。

双目失明后，透几乎连话都不说了。转年，本多向他问起清显的《梦的日记》，他简短地回答说：

"服毒以前我已经把它烧掉了。"

问他为什么要烧，他回答得很干脆：

"因为我从来没做过梦。"

这期间，本多频频向庆子求助，而庆子的态度却使他感到不可思议，倒好像唯独她知道透的自杀动机似的。

庆子说道：

"这个孩子只有自尊心倒是比别人强一倍，大概是为了证明自己是个天才而寻死的呗。"

一追究，庆子便开诚布公地告诉本多，圣诞节前宴请透之际，自己已把事情向他和盘托出。庆子坚持那是出于对本多的友情而为，但本多向她宣告：从此绝交。于是，长达二十多年的一场如此美好的友谊遂告结束。

本多得以免除被定为没有能力管理财产者，一旦本多逝世而透继承财产之际，作为盲人，他倒是需要在法律上有个监护者，并将被宣告为没有能力管理财产者。本多用公证证书①做了遗嘱，并指定了一个能够长期帮助透的最可信赖的监护者。

---

① 公证证书是公证人写的有关法律行为或权利的证书。

双目失明的透退了学，成天待在家里，除了绢江，跟谁都不说话。女佣们统统被解雇了，本多雇了个护士出身的女子。透在绢江所住的厢房消磨大半天光阴。从早到晚，隔着纸拉门可以听到绢江那温柔的声音。透不知疲倦地一一搭着腔。

次年三月二十日的生辰过去了，透却没有任何要死的迹象。他学会了点字，开始看书了。独处的时候，就安详地听唱片的音乐。只要一听来到院子里的鸟的叫声，他就能猜出那是什么鸟。有一次，透在隔了好久之后和本多说话了。他要求本多答应他和绢江结婚。本多知道，绢江的狂疾是遗传性的，就毫不犹豫地同意了。

衰亡缓慢地进展着，终期静悄悄地呈现征兆。犹如从理发馆回来时，领边的碎发刺得皮肤发痒，平素间被遗忘的死亡，只要记起来就接二连三地刺着脖颈。本多一想到冥冥之中有一股力量已把他迎接死亡的条件一股脑儿准备停当了，就觉得死神尚未降临倒是奇怪的事。

正在这么折腾的时候，本多常常感到胃部仿佛受压迫似的，他却不曾像平素间那样立即跑去找大夫。他给自己下诊断说，这是消化不良引起的肠胃发胀。迎来新年后，食欲依然不振。倘若这是以透的自杀未遂为首的种种烦恼所招致的话，那就不像是一向蔑视自己的苦闷的本多了。他觉得自己逐渐消瘦了，假若这是无端的苦恼与悲哀造成的，那可真出乎意料。

然而这苦恼究竟是精神上的还是肉体上的呢？本多已开始认为没什么可予以区分的了。精神上的屈辱与前列腺肥大之间又有什么不同呢？一种强烈的悲痛与肺炎引起的胸部的疼痛又有何差异？衰老恰恰是精神和肉体双方的疾病，然而衰老本身又是不治之症。这等于是说，人的存在本身就是不治之症，况且又不是什么存在论的、哲学的疾病。其实我们的肉体本身就是疾病，就是潜在的死亡。

　　倘使衰老是疾病的话，引起衰老的根本因素——肉体——不折不扣是疾病。肉体的本质就是灭亡，肉体被置于时间之中，无非是以便用它来证明衰亡与毁灭。

　　人为何开始衰老后方领悟这一点呢？当肉体处于短暂的白昼时，即便心里微微地听见了，为何也只当作掠过耳际的蜂鸣似的，旋即将它忘掉呢？比方说，当年轻健康的运动选手，运动一阵后冲淋浴时，爽快得心神恍惚，他望着水滴像霰子一样飞溅到自己这身发光的皮肤上，为何觉察不到这种旺盛的生命力本身正是一场厉害的重病，正是一团琥珀色的阴暗玩意儿。

　　如今，本多才想到，活着就是衰老，而衰老正意味着生存。这两个同义词不断地相互责难，乃是错误的。本多老后方知道，自从呱呱落地到目前的八十年间，不论多么欢乐时也不断感觉到的那种不如意的本质是什么。

　　这种不如意忽而出现在人类意志的这一侧，忽而出现在那一侧，使意志蒙上一层不透明的雾。由于人的意志本身总是害怕生存与衰老是同义词这个严酷的命题，因此它自己就放出雾以自卫。历史知道这一点。在人类的创造物中，历史是最缺乏人性的产品。它总括了人类的全部意志，拖到自己手边，像加尔各答的时母①女神似的嘴角上滴着血，一个接一个地吃掉。

我们是供什么东西填饱肚子的饵食。死在火中的今西，以他独特的轻薄作风，对此有肤浅的认识。不论是对神和命运来说，还是对人类的创造中唯一模仿这两者的历史来说，在人们真正衰老之前绝不让他们对此有所认识，乃是高明的办法。

然而本多是什么样的饵食啊！这是何等缺乏营养、没有味道、干巴巴的饵食。出于本能避免去当美味的饵食，周密细心地活下来的男子，作为人生最后的愿望，伺机用这乏味的认识的小骨去扎那张开嘴来吃自己的那个家伙的口腔，但这个企图必然完全失败。

本多眼看着透自杀未遂导致失明，满二十一岁后还继续活下去，他却已没有气力去找那个不知在何处二十岁上夭折的真正转生的小伙子的踪迹和证据了。倘若果真有这么个人，那很好嘛。事到如今，自己既无空暇，亦无必要去跟这个转生者见面。兴许星辰的运行离开了本多，产生了极其细微的误差，将月光公主转生的那个人与本多引到广大宇宙的不同方向去了。本多的一生中，三代转生者都曾随着本多的生命的运行而闪烁（连这都是何其偶然啊，简直令人难以相信），如今倏地拖着光芒，飞到本多所不知晓的太空一角去了。或许本多会在什么地方遇见第几百、

---

① 时母是湿婆的妃子，系印度教女神，性嗜杀，喜吃恶魔。湿婆是印度教所崇奉的主神之一，湿婆教各派奉为最高主宰。

几万、几亿个转生者哩。

不必着急!

这个从未急于去死的男子想道:连他本人都不知道自己的轨道会把他引向何方,那么着急又有什么用呢?他在贝拿勒斯所见到的是人作为宇宙的元素而不死不灭。所谓来世,并非摇曳于时间彼岸之物,亦非灿然存在于空间彼岸之物。死后还原为四大①一旦融解到混沌的存在中去,那么一遍遍地轮回转生的场所,也不一定非得是世界上的此处不可。清显、勋和月光公主相继出现在本多身边,事出偶然,偶然到愚蠢的程度。倘使本多身上的一个元素与宇宙尽头的一个元素是属于同一性质的,那么一旦失去个性之后,又何必跨越空间与时间,去办理交换手续呢。因为在这里的和在那里的,纯粹是一码事。来世的本多是宇宙另一头的本多,这又何妨。将线铰断,五颜六色的许许多多珠子都撒在桌上后,又换个顺序重新用线穿起来。除非是有些珠子掉到桌子底下去了,否则桌上的珠子的数目并未改变,这才是不灭的唯一定义。

如今本多认为"我思故我在"这一佛教理论在数学方面是正确的。说起来,所谓"我",就是用线穿珠子的排列顺序,这是私自决定的,从而毫无根据。

这种思考,与本多肉体的极其缓慢的逐渐衰亡,就像车子的两个轱辘一样完全吻合,说是使他感到愉快也未尝不可。

大约从五月起,胃部开始作痛,总也止不住,有时疼痛窜到

---

① 四大是梵文的意译,亦为"四界"。佛教名词。指地、水、火、风四种构成色法(相当于物质现象)的基本元素。

脊背上。他和庆子交往的日子里，谈论疾病是司空见惯的事。只要一方漫不经心地提起身上有点不舒服，另一方就大惊小怪地把它提到议程上来，相互比赛着热切的关怀与执拗、快活的夸张，搜索枯肠给它冠以可怕的病名，并立即将借恶作剧排遣开来的心头忧虑带到医院里去。可是和庆子绝交之后，他这股劲头和不安都奇怪地消失了，能够忍受的疼痛，就靠按摩来暂且搪一搪。他连医生的脸都懒得见了。

而且，全身衰弱以及像波浪一般起伏不定的阵阵疼痛，毋宁是刺激了本多的思维，他那老耄的脑髓本来已难以集中在一样事情上，如今反而被刺激得恢复了专心致志地考虑问题的能力。不但如此，还促使不快与痛苦积极地参与到思维中来。以前单靠理智来解决，如今却夹进了生活的五花八门的杂质，使它丰富了。这是本多进入八十一岁后方始达到的玄妙境界。本多领悟到：要是想全面地观察这个世界，肉体上的异样的脱落感比理智起作用，内脏的隐痛比理性起作用，食欲不振比分析力起作用。从清澈的理智看来，世界仿佛是一座精致的建筑物，只消在背上添加莫名其妙的疼痛，转瞬之间柱子和拱顶就出现了龟裂。本来深信是坚硬的石料，竟变成了软木；原以为是坚固的结构，却化为一团不定形的黏液质的东西。

世上只有少数人才能修炼出死是从内部产生的那种感觉。本多却不学自通。人生好比是在平面上旅行，将反复无常的荣枯兴衰作为透视万物的根据。忽而盼望一度衰弱的能复苏；忽而相信痛苦是暂时的；忽而认为幸福不能持久，所以贪图享乐；忽而想到好运之后必有厄运。反之，只要从人生的尽头来望这个世界，那么一切便已确定，凝聚为一根线，齐步迈向终点。事物与人之间的界限也消除了。正如那棵紫薇树突然被砍伐一样，不论是那可憎的美国式摩天大楼，还是在楼脚下步行的孱弱的人，一方面均具有"比本多活得长"的条件，另一方面同样注定"必然趋于灭亡"。本多业已丧失同情的理由，也丧失了引起同情的想象力的根源。他那缺乏想象力的气质很适合于这个。

理智尚在活动，但已开始冻结。美统统化为幻影一般。

订计划并予以执行的意愿这一人类精神最邪恶的倾向，也丧失了。从某种意义来讲，这正是肉体上的痛苦所给予的最大的解放。

本多听见了像黄尘似的笼罩着社会的人们那喋喋不休的话语声。喧嚣不已地附有条件的对话：

"爷爷，治好了病就到温泉去吧。究竟是汤本①好，还是伊香保②好呢？"

"等这个合同问题解决了，到哪儿去喝一盅吧。"

"蛮好。"

"据说现在正是买股票的好机会，是真的吗？"

"等我长大了，一个人把一匣子气鼓③都吃掉也行吧？"

"明年咱们两个人到欧洲去吧。"

---

① 汤本是福岛县磐城市的温泉地。
② 伊香保是群马县榛名山半山腰上的温泉街。
③ 气鼓是一种酥皮奶油点心。

"再过三年就可以用储蓄去买盼望已久的游艇了。"

"这个孩子长大以前，我是死不瞑目啊。"

"等领了退职金，盖座公寓什么的，安安静静地度晚年吧。"

"后天三点钟？不知道还能不能去。真不知道嘛。姑且定为要是高兴就去。"

"这间屋子的冷气设备明年得买新的换上了。"

"真为难。哪怕光是交际费也好，从明年起可不可以压缩一下？"

"到了二十岁就可以敞开儿喝酒抽烟了吧？"

"谢谢您。那么，蒙您盛情，下星期二晚上六点去拜访。"

"所以我说嘛。那位仁兄一向就是这样的。等着瞧吧，过两三天准会满脸愧色地跑来道歉。"

"那就明儿见吧。再见。"

狐狸统统都在走自己的路。猎手只消藏在路旁的丛林后边，就不难将它逮住。

本多觉得现在自己是只狐狸，却有着猎手的眼睛；明明知道将被逮住，可还在走狐狸的路。

季节即将进入夏天了。

七月中旬，本多好容易才打定主意，和一位专门研究癌症的大夫预约好，请他给诊断一下。

到医院接受检查的前一天，本多难得地看了一次电视。不知是哪一座游泳池的现场转播，是梅雨期刚结束后的一个晴朗的下午。游泳池里的水蓝得可怕，像人工染色的饮料似的。年轻的男男女女出出进进，忽而溅起水花游泳，忽而蹦蹦跳跳。

这是何等馨香美丽的肉体，然而转瞬之间它就会衰亡！

将这些肉体统统予以否定，而幻想一大群骸骨沐浴在夏天的阳光下，在游泳池里嬉戏的情景。这是一种陈腐无聊的想象，谁都办得到。否定生，实在是轻而易举的事，多么庸碌之辈都能够透过所有的青春看到骸骨。

然而这么做又报得了什么仇呢？本多终将在未能进入有着美丽的肉体者的内心的情况下结束生涯。要是能在那么个肉体里过日子该有多好，哪怕一个月也行啊。原是可以尝试一下的哩。具有健美的肉体，该是怎样一番心情。看到众人顶礼膜拜自己的肉体，又会做何感想。尤其是，倘若对自己这健美的肉体的跪拜，不是采取温和稳重的方式，而发展为疯狂激烈的崇拜，只能引起自己的痛苦，那么通过陶醉与苦闷确实可以进入神圣境地吧。本多毕生所失去的最大的机遇就是未能让肉体走过狭隘阴暗的路，进入神圣的境地。当然，这是仅只极少数人才能享有的特权。

隔了这么久，明天终于要去请大夫诊断一下了，结果还不知道怎样呢。本多想把身子洗干净，就吩咐在晚饭前准备好洗澡水。

本多再也用不着对透有所顾虑了，就雇了个护士出身的中年女管家。她命途多舛，两度丧夫，对本多照拂得无微不至。本多也在想，现在就该考虑留给她一部分遗产了。她牵着本多的手一直把他送进浴室，详细嘱咐他小心不要滑倒，临离开更衣室之际留下了一缕忧虑，一路走去时，就像身后拖着蛛丝似的。本多不愿意让女人看到自己的裸体。从浴室里冒进来的热气使穿衣镜模模糊糊的，本多在镜前脱下浴衣，对镜审视自己的身子。胸前的肋骨刻成一条条阴影，腹部越靠下边越鼓，把个干瘪、软耷拉的白扁豆般的玩意儿遮了起来。紧接着，是瘦削得仿佛剜掉了肉的灰白纤细的下肢。膝头宛若肿块似的凸出来。多么漫长的自我欺骗的岁月才能帮助他泰然自若地看着这副丑态！但是本多想到的是，一个年轻时曾经很英俊的男子老后要是变成这副德行，那才真够呛呢！他朝着那样的男子尽情地发出怜悯的笑，借以拯救了自己。

前后用了一个星期，检查才有了结果。那一天，本多又到医院去了，被告以：

"请马上住院，越早动手术越好。"

本多寻思：果不出所料。

"可是，我正在想，您从前经常到医院来，这阵子连个影儿都见不着了，原来这期间干这种事儿去了，那可不好办哩。对您可马虎不得。"医生以嗔怪本多不该寻欢作乐的口吻说，并对他诡谲地一笑，"幸亏像是良性肿瘤的胰脏囊肿，切除了就舒服啦。"

"原来不是胃呀。"

"是胰脏。您要是高兴的话，也可以把胃的内窥镜照片拿给您看看。"

胃部的隆起看来是胰脏的肿瘤，这与最初触诊时的判断是一致的。

本多乞求医生，宽限他一星期再住院。

本多回家后，立即写了封长信，叫人作为快信寄出去。内容说，七月二十二日他将造访月修寺。他估计这封信将在第二天（二十日）或第三天（二十一日）寄到。他一边写，一边祈求着：但愿那一天门迹会被他的心志所感动，并予以接见。他写了六十年前的原委，顺便提及自己的经历，还说因时间太紧，未能专门请人写封介绍信，失礼之至，恳请原谅。

二十一日早晨动身之前，本多说要到厢房去看看透。

管家妇曾死乞白赖央求本多，允许她陪同他去旅行，但本多坚决不答应，说非只身前往不可。于是管家妇啰里啰唆地提醒他旅途中该注意些什么，又怕他在开了冷气的饭店里着凉，往手提包里塞满了衣服，老人简直都提不动了。

由于本多要到透和绢江所在的厢房去，管家妇又预先千嘱咐万叮咛。因为也许从本多眼里看来，有些情况竟然是管家妇监督不周造成的，她的目的是事先解释清楚。

"跟您说一声，透少爷近来老是穿那件白地碎蓝点花纹浴衣。绢江少奶奶非常喜欢这件衣服，我想请少爷脱下来洗一洗，少奶奶就大发脾气，咬我的指头，不得已，只好随她去。透少爷还是那样沉默寡言，黑间白日光穿这一件，好像丝毫也不在意。所以这一点请您记在心上……还有一件非常难以启齿的事。照料厢房的侍女说，绢江少奶奶每天早晨都想要呕吐，爱吃的东西也有一些变化。听说本人还挺高兴，认为是一种重病的症状，其实不是那么一回事，这一点也请您谅察。"

本多预料到自己的末裔十分可能失去澄明的理性，他的眼睛便发出炯炯的光；对此，管家妇却并未理会。

厢房的门窗都是敞着的，沿着小径穿过院子走去，房屋内部尽收眼底。本多使劲拄着拐杖，一屁股坐在外廊[①]上。

绢江说：

"哎呀，老爷爷，早安。"

"早安。是这么回事，我要到京都至奈良一带旅行两三天，想托你看看家。"

"是吗？出去旅行？多好哇。"

绢江不感兴趣地说，又接着去做手头的工作。

"干什么呢？"

"在排练婚礼呢。怎么样，漂亮吧？不仅是我，还得把透君也好好打扮打扮。大家都说一辈子没见过这么美丽的新郎新娘。"

他们对谈的时候，戴着墨镜的透一声不响地坐在离本多不远的门口那儿，刚好位于绢江和本多之间。

关于失明后的透的精神生活，本多不但毫不知晓，还抑制着本来就贫乏的想象力。继续活下去的透就那样待在那儿。但是失明后虽然再也不会给本多带来恐怖了，这个沉默的疙瘩却无比生动地将别人的深重苦难传到他心里。

墨镜下的双颊愈益苍白，嘴唇愈益朱红。天生爱出汗，浴衣那敞着的领口那儿，白净的胸部上汗珠子闪着光。他盘腿而坐，

---

① 外廊是檐廊外面的一道窄廊。只要拉上防雨板，檐廊便不会淋漏，外廊则任凭雨淋。

听任绢江的摆布；忽而把左手伸到浴衣下摆里，挠挠发痒的腿，忽而又挠挠胸部。他这种架势显露出，这个盲人根本就没意识到本多在身旁这一点。他那有一搭没一搭的动作显得如此有气无力，毋宁像是从压在头顶上那大而无力的天花板垂下一根线，并操纵着他的一举一动。

按说透的听觉应该是变得敏感了，但看上去他的耳朵不像是在活泼地捕捉着外界。只要待在透身边，除了绢江之外，谁都会觉得，不论怀着多么大的把握与透打交道，终究会被透弄得认为自己左不过是废弃了的世界的一小片而已，犹如丢在茂密的夏草覆盖下的空地角落里那生了锈的空罐似的。

透并不想侮蔑谁，也不进行抵抗，只是缄默地坐在那儿罢了。

尽管明知道那是虚伪的，过去他至少还靠一双美丽的眼睛和动人的微笑，暂且取得了社会上对他的了解。如今他却连作为唯一线索的微笑也收敛了。假若他露出悔恨或悲哀，还可以设法安慰他，但除了对绢江而外，任何感情他都不显露，绢江也绝不把他向自己表示的感情告诉人家。

自早晨起，蝉聒噪不已。从外廊抬头望去，栽在荒芜的院子里的树木梢头的叶子遮住了天空。天空像挂着一排排碧玉一般灿烂炫目，屋子里就越发昏暗了。

透那副墨镜就更像是在排斥外界事物了。厢房前的茶庭的情景却一股脑儿圆圆地映入了镜片。自从洗手盆①旁的紫薇树被砍

---

① 日语原文作"蹲踞"，系设在庭园中的石质洗手盆，因须蹲下来洗手，故名。

伐后，再也没有什么开花的树了，够不上是山水庭园①的假山石间杂草丛生，周围的杂木叶缝里透过来的斑斑点点的阳光，统统映入墨镜。

外界再也不能映入透的眼帘了，与他那失去了的视力和自我意识任何关系也没有了的外景，却密密匝匝地反映在墨镜片上。本多瞟了一眼镜片，看到上面只映着他的脸和作为背景的小院子，不免感到奇怪。倘使过去在信号所里透成日眺望的大海、船舶以及许许多多华丽的烟囱标记，原是与他的自我意识有着密切关系的幻影的话，那么它们的影像即使永远被圈在墨镜里、圈在不时地眨巴着白色眼皮的失明的眼睛里，并不足为奇。倘若不论对本多还是对众人来说，透的内心世界都变成永远不可知的了，那么大海、船舶和烟囱标记同样被幽禁在不可知的世界里，也没什么奇怪。

然而，假若海和船属于与透的内心世界毫无关系的外界的话，它们应该缩为精致纤小的画清清楚楚地显现在墨镜的镜片上。倘非如此，难道透竟把外面世界统统并吞到他那阴暗的内心世界里去了吗？……本多这么想着的当儿，碰巧一只白蝶掠过映在黑色圆玻璃里的院子，飞了过去。

盘腿而坐的透，下摆底下露着朝天的脚掌，像淹死鬼一样白而满是皱纹，而且到处都是污迹，仿佛贴上了箔片一般。皱皱巴巴的浴衣连浆过的痕迹都没有了，尤其是那汗渍，把领口染上一

---

① 日语原文作"涠山水"，也叫枯山水。在室町时代（1392—1573）输入的我国宋明山水画的影响下布置的庭园。园中陈设以假山石为主，用地形（或沙砾）来象征水。

块块黄云般的东西。

打刚才起，本多就感到有一股异臭，逐渐地发觉，原来是透身上穿的衣服浸着污垢油腻，再加上年轻男子那股夏天的暗沟般的气味，随着淌个不停的汗水，向周围发散出来的臭味。透原先洁癖到那个程度，如今已抛弃得一干二净！

然而，闻不见花儿。室内花儿那么多，却没有香气。这些蜀葵恐怕是绢江叫人从花店买来的，红白相间，散布在铺席上，大概四五天前就买来了，业已枯萎。

绢江在自己的头发上缀满白葵花。但不是插上去的，而是用橡皮筋随便扎上去的；那些花儿朝不同的方向耷拉着，随着绢江的小动作，枯花瓣相互摩擦，发出空泛的声音。

绢江忽起忽坐，往透的乌发——唯独头发依然是那么浓密油亮——上装饰红葵花。她用绦带①般的东西拢住透的头发，纵横地插上蔫巴的红花。她仿佛是在练习花道，插上两三朵，又站起来，隔着一定的距离仔细端详。有几朵花已滑落到耳朵和面颊上，不可能不令透心闷，但他默不作声，听任绢江随便摆布自己脖子以上的部分。

本多看了半晌，然后站起来，为了踏上旅途，回屋换衣服去了。

---

① 日语原文作"带缔"。日本妇女紧束在和服腰带上面的细绦带。

二十九

本多听说现在跟过去不同了，通往奈良的公路十分方便。他决定在京都的饭店下榻，就在京都饭店住了一夜，二十二日中午预约了一辆包租汽车。天气尽管炎热，可是多云，预报说，挨着山的地方有阵雨。

身穿老式淡黄色亚麻布西服的本多上车后，由于好容易到了这儿，顿觉踏实了。他身心疲惫，仿佛变得镂空而透明了似的。他怕车子里的冷气太凉，随身带着一条护膝用的毯子。虽然车窗是紧闭着的，饭店周围蹴上一带的蝉声还是传了进来。

车子刚一开动，本多便牢牢地下了决心：

"今天我绝不干透视人的肉体内部的骸骨那样的事了。那纯粹是主观的想象。看上去啥样就啥样，把它原原本本地铭刻在心上。这是我在世界上最后一次享受乐趣，也是最后一次尽尽本分。过了今天，我就再也不能尽情地去看了，所以只顾放眼去看吧。凡是映入眼帘的东西，都要虚怀若谷地去看。"

离开饭店后，车子从醍醐三宝院旁边一路驰去，跨过劝进桥，驰上奈良国道；穿过奈良公园，再沿着天理街道一直驰到带解。大约是一小时的路程。

本多理会到，京都街上很多女人都撑着阳伞，而在东京是比较少见的。当然，与阳伞上的花纹多寡也不无关系，有的女人在阳伞下神色显得开朗，有的则显得阴暗。有越开朗越美的，也有带点阴影才美的。

从山科南诘向右一拐，就到了净是街道小工厂的郊外。这里房屋稀疏，空白沐浴着夏日灿烂的阳光。对那些在车站等候公共汽车的妇孺来说，生活就像不停地滚滚流动的湍急的河流。漂在河面上的尘埃，浮在她们身上，也浮在身穿大花纹印花布连衣裙、显得怪热的孕妇脸上。背后，有一小块罩满灰尘的西红柿地。

从醍醐一带就展开了一片在日本随处可见的新颖凄凉的风景：用新式建筑材料和淡蓝色琉璃瓦砌成的房顶，电视机的天线，高压线和小鸟，可口可乐的广告，设有停车场的快餐店等。荒地野菊耸立在断崖上，插入天空，这里有个丢汽车的地方。隔着瓦砾可以看到，三辆汽车（分别为蓝、黑、黄色的）摇摇欲坠地叠在一起，烈日晒着车身上的喷漆。平素间汽车绝不会这么不体面地摆起来，这使本多联想起幼时读过的冒险故事：大象都到一片沼泽地里去死，那里的象牙堆积如山。汽车一旦觉察出死期将至，说不定也自发地聚集到墓场来，但它们不愧是汽车，既开朗又不知羞耻地裸露在众人的眼目下。

进入宇治市后，群山翠绿欲滴。有块招牌上写着"美味的冰镇麦芽糖"。嫩竹叶弯弯地垂到汽车路上。

跨过宇治川的观月桥，驰上奈良街道，经过伏见、山城一带。距奈良二十七公里的标记映入眼帘。时光在流逝。每逢看见这样的标记，本多便想起"黄泉路上的里程碑"一语。他觉得自己再回到这条路上是荒唐的。接连不断地竖着的路标，为本多指明去路……距奈良二十三公里。一公里一公里地逼近了死亡。本多将开着冷气的车厢的窗子偷偷地拉开一道缝儿；蝉声犹如耳鸣，走到哪儿就追到哪儿。整个世界仿佛都在夏天的烈日底下飒飒地响着……

　　又是加油站。又是可口可乐……

　　不久，右侧出现了木津川那绮丽的绿色长堤。不见人影，唯见堤上东一处西一处耸立着优美的树丛，划破天空。苍穹上乱云飞渡，斑斑生辉。

　　车子沿堤驰去时，本多胡乱想道：那到底是什么呢？那平坦的绿坛又像是陈列过偶人的架子①。背后只有乱云发光的天空，曾经排列在那里的偶人好像已荡然无存。说不定透明的偶人还排列在那里，只是肉眼看不见而已。它们莫非是土俑？难道那些漆黑的偶人在发光的风中一下子粉碎了，并在空气里依然留下痕迹？正因如此，堤才那么壮丽、那么恭恭敬敬地捧举着偶人曾经在那儿并排而坐的亮光闪闪的天空不成……说不定呈现于眼前的并不是光，而是无边的黑暗的底片吧？

　　想到这里，本多意识到自己的眼睛又在试图绕到背后去看

---

① 日本风俗，每年三月三日的偶人节（也叫桃花节、女儿节），有女孩子的人家搭设架子，陈设古装偶人。

事物。临离开饭店时，他已禁止自己这么做了。倘若又开始这么做，现实世界重新会遭殃，整个崩溃。宛如本多只一瞥，便可在长堤上凿个洞，随即让它坍塌一样……无论如何也得再忍耐一会儿，忍耐一会儿，得把这容易破碎的玻璃工艺品一般纤巧酥脆的世界轻轻地托在自己手上予以保护……

车子沿着木津川左边行驶了一会儿，眼下豁然展现了净是沙滩的河面。跨过两岸的高压线，像是被暑热蒸腾得松弛了似的，低低地弯到河面上。

过不久就迎面驰到木津川岸边，跨过银色铁桥后，旋即出现了距奈良八公里的标记。可以看到好几条被尚未抽穗的芒包围起来的白色村路，大道旁的竹丛茂密起来了。竹丛的嫩叶像是喝足了热水似的饱吸阳光，仿佛小狐狸的毛皮一般闪着柔和的金光。与周围那许许多多常绿树的阴暗沉痛的绿叶相互辉映，格外显眼。

奈良出现了。

沿着山坡朝峡谷驰下去时，东大寺从正面那片松林底下堂堂地涌上来，它有着雄伟广大的屋顶与金色的鸱尾，这便是奈良。

寂静的奈良市街上，放下遮阳帘的店堂怪昏暗的，悬挂着供出售的白色线手套。车子从一爿爿店铺那陈旧的屋檐下经过，进入奈良公园。日头愈益炽烈了，那蝉像是栖居在本多的后脑勺上似的，越叫越欢。穿过树缝儿的阳光中，浮现着夏鹿的白斑。

经过公园，来到天理街道，从闪耀在日光下的田间穿行，驰到别无特色的小桥畔。道路在这里分成两岔，往右拐通到带解车站与带解寺，往左拐通往月修寺所在的那座山的脚下。那条沿着稻田的路早已修成了柏油路。车子毫不费力地就开到了月修寺大门前。

三十

　　司机仰望着云彩已消失殆尽、骄阳灼人的天空说，通到山门的这条参拜用的上坡路长着哪，老人走着去怕吃不消，完全可以用车子把本多送到山门跟前。他执拗地劝本多坐车去，本多却断然拒绝，并吩咐他在大门前等候。他打定主意，非亲身经历一下清显六十年前那番辛苦不可。

　　本多背对着大门内那诱人的树荫，倚着手杖，站在大门前眺望来路。

　　四下里充满了蝉与蟋蟀的鸣叫，但是并不喧嚣；隔着水田，不时地传来天理街道那像煞有介事的车声。不过，眼前的车道上，举目望去，不见车影，它只是白乎乎地横在那儿，路边上排列着小鹅卵石的影子。

　　大和平原还跟往昔一般悠然自得，像人世间一样平坦。远远地望过去，带解镇上排列着恰似小贝壳的房顶，熠熠发光。而今想必盖起了街道工厂，只见轻烟袅袅。镇上的石板路今犹在，六十年前清显害重病、躺在里面呻吟过的客栈，就在那坡道的边沿上，但客栈是不可能照原样留下来的，所以寻觅旧迹

285

也是白搭。

带解镇以及平原上，夏天的万里晴空一望无际，卷毛云拖着绽了线的白绫子。那边夏霞缭绕的群山上，耸立着幻影般的云彩，唯独上端端丽如雕像，划破苍空。

本多蓦地被暑气与疲劳拖垮，就蹲了下去，这当儿只觉得夏草那锋利的叶尖带着闪亮的光芒刺着了自己的眼睛似的。他忽然听见苍蝇从鼻尖掠过去的振翅声，就思忖：莫非是苍蝇闻见了腐臭气味不成？

司机又下了车，担心地走过来，本多却用目光斥责了他，并站了起来。

其实本多内心里在嘀咕究竟能否一直走到山门。胃和脊背同时辣辣作痛。他甩掉司机，进了大门。他鼓舞自己道，只要还在司机的视界之内，就得装出一副精神抖擞的样子。他沿着净是碎石子的坑坑洼洼的参道①往上爬，布满在左手柿树干上那病恹恹的藓苔的鲜黄色，右手路旁那花瓣几乎落光、秃头的淡紫色蓟花，从眼角溜过去。他气喘吁吁地走着，一心盼望能早点拐弯。

遮住去路的每一个树荫，都让人觉得如此灵验而神秘。路面起伏不定，一下雨肯定会变得犹如河底。被太阳晒着的地方像矿脉的露头似的放away光辉，遮在树荫下的部分显得挺凉爽地萧萧有声。树荫总有其原因，但本多怀疑道，那原因果真是出于树木本身吗？

到了第几个树荫下才能停下来休息呢？本多先问问自己，再

---

① 参道是神社、寺院的境域内所修的参拜用的道路。

问问手杖。第四个树荫位于拐角处，从车子那儿已经望不到了，在静悄悄地向他发出邀请。他一来到那儿就颓然坐在路旁那棵栗树根部。

本多怀着深切的现实感想道：

"打从人世之初起，我就注定今天此刻在这棵树下休息了。"

走路的时候什么都顾不及了，这一歇下来，汗水越淌越厉害，蝉鸣也越来越吵。他将前额按在手杖上，银质把手硌得额头发疼；借以排遣胃和脊背的剧痛。

医生说胰脏长了肿疡。而且笑着告诉他，那是良性肿疡。笑着，良性。要是把希望寄托在这些上面，那么他算是白活了八十一年，自尊心也就玩儿完啦。本多也不是没想过回京后还有拒绝动手术这一招。但是一拒绝，医生就会暗中动员他那些"近亲"，叫他们强迫他。这是明摆着的。他已经陷入圈套了。既然已经陷入了托生为人这一圈套，那么前途是不可能设有更大的圈套的。本多转念一想，还是做出一副满怀希望的样子，傻呵呵地接受一切吧。连印度那只被当作牺牲的山羊羔，脑袋给砍掉之后还挣扎了那么久呢。

本多站起来，这一次没有讨厌的监视者在背后盯着了，他就死命地倚着手杖，尽情地跟跟跄跄往坡上爬。爬着爬着，只觉得自己这样脚步蹒跚，是在闹着玩儿似的。刚想到这里，就忘掉疼痛，走得也快一些了。

夏季草木的芳香充满四方。道路两侧松树多起来了。拄拐仰望天空，由于阳光很毒，挂在树梢上的众多松塔儿上的鳞，一个个都像是雕刻出来的。半晌，左边出现了一片荒芜的茶园，遍布蛛网，缠满了日本打碗花的蔓藤。

路的前方还横着几处树荫。眼前的像旧帘影似的稀稀疏疏，远方的犹如三四根丧服带子，黑黑地、浓密地横陈在那儿。

本多借口拾起一颗掉在路上的大松塔儿，又坐到一棵巨松那裸露在地面上的树根上。浑身酸痛，发烧，沉甸甸的，疲劳发散不出来，弯曲如锐利的锈铁丝。他摆弄着这颗捡来的松塔儿，干透而整个儿敞开来的古铜色瓣儿，坚挺有力地戳着他的手指。周围有若干鸭跖草，花儿在烈日下已凋谢。叶子欢实得像小燕子的翅膀似的，叶间那极小的青紫色的花却已枯萎。倚着的巨松也罢，仰望着的青瓷色天空也罢，扫剩下般的几片云彩也罢，都干枯得吓人。

本多无法分辨周围的虫声。有一种唧唧的声音构成了一切虫声的基调，其中夹杂着恰似做噩梦时咬牙的声音，以及白白地逼向胸口的嗝嗝声。

本多又站起来，心下怀疑着自己是否有力气走到山门。边走边用眼睛数着去路的树荫。暑热这么厉害，攀登得上气不接下气，还能走过几处树荫呢？他一面考验自己一面往前走……自从开始数，已走过三处了。有一处的松枝只遮住了半截路面，那究竟该算一处呢，还是半处呢？他犹豫着。

道路稍微向左边弯去后，又走了片刻，左边就出现竹丛了。

竹丛宛如人类世界的一个部落。有的像芦笋，嫩叶柔弱而纤细，有的作浓郁的墨绿色，倔强而怀着歹意；密密匝匝地挤在一起，繁茂滋生。

在这里又歇口气，揩揩汗，这当儿头一次见到蝴蝶。远处看，像是剪影画，及至挨近了，赤黄色翅膀上点缀着蔚蓝色，看上去格外鲜明。

本多走到池沼跟前，在池边一棵大栗树的绿色浓荫下休息。连一丝风也没有，豉虫在青黄色水画的一角画出一道道波纹。那里，一棵倒了的枯松树像桥一样横跨在水面上。唯独朽木周遭，稍稍起着涟漪，发出微光。涟漪扰乱了映在水面上的天空的暗青色。那棵倒卧的松树连叶根都干枯发红了。不知是否枝子扎在池沼底儿上，将树干支撑住了，它并未泡到水里。在满目翠绿中，它尽管浑身变成红锈色躺在那儿，却仍然保持着挺立时的姿势。毫无疑问，它依旧是棵松树。

本多像是追逐从那尚未抽穗的芒和狗尾草之间摇摇晃晃地飞出去的蝴蝶似的站了起来。池沼对岸那苍绿色朴树林一直蔓延到这边来，路面上的阴影逐渐扩大了。

他感觉出汗水已浸透衬衫，渗到西服背上。分辨不清是热汗还是油汗。反正上了年纪后还从未如此汗水淋漓过。

朴树林与杉木林交界处，有一棵孤零零的合欢树。它那一簇簇柔软的叶子掺混在杉树坚硬的叶间，纤弱得一如午睡时做的梦，勾起本多对泰国那些往事的回忆。这当儿，从这里也有一只白蝶翩翩起舞，在前面引路。

路变得陡峭了，但一方面想到离山门不远了，同时杉木林愈益幽深，凉风飕飕，本多的步伐轻松多了。路上东一处西一处形成带状。那里原先是树荫，如今被太阳晒着。

白蝶晃晃悠悠地在杉木林的昏暗中飞翔着。阳光斑斑点点地洒在凤尾草上，灿烂夺目。白蝶从凤尾草上掠过，朝着杉木林深处的黑门东倒西歪地低飞着。本多想道，不知怎的，此地的蝴蝶都飞得那么低。

过了黑门，山门就呈现在眼前了。本多寻思：终于到了月修寺的山门。于是越来越强烈地意识到，这六十年，自己只是为了重访此地才活了下来的。

当本多站在山门前时，一眼就瞥见了里面门廊下那棵陆舟松。他几乎不能相信自己真正到了这里。他甚至不舍得钻进山门，心里觉得如今疲劳已奇怪地消失，只顾伫立在山门的柱旁。两边有小小的耳门，门檐上是一排瓦，瓦当上有十六瓣菊花家徽①。左边的门柱上挂着写有"月修寺门迹"的名牌，字迹工整秀气。右边的门柱上贴着字迹模糊的牌子，上书：

天下太平
　奉转读大般若经全卷所收
　　皇基巩固

进了山门，沿着有五道条纹的淡黄色墙壁②，不同颜色相间

---

① 十六瓣菊纹是天皇家的家徽。
② 日语原文作"筋塀"，门迹所住的寺院周围的土墙上，按地位高低加上横条纹。五道条纹表示最高规格。

的方形石板一直铺到内门。石板周围是发黄的碎石子。本多一块块地数着石板，数到九十时，就来到紧闭着的纸拉门前。门的拉手周围糊着菊与云彩花纹的白色剪纸。

往事极其清晰地兜上心来，本多甚至忘记叫门了，茫然地站在那里。六十年前，他还是一个青年，曾伫立在同一扇拉门、同一个门口的横框前。这扇纸门恐怕已换过一百回纸了，但那个春寒料峭的日子，雪白的纸拉门也和今天一样，在眼前端然地紧闭着。完全看不出它曾经历过多少度星霜，只不过觉得平台的木纹比从前更清楚地浮现了出来。一切都是须臾间的事。

本多觉得，清显尚在带解的客栈里把全部希望寄托在他访问月修寺一事上，因发烧而说着胡话，一个劲儿地盼望着他回来。倘若清显晓得了在这须臾之间本多已变成一位腿脚不灵便的八十一岁的老翁，他该多么吃惊啊。

迎出来的是一个身穿翻领衬衫的六十来岁的执事。本多连平台都迈不上去了，他便牵着本多的手，将他领到八铺席的正殿，旁边还有个六铺席的套间。铺席是用黑地上印有白色庙徽的布镶的边，上面端端正正地摆着棉坐垫。执事郑重地表示，那封信的旨趣业已奉悉，并请本多坐在棉垫上。本多不记得六十年前曾在这个屋子里被接待过。

壁龛里挂着临摹雪舟的云龙画轴，秀丽地插着石竹。一位穿着白绉纱和服、扎了白腰带的老尼，端来了摆在木质方盘上的刻有庙徽的红白两色点心和凉茶。门窗全都敞着，可以眺望到绿茵茵的中院。种满了枫树和罗汉柏什么的，从树隙间可以看到书院①的白壁上那游廊的投影。这就是中院的全部景色。

执事有一搭没一搭地扯些闲话，时光无谓地逝去。本多仅只端坐在这间凉风习习的屋子里，汗就干了，疼痛也减轻了，甚至觉得受到拯救似的。

他曾经认为访问月修寺是根本不可能的，而今自己竟坐在该寺的一间屋里。由于接近了死期，此事就突然轻而易举地办成了。把戳在生命的深处的秤锤也松开了。爬上参道的那番辛苦，忽然使自己身心都感到轻松；这么看来，不顾病苦，挣扎着走到这里的清显，说不定正因为吃了闭门羹，才获得了一种飞翔的力量。本多想到此，得到了慰藉。

耳朵灌满了蝉声，待在幽暗的室内，听来恍若古钟冷冷的余韵。执事再也不提信的事，一味地随便闲聊，消磨着光阴。本多不敢催问他自己能否见到门迹。

本多猛地怀疑道，所以这么白白地耗时间，会不会是门迹在委婉地表示不予接见呢？说不定执事瞧见了那一期的周刊，就奉劝门迹，借口患了个小病，拒绝接见。

背负着这种污浊来见门迹，并不曾使本多内心里羞愧难当。说实在的，倘非背负着耻辱、罪恶与死亡，他还鼓不起勇气登上这里呢。如今回想起来，最早暗暗促使他去造访月修寺的，倒是去年九月那桩丑闻哩。透的自杀未遂及失明，本多自己害病，绢

---

① 书院指寺院里用来读书讲解经文的地方。

江怀孕，统统指向某一点，凝聚成一团，震撼着本多的心，推动他沿着暑热下的参道，一直冲到这里来。事实就是如此。倘非这样，本多只能远远地瞻仰山顶上那月修寺的光辉而已。

但是，假若是这个原因门迹不肯接见，他就只好认为是前世的报应而死了这条心。此世大概再也见不着了。但是，本多觉得他能相信，即便在此生最后的时刻、最后的场所见不到她，迟早有一天他还是能见到她的。

因此，安宁取代了焦躁，达观取代了悲哀，心静自然凉，默默地挨着时光。

这当儿，老尼又出现了，在执事耳边低语，执事便向本多打招呼道：

"说是门迹一会儿就接见您，请到那边去坐。"

本多听了，不禁怀疑自己的耳朵。

那间坐南朝北、濒临小院子的客厅，由于拉门是敞着的，满院青翠反射出强烈的光，很是刺眼，乍一被领进去时不曾看清楚，其实六十年前上一代门迹恰恰就是在此屋接见本多的。

他想起当年曾有副华丽的月次屏风[①]，它已被苇子编的茶炉前屏风[②]所取代。隔着檐廊，蝉声不绝于耳的茶庭[③]翠绿欲滴，

① 采用平安时代以来大和绘的门类之一月次绘绘制的屏风，主要以自然景趣为背景描绘一年十二个月的活动和风俗为内容。
② 日语原文作"風炉先"，即"風炉先屏風"的简称。风炉是举行茶会用的茶炉。这是一种双扇矮屏风，立在茶室里，将茶道器具隔开。
③ 茶庭是茶室外面的院子，布置有踏脚石、石灯笼、洗手盆等。

293

似在燃烧。繁茂的梅、枫、茶树深处，可以瞥见夹竹桃的淡红花蕾。夏日的光锐利地洒到踏脚石间隔处尖尖的小竹叶上，与后山杂木林上空的白光交相辉映。

本多听到紧贴着墙响起一阵振翅声，便掉过头去。从游廊飞进来的麻雀，在白墙上投以凌乱的影子，旋即消失了。

通向里屋的纸隔扇被拉开了，本多不由得端正了姿势。担任门迹的老尼由白衫徒弟牵着手，出现在本多面前。这个身着白衣、外面套一件深紫色罩衣、剃光了的头部发青的人就是聪子，按说她已经八十三岁了。

本多不禁热泪盈眶，一时未能从正面瞻仰她的面容。

门迹隔着桌子和他面对面地落座，那秀丽端正的鼻子和漂亮的大眼睛一如往昔。她和从前的聪子大不一样，然而一眼就认得出是聪子。曾经风华正茂的她，一下子跨过六十度星霜，进入垂暮之年，却完全豁免了尘世辛酸。好比是一个从院子里度桥而来的人，从树荫下来到朝阳的地方，因光线的关系看上去变了容。从前正当妙龄，显示出的是树荫底下的花容；而今进入老境，焕发着的则是阳光照射着的丽质。要说起了什么变化，仅此而已。本多想起今天走出饭店时，曾看见遮在阳伞下的京都女子的脸忽明忽暗，可以凭着这一明一暗来占卜她们美到什么程度。

难道本多所阅历的六十春秋，对聪子来说，竟短暂到仅仅容她度过院中那座将明暗如此截然分开的桥梁吗？

她虽老未衰，益发净化，润泽的肌肤光艳照人，眼睛之美也越来越澄明，有一种苍古的东西在内心里熠熠生辉。浑身上下，像玉一般无瑕的老结了晶。皱纹固然很多，每条纹络都清洁得仿佛洗净了的一般。缩小了的身子略伛偻着，不知什么地方蕴含着华贵的威严。

本多忍着眼泪低头致意，门迹用清脆的嗓音应道：

"欢迎。"

"突然间给您写了那样一封信，实在冒昧。承蒙您爽快地接见了我，感谢之至。"本多生怕显得熟头熟脑，结果把话说得连自己都觉得过于拘谨了。他的喉咙里堵着痰，羞愧地听着自己嘴里冒出来的苍老的声音。说到这里，他情不自禁地叮问一句："信是拜托执事转交给您的，不知您过目了没有？"

"是的，拜读了。"

接着是一阵冷场，徒弟借着这个碴儿宛如消失了似的独自告退了。

知道对方读了信，本多就有些兴头了，用有点轻佻的腔调说：

"多年不见啦。我也老成这个样子，不知道有没有明天啦。"

门迹稍微晃着身子，笑道：

"拜读了大函，由于您太热心了，我就觉得好像有点佛缘，这才决定跟您见面。"

本多的内心里，还残存着一两滴青春，听了此语，便猛地迸涌出来。六十年前，他曾不断地向上一代门迹吐露年轻人的热情；现在他仿佛恢复了当年那副样子，什么客套也不讲了，只顾说道：

"为了清显君的事，我曾到这里来做最后一次恳求，上一代

295

门迹却没有允许我跟您见面。事后我才知道，那是迫不得已的，当时我耿耿于怀。不管怎么说，松枝清显是我最好的挚友啊。"

"这位松枝清显先生，是怎样的一个人？"

本多听罢，呆然睁大了眼睛。

他尽管耳背，这样一句话却是不会听错的。然而门迹这句话太不着边际了，他只能认为那是自己的幻听。

为了让门迹将同样的话重说一遍，本多故意反问道：

"啊？"

于是门迹把同样的话重复了一遍，她脸上的神情坦率，毫不做作，甚至像童女一般露出天真的好奇心，还始终含着一丝安详的笑意。

"这位松枝清显先生，是怎样的一个人？"

本多好容易觉察出门迹大概是想让他谈谈清显的事，便当心着不要有什么失礼之言，凭着一天也不曾淡忘的记忆，详尽地讲述了清显和自己之间的交情、清显的恋情以及悲惨的结局等。

本多冗长地讲着的当儿，门迹一直面露微笑端坐着，不时"哦""哦"地应着。其间一位老尼端来了冷饮，连她典雅地喝着时，显然也在一句不漏地倾听。

门迹听罢，没有半点感慨，只以平淡的语调说：

"这故事非常有趣，可我并不认得这位松枝先生。至于和松枝先生有过那段姻缘的那一位，你也弄错了吧？"

本多边咳嗽边殷切地问道：

"可是门迹，您原来不是叫作绫仓聪子小姐吗？"

"是的，那是我的俗名。"

"那么，您不可能不记得清显君。"

本多不禁心头火起。

她说不记得清显，这不是忘却，而无非是佯作不知。看来门迹一口咬定自己不认得清显，准是有隐衷的，然而尘世间的妇女又作别论，她身为德高望重的老尼，竟睁着眼睛说瞎话，非但使人怀疑她是否有那么深的信仰，而且倘若到了此地后依然囿于俗界的虚伪，那么她当初遁入空门，居心何在？六十年来，本多梦寐以求的就是像今天这样能够见到她，一霎时却即将幻灭了。

本多追究得越了轨，门迹却泰然自若。天气尽管炎热，身穿紫衣的她依然显得凉爽，声音和眼神丝毫不乱，婉转优雅地说：

"不，本多先生，在俗世蒙受的恩惠，我一点也没有忘记。可是松枝清显先生这个人，我连名字都不曾听说过。这个人是不是根本就没存在呢？是不是本多先生以为有过这么一个人，其实压根儿就不存在过呢？你的那番话使我深深地这么觉得。"

"那么，我和您又是怎样结识的呢？而且，绫仓家和松枝家的宗谱还在吧？户籍也还有吧？"

"倘若是尘世的结缘，靠那些东西就能够阐释吧。然而，本多先生，你果真在这个世界上见过这位清显吗？你现在能够斩钉截铁地说，我和你以前确实在这个世界上见过面吗？"

"我记得很清楚，六十年前我到这里来拜访过。"

"记忆这玩意儿就像是一副虚幻的眼镜，既可以使人看到根本不可能看到的遥远的东西，又可以让它显得近在咫尺。"

"但是假若清显君压根儿不曾存在过，"本多觉得自己仿佛在云雾中徘徊，就连此刻在这里会晤门迹，也成了虚虚实实的事。宛如吐在漆盆上的一层雾气一眨眼的工夫就蒸发了似的，本多感到迷茫；他想唤醒自己，不禁喊道："那么，勋也不曾存在，月光公主也不曾存在……而且，说不定连我都……"

这时门迹头一次定睛看着本多说：

"这就要看您怎样去想了。"

他们二人默默地相对而坐，过了好半晌，门迹轻轻地拍了拍手。徒弟出现了，将十指按在门槛上。

"好不容易来了一趟，请您去看看南院吧，我来领路。"

徒弟牵着门迹的手走在前面，本多像是被操纵一般，跟随二人踱过昏暗的书院。

徒弟拉开纸门，将本多引到檐廊那儿。辽阔的南院旋即映入眼帘。

以后山为背景，满院子的草坪在夏天的骄阳下熠熠生辉。

徒弟年纪尚轻，她说：

"今天从早晨起，杜鹃一直叫个不停。"

草坪尽头是以枫为主的一片树林子，还可以瞥见通向后山的柴扉。虽在夏季，有些枫叶已染红了，似在一片绿叶中点上了火焰。这儿那儿，舒舒展展地配置着庭石，傍石而开的红瞿麦显得那么腼腆。左方角落里有一口辘轳井。草坪中央摆着一张青绿色陶瓷榻，一眼就看得出它已被太阳晒得炽热，一屁股坐下去会烫伤了肌肤。后山顶上，夏云朝着蓝天耸起光彩夺目的肩膀。

　　这是个闲雅而宽敞明亮的院子，不曾经过匠心的雕琢。像是捻念珠似的蝉鸣声统御着这个地方。

　　此外毫无声息，真是寂寥的极境。这个院子里一无所有。本多寻思：自己来到一个既没有记忆，也没有任何东西的所在。

　　庭院静悄悄地沐浴在夏天的烈日下……

《丰饶之海》完

昭和四十五年十一月二十五日

三岛由纪夫年谱

大正十四年（1925年）

1月14日，三岛由纪夫出生于东京市四谷区永住町二番地（现新宿区四谷四丁目）。本名平冈公威。祖父平冈定太郎曾任桦太厅长官，父亲平冈梓曾任农林省官吏，母亲名叫倭重文。三岛由纪夫是长子，自幼病弱，受祖母夏子溺爱长大。

昭和六年（1931年）六岁

4月，进入皇族学校学习院初等科学习，曾在学校内部刊物发表诗歌、俳句作品。喜爱铃木三重吉、小川未明等作家创作的童话。

昭和十二年（1937年）十二岁

4月，从学习院初等科毕业，升入中等科，加入学校文艺部。同年7月，在校内文学杂志《学习院辅仁会杂志》第159期

发表散文作品《春草抄——初等科时代的回忆》

昭和十三年（1938 年）十三岁

3 月，在《辅仁会杂志》发表人生第一部短篇小说《酸模》。

昭和十四年（1939 年）十四岁

1 月，祖母夏子去世。

昭和十五年（1940 年）十五岁

开始以平冈青城为笔名，向《山栀》投稿诗歌和俳句作品。拜川路柳虹为师，学习诗歌创作。这一时期的诗歌作品后来被整理成《十五岁诗集》。在《学习院辅仁会杂志》166 期发表短篇小说《彩绘玻璃》。

昭和十六年（1941 年）十六岁

三岛由纪夫获选担任《辅仁会杂志》主编，开始撰写中篇小说《鲜花盛开的森林》。在国文老师清水文雄的推荐下，开始在文学同人杂志《文艺文化》连载该小说。这也是他首次使用"三岛由纪夫"这个笔名发表作品。

昭和十七年（1942 年）十七岁

以第二名的成绩毕业于学习院中等科。4 月，升入学习院高等科文科乙类，主修德语。这一时期，他与《文艺文化》杂志的同人来往密切，由此受到日本浪漫派的间接影响。7 月，与友人共同创办文学杂志《赤绘》。11 月，在《文艺文化》上发表短篇小说《水面之月》。

昭和十八年（1943 年）十八岁

3 月，中篇小说《永世不存》在《文艺文化》上开始连载，同年 10 月完结。

昭和十九年（1944 年）十九岁

9 月，以第一名的成绩从学习院高等科毕业，受天皇表彰，被赠予银手表。10 月，进入东京大学法学部学习，主修德国法律。由七丈书院出版发行首部小说集《鲜花盛开的森林》，成为三岛由纪夫的出道作。

昭和二十年（1945 年）二十岁

2 月，在《文艺世纪》杂志上发表《中世（一）》；接受征兵检查，被判定为第二乙种合格，但入伍体检时罹患感冒，被军医误诊为肺病，后被遣送回乡。8 月，三岛在当时勤务的工厂撰写短篇小说《岬角物语》。8 月 15 日，日本宣布战败投降。四天后，三岛的好友莲田善明以陆军中尉的身份在马来半岛自杀。同年 10 月 23 日，妹妹美津子因伤寒病逝，年仅十七岁。

昭和二十一年（1946 年）二十一岁

1 月，开始执笔创作长篇小说《盗贼》。6 月，在川端康成的推荐下，三岛在川端所属的镰仓文库杂志《人间》发表短篇小说《烟草》，正式成为文坛一员。11 月，在《群像》杂志上发表《岬角物语》。12 月，在《人间》杂志上发表《中世(完)》。同年，结识太宰治。

昭和二十二年（1947 年）二十二岁

4 月，在《群像》上发表短篇小说《轻王子与衣通姬》，在《人间》上发表短篇小说《夜间准备》。11 月，从东京大学法学部毕业。12 月，通过高等文官考试，进入大藏省银行局任职；在《人间》上发表短篇小说《春子》。

昭和二十三年（1948 年）二十三岁

3 月，在《人间》杂志上发表评论《重症患者的凶器》；9 月，为了专心创作，三岛从大藏省辞职。11 月，在《人间》杂志发表第一部戏剧剧本《火宅》；同月，由真光社出版其第一部长篇小说《盗贼》。12 月，小说集《夜间准备》由镰仓文库出版。

昭和二十四年（1949 年）二十四岁

4 月，完成长篇小说《假面的告白》；7 月，该小说由河出书房正式出版。这是三岛由纪夫以专业作家的身份出版的第一部小说。8 月，作品集《群魔的通过》由河出书房出版。

昭和二十五年（1950年）二十五岁

1月，开始在《妇人公论》杂志上连载中篇小说《纯白之夜》，同年10月完结。6月，由新潮社出版长篇小说《爱的渴望》。7月，在《新潮》杂志上开始连载长篇小说《青色时代》，同年12月完结。8月，在《人间》杂志发表戏剧作品《邯郸》。9月，加入小林秀雄、中村光夫等文坛名人组织的"云之会"。该组织以演剧为中心展开活动。

昭和二十六年（1951年）二十六岁

8月29日，电影《纯白之夜》（大庭秀雄导演）上映，三岛由纪夫在片中担任特别出演，这也是他第一次作为演员登上大银幕。10月，在《群像》杂志上开始连载长篇小说《禁色》；11月，《禁色》（第一部）由新潮社出版。12月，发表《夏子的冒险》（朝日新闻社刊）。同年12月25日，三岛获得朝日新闻特别通讯员的记者身份，从横滨港出发，开始了环游世界的旅行，主要游历了南北美、欧洲等国。次年5月10日返回日本。

昭和二十七年（1952年）二十七岁

8月，在《文学界》杂志开始连载长篇小说《秘乐》（《禁色》系列第二部），至次年8月完结，一个月后由新潮社出版。10月，发表中篇小说《盛夏之死》；由朝日新闻社出版纪行文集《阿波罗之杯》。11月，由河出书房出版新文学全集《三岛由纪夫集》。

昭和二十八年（1953 年）二十八岁

1 月，《夏子的冒险》由松竹大船摄影所电影化。2 月，小说集《盛夏之死》由创元社出版。3 月，长篇小说《日本制》由朝日新闻社出版。7 月，由新潮社出版《三岛由纪夫作品集》（全六卷）。同时，三岛由纪夫开始为长篇小说《潮骚》取材，拜访位于三重县的神岛。

昭和二十九年（1954 年）二十九岁

6 月，长篇小说《潮骚》由新潮社出版，并开始电影化的筹备。8 月，短篇小说《写诗的少年》在《文学界》杂志发表。10 月，《潮骚》由东宝电影公司拍摄完成并上映。小说与电影一经推出大受好评。11 月，三岛由纪夫成为新潮同人杂志奖评审委员。12 月，凭借《潮骚》荣获首届新潮社文学奖。

昭和三十年（1955 年）三十岁

这一时期，三岛由纪夫开始沉迷于身体改造，时常去健身房锻炼。同时，开始撰写长篇小说《金阁寺》。11 月，由讲谈社出版作品集《小说家的假期》。12 月，凭借《白蚁之巢》（同年 9 月发表于《文艺》杂志）获第二届岸田演剧奖。

昭和三十一年（1956 年）三十一岁

1 月开始在《新潮》杂志连载长篇小说《金阁寺》，同年 10

月完结，并由新潮社正式出版。4月，戏剧集《近代能乐集》（新潮社刊）出版。8月，英译版《潮骚》（the Sound of Waves）由美国克诺夫出版社出版，这是三岛由纪夫的作品第一次在海外发行，此后，三岛的众多作品被翻译成各国语言在海外出版。11月，戏剧作品《鹿鸣馆》在文学座创立20周年的纪念会上公演。

昭和三十二年（1957年）三十二岁

1月，三岛由纪夫凭借《金阁寺》荣获第八届读卖文学奖。11月，新潮社出版《三岛由纪夫选集》（全十九卷）。美国的日本文学家唐纳德·金将三岛的戏剧集《近代能乐集》翻译成英文（Five Modern No Plays），在美国出版，并邀请三岛到美国参观访问。三岛在密歇根大学发表了名为《日本文坛的现状与西洋文学间的关系》的演说，游历拉丁美洲后返回纽约长住，次年1月返回日本。11月，《三岛由纪夫选集》（全十九卷）由新潮社出版。

昭和三十三年（1958年）三十三岁

3月至10月，一直在进行拳击训练。6月，在川端康成的介绍下，三岛由纪夫与画家杉山宁的长女瑶子结婚。9月，英译版《假面的告白》（Confessions of a Mask）出版。10月，与大冈升平、中村光夫创办季刊《声》杂志，发表长篇小说《镜子之家》第一章、第二章。

昭和三十四年（1959 年）三十四岁

1 月，开始练习剑道。3 月，在《声》杂志发表戏剧作品《熊野》，由中央公论社出版评论集《不道德教育讲座》。5 月，英译版《金阁寺》（The Temple of the Golden Pavilion）由新方向出版社出版。6 月，长女纪子出生；随笔集《文章读本》由中央公论社出版，长篇小说《镜子之家》由新潮社出版。

昭和三十五年（1960 年）三十五岁

1 月，中篇小说《宴后》在《中央公论》杂志连载，于同年10 月完结；戏剧作品《热带树》在《声》杂志发表。3 月，出演电影《风野郎》（增村保造导演），并演唱了自己作词的主题曲。7 月，发表戏剧作品《弱法师》。11 月，由新潮社出版《宴后》。12 月《忧国》在《小说中央公论》发表。

昭和三十六年（1961 年）三十六岁

3 月，前任外务大臣有田八郎以《宴后》侵犯个人隐私为由，起诉三岛由纪夫。4 月，三岛的剑道获得初段资格。12 月，戏剧作品《十日菊》在《文学界》杂志发表，三幕剧《黑蜥蜴》（江户川乱步原作）在《妇人画报》杂志发表。

昭和三十七年（1962 年）三十七岁

1 月，开始在《新潮》杂志连载《美丽的星》，同年 11 月完结。2 月，《十日菊》获第十三届读卖文学奖。3 月，由集英社出版新日本文学全集《三岛由纪夫集》，由新潮社出版《三岛由纪夫戏曲全集》。5 月，长子威一郎出生。10 月，由新潮社出版长篇小说《美丽的星》。12 月，主编《文艺读本·川端康成》并由河出书房出版。

昭和三十八年（1963 年）三十八岁

1 月，开始在《东京新闻》上连载《我的青春漫游时代》，同年 5 月完结。3 月，三岛由纪夫与摄影师细江英公合作拍摄的写真集《蔷薇刑》由集英社出版发行。9 月，长篇小说《午后曳航》由讲谈社出版。10 月，在《新潮》杂志发表短篇小说《剑》。11 月，三岛叫停了为文学座创作的戏剧《喜悦之琴》的演出，在《朝日新闻》发表《给文学座诸君的公开信》，宣布退出文学座。12 月，小说集《剑》由讲谈社出版，由筑摩书房出版现代文学大系《三岛由纪夫集》。

昭和三十九年（1964 年）三十九岁。

1 月，在《群像》杂志连载《绢与明察》（同年 10 月完结，并由讲谈社出版），凭借该作品在同年 11 月斩获第六届每日艺术奖。7 月，由集英社出版《三岛由纪夫自选集》。9 月，针对诉讼中的《宴后》，东京地方法院判定原告胜诉，要求三岛由纪夫与新潮社向原告支付赔偿金。被告向东京高级法院提出上诉。（原告去世后，双方达成和解）

昭和四十年（1965 年）四十岁

1 月，在《展望》杂志上发表《现代文学三方向》。4 月，开始制作自编自演的电影《忧国》。7 月，在《朝日新闻》上发表《谷崎的文学世界》。9 月，开始在《新潮》杂志连载长篇小说《春雪》（《丰饶之海》系列第一部，1967 年 1 月完结）；英译版《午后曳航》(the Sailor who fell from Grace with the Sea) 由新方向出版社出版。11 月，发表戏剧作品《萨德侯爵夫人》，并在《批评》杂志上连载文学评论《太阳与铁》。

昭和四十一年（1966 年）四十一岁

1 月，凭借《萨德侯爵夫人》获第二十届艺术祭演剧部奖；同月成为芥川奖评委。2 月，与安部公房对谈《二十世纪的文学》在《文艺》杂志上发表。4 月，由新潮社出版电影版《忧国》。6 月，《英灵之声》在《文艺》杂志上发表，并由河出书房新社出版作品集《英灵之声》。

昭和四十二年（1967 年）四十二岁

2 月，开始连载长篇小说《奔马》（《丰饶之海》系列第二部，翌年 8 月完结）。4 月，体验性地加入日本自卫队。7 月，开始练习空手道。

昭和四十三年（1968 年）四十三岁

8 月，获得剑道五段资格。9 月，成立私人武装"盾会"；开始在《新潮》杂志连载长篇小说《晓寺》（《丰饶之海》系列第三部，1970年4月完结）。10月，评论集《太阳与铁》由讲谈社出版。

昭和四十四年（1969年）四十四岁

1月，《春雪》由新潮社出版。2月，《奔马》由新潮社出版。5月，《萨德侯爵夫人》由新潮社出版，《黑蜥蜴》由牧羊社出版。6月，三岛由纪夫出演电影《人斩》（五社英雄导演）。11月，在国立剧场屋顶举办"盾会"成立一周年纪念游行。

昭和四十五年（1970年）四十五岁

7月，由新潮社出版《晓寺》；开始在《新潮》杂志连载《天人五衰》（《丰饶之海》系列第四部，1971年1月完结）。11月25日，三岛由纪夫向新潮社交付《天人五衰》最终章原稿。26日零时十五分，在自卫队市之谷驻扎地东部总监室切腹自尽。

图书在版编目（CIP）数据

天人五衰 / （日）三岛由纪夫著；文洁若译. —北京：现代出版社，2022.5
ISBN 978-7-5143-7907-5

Ⅰ. ①天⋯ Ⅱ. ①三⋯②文⋯ Ⅲ. ①长篇小说—日本—现代
Ⅳ. ①I313.45

中国版本图书馆CIP数据核字（2022）第219419号

天人五衰

作　　者：[日] 三岛由纪夫
译　　者：文洁若
责任编辑：申　晶　朱文婷
出版发行：现代出版社
通信地址：北京市安定门外安华里504号
邮政编码：100011
电　　话：010-64267325　64245264（兼传真）
网　　址：www.1980xd.com
印　　刷：三河市中晟雅豪印务有限公司

开　　本：880mm×1230mm　1/32
印　　张：10.25
字　　数：206千字
版　　次：2022年5月第1版
印　　次：2022年5月第1次印刷
书　　号：ISBN 978-7-5143-7907-5
定　　价：56.00元